바람이 젖은 방향

바람이 젖은 방향 1

2023년 2월 21일 초판 1쇄 인쇄
2023년 2월 24일 초판 1쇄 발행

지은이 요안나
발행인 강준규

기획 편집 정시연 이예슬
마케팅 지원 배진경 임혜솔 송지유 장선영 김다운 조진숙

발행처 (주)로크미디어
출판등록 2003년 3월 24일
주소 서울시 마포구 마포대로 45 일진빌딩 6층
편집 문의 (02)6365-5170 **구입 문의** (02)3273-5135
홈페이지 rokmedia.blog.me
E-mail romance@rokmedia.com

값 9,000원

ISBN 979-11-408-0770-3 04810 (1권)
ISBN 979-11-408-0769-7 04810 (세트)

바람이 젖은 방향

요안나 장편소설

01

Même quand nous sommes
loin l'un de l'autre

RENEE

목차

프롤로그

새로 지었다는 호텔의 초인종은 검은색 스틸로 마감되어 있었다. 누를 필요도 없이 손가락을 가져다 대기만 하면 안에서 알람이 울리는 시스템. 이제 만날 준비가 되었느냐는 듯이 손톱만 한 연노란색 램프가 연신 깜빡거린다.

그저 손가락을 가져다 대기만 하면 된다. 별로 어려울 것도 없다. 객실 안에서 휴식을 취하고 있는 남자에게 내일 촬영분에 관한 안내 사항만 전달하고 나오면 되는데……. 그게 어렵다.

고개를 돌려 텅 빈 복도 너머로 시선을 던졌다. 복도 저편 끝에 난 창으로 낮에는 청량한 동해가 내려다보였다. 밤이 내린 지금, 눈에 들어오는 거라고는 시커멓게 물든 유리창에 점점이 박힌 복도 등뿐이다.

기다란 복도에 깔린 카펫 위에는 재색과 검은색이 물결치듯 넘실거렸다. 카펫 무늬를 멍하니 가늠하던 시선 끝에 운동화가 걸려든다. 발목까지 올라오는 캔버스 천의 운동화는 고등학교 때부터 즐겨 신던 브랜드다.

해지면 또 사고, 해지면 또 사고.

남자도 만났던 놈한테 또 끌리는 걸 보면, 내 취향은 애국가 2절이다.

남산 위에 저 소나무, 철갑을 두른 듯…….

객실 초인종을 누르기가 망설여진다. 재촉하듯 손에 쥔 휴대전화가 온몸을 떨며 진동한다.

"네, 오밀희입니다."

– 응. 회의 끝났어?

끝나기는, 아직 시작도 안 했는데.

"아니요, 아직."

– 아직…… 공무진 선수 방이야?

애연가인 한지후 선배의 허스키한 목소리에 날이 선다.

"정확히는 방 앞이요."

나는 객실 안쪽으로 통화 소리가 들릴세라 목소리를 한껏 낮추었다.

– 공무진 방에 없어? 기다리고 있는 거야?

마음에 들지 않는다는 듯이 쏘아붙이는 투다.

"그건 아니고요."

– 그럼 빨리 들어가서 내용 전달하고 나와. 너 내일 죽어도 새벽 4시에는 촬영 준비 들어가야 한다. 얼른 전달하고 자야지. 지금 벌써 11시 넘었는데. 어제도 콘텐츠 업로드 의뢰서 이메일로 보낸 게 새벽 2시던데, 안 피곤해?

눈이 질끈 감긴다. 시원하게 내뱉지 못한 한숨이 잇새로 힘없이 새어 나왔다. 일 앞에서 물러선 적 없었다. 맞서 싸워야 할 일이면 언제나 눈에 불을 켰다.

그런데 지금은 자꾸만 어디론가 기어들어 가고 싶어진다. 그 남자가 혼자 있는 방문은 죽어도 못 두드리겠다.

"그게요. 선배가 저 대신……."

"오밀희 씨 대신 뭐?"

심장을 간질이는 젖은 목소리가 귓가를 파고들었다. 산뜻한 풋귤 향이 실린 바람이 얼굴에 훅 끼쳤다. 10년이 넘도록 변치 않은 내 취향을 대변하는 운동화를 내려다보고 있던 시선이 재빠르게 위로 향했다. 그의 향수 취향도 변함없기는 마찬가지다.

"오밀희 씨 대신……."

매끈한 얼굴에 미소가 걸릴락 말락 한다. 피곤한지 빨갛게 충혈된 눈, 느리게 깜빡거리는 눈꺼풀 끝에서 기다랗고 짙은 속눈썹이 그윽한 그늘을 드리웠다. 붉게 마른 입술 새로 한숨이 흐르고, 고단한 듯 느린 물음이 따라붙는다.

"오밀희 씨 선배가 뭐?"
반듯한 이마 위로 흘러내린 남자의 머리카락에서 물방울이 뚝 떨어졌다. 새하얀 배스 가운을 입은 남자는 축축한 상태로 대답을 채근했다.
뭐야, 오밀희. 왜 말을 하다가 말아.
나는 휴대전화 너머에서 뭐라고 떠들어 대는 선배에게 조용히 일별했다.
"제가 좀 이따 연락드리겠습니다."
휴대전화를 손에 꼭 쥔 채, 허술한 배스 가운 한 장으로 젖은 육신을 가린 남자를 올려다보았다. 객실 안쪽 창문이 열려 있는지, 선선한 4월의 저녁 바람이 복도 쪽으로 느릿하게 너울거렸다. 바람은 그의 몸이 자아내는 풋귤 향에 흠뻑 젖어 있었다.
"내일 촬영 관련해서 안내해 드릴 사항이 있어서요."
"들어와요."
남자가 고개를 비스듬히 기울이고는 날렵한 턱을 한번 까딱거렸다. 그의 왼쪽 뺨에 보조개가 쏙 들어갔다. 신이 보기에도 너무 예뻐서 한번 쿡 찔러 본 자국이라는 보조개 하나, 저 보조개에 입술을 묻고 좋아 죽었던 시절이 갑자기 퍼뜩 떠올라 가슴에 사무친다.
"여기서 말씀드리겠습니다."
그윽하게 내려오는 그의 눈길에 생각을 들키기라도 한 것처럼 몸이 바르르 떨렸다.

"들어오라고요. 나 여기서 이러고 서 있으라고? 사진이라도 찍히면 오밀희 씨가 나……."

그가 입을 슬쩍 벌리고는 혀를 내밀어 입술 옆을 살짝 핥는다.

"책임질 겁니까?"

공기가 삽시간에 사라지고, 기다란 복도는 진공관처럼 먹먹해졌다. 아직은 정체 파악이 어려운 기억의 산물 때문에 가슴이 조마조마해진다.

첫사랑을 향한 애틋함인지, 여전히 미련한 사랑인지, 몇 년 만에 마주하는 남자의 무정함이 빚어낸 열은 수치심인지, 그로 인해 지키고 싶은 알량한 자존심인지.

나는 이렇게 조마조마한데, 왜 공무진은 아무렇지 않은 걸까.

'내가 너한테 상처 주는 일……. 분명히 있을 거야. 그래도 그 고백, 유효해?'

무력하게 과거를 되짚은 순간, 가슴이 덜컥 내려앉는다. 그는 상처 줄 수 있다고 경고했었고, 나는 그래도 상관없다고 대답했었다. 어리숙한 고백으로 시작한 첫사랑은, 어쩌면 시작부터 그 끝이 예견되어 있었는지 모른다.

하지만 그 예견에 이런 식의 재회는 없었다. 전 세계적 명성을 얻은 그의 모습이 나오는 매체를 무방비하게 마주했던 적은 많았지만, 그래도 눈앞에서 숨 쉬고 있는 그를 마주하는 것은 다르다.

“여기 사진 찍을 사람 없어 보이는데요.”

복도를 두리번거리며, 한숨을 푹 내쉬었다. 카메라를 든 기자나 파파라치는커녕, 파리 새끼 한 마리 보이지 않는다.

“오밀희 씨 핸드폰 카메라가 이쪽 보고 있는데?”

여지없는 시비조에 나는 맥없이 떨어뜨렸던 고개를 들어 올렸다. 눈이 마주치자, 또다시 남자는 한쪽 보조개를 드러내며 싱긋 웃는다. 그의 시선은 내가 동아줄처럼 붙잡고 있는 휴대전화를 향해 있었다.

그의 눈길이 가슴께에 오래도록 머물렀다. 휴대전화를 꾹 움켜쥐고는 조마조마한 왼쪽 가슴을 지그시 누르고 있는 것도 몰랐다. 음욕이 서린 눈도 아닌데, 뒷덜미에 열기가 오른다.

손을 아래로 툭 떨어뜨리자, 그의 시선이 내 얼굴로 향했다. 망했다. 목을 휘감은 열기가 두 뺨으로 옮겨붙는 게 느껴졌다.

“저, 저한테 공무진 선수 도촬 의도가 있다면.”

말을 더듬은 순간 미간에 구김살이 잡혔다. 그가 눈썹을 치뜨며, 눈길에 호기심을 가득 실었다.

"여기보다 객실 안이 더 편한 범죄 장소가 될 것 같은데요? 오가는 사람이 있는 복도보다는……. 공무진 선수 눈만 속이면 되는 객실이, 도촬하기는 더 쉽겠죠."

눈을 가늘게 뜬 남자가 나를 가늠하듯 내려다본다.

"그래서 일 얘기를 여기서 하시겠다? 오밀희 PD 그렇게 안 봤는데, 직업의식이 형편없네요."

나는 턱이 뻐근하도록 어금니를 꾹 물었다. 감히 커리어를 건드리는 말은 첫사랑이라고 해도 용납할 수 없다.

"불쾌합니다."

"왜, 내가 직업의식 건드려서 불쾌해요? 나도 지금 불쾌한 상황인 건 마찬가진데요. 내일 촬영에 대한 전달 사항이 있다면서 복도에서 이러고 서 있는 거 꼴사납다고 생각하지 않아요?"

불필요한 소모전이고, 쓸데없는 시비였다. 그 사실을 그 누구보다 잘 안다. 방송 제작 환경은 촌각을 다투는 일이다. 시간 낭비는 PD의 주적이다.

그런데 사실 판단을 명확하게 해야 하는 순간, 과거사가 끼어들어 버렸다. 과거사에는 감정이 얽히기 마련이다. 그게 연인 관계였다면 더욱 복잡해진다.

공무진, 이 남자는 내가 첫사랑 때문에 맺힌 한이 얼마나 큰지 짐작이나 하고 있으려나?

나의 첫 연애 상대인 공무진은 세상 모든 수컷을 시시하게 만들어 버렸다. 그게 내가 이 남자와 헤어진 이후로 그 누구와도 제대로 된 연애를 한 번도 못 해 본 이유라면 이유다.

물론 섹스도 마찬가지다. 개방적인 성격도 아니거니와 꽉 막힌 성격도 아닌 보통 사람인 나는 원나잇이나, 연애 감정을 배제한 성적 관계가 달갑지 않았다. 그러니 지난 5년 동안 섹스도 못 해 봤다는 말이다.

세상에서 가장 좋아하는 음식을 떠올려 보자. 그 음식을 2년 동안 실컷 즐겼는데, 갑자기 그게 세상에서 사라졌다고 생각해 보자. 그리고 5년 넘게 맨밥만 먹는 거다.

얼마나 먹고 싶겠어?

당장 눈앞에 있는 구남친을 자빠뜨리고 싶다는 말은 절대 아니다. 출중한 구남친이 내 눈을 한없이 높여 놓은 탓에 나는 연애 상대를 고르는 데 있어서 타협을 모르는 인간이 되었다는 거다. 그 덕에 나는 5년을 굶었고.

그러니 한이 맺혀, 안 맺혀?

한 맺힌 과거사가 끼어든 순간, 기 싸움은 피할 수 없다.

"들어와요. 밖에 서 있는 것보단, 이쪽이 낫지."

그가 문고리를 잡은 채 비켜섰다. 안 그래도 슬쩍 벌어져 있던 배스 가운 앞섶이 기울어진 그의 상체를 따라서 넓게 벌어졌다. 나는 여지없이 그의 배스 가운 안쪽으로 빨려 들어가려는 시선을 거두려 눈을 질끈 감았다가 떴다.

낮게 웃는 소리가 고막을 사정없이 때리고 들어온다.

"왜 그렇게 놀라요? 호텔 방 처음 들어와 보는 사람처럼?"

암전되려는 뇌리에 희미한 빛줄기가 드리우는 것처럼 기억 하나가 반짝거린다.

'나 이런 호텔 처음 와 봐!'

서울 시내 특급 호텔을 구경시켜 준 사람도, 야경이 내려다보이는 유리창에 가슴이 눌린 채로 헐떡이게 만들었던 남자도, 조식 시간이 다가오도록 재우지 않고 몰아붙였던 남자도, 다 공무진이다. 나에게 있어서 남성성으로 점철되는 존재는 인생을 통틀어 이 남자 하나다.

"들어오지 않고 뭐 해요? 무슨 생각을 하는 건지 모르겠네."

이 남자는 기억상실에라도 걸린 걸까?

아니면 내가 죽어서 불신 지옥에 빠진 게 아닐까?

그것도 아니라면 왜 전 남자 친구가 눈앞에 헐벗고 나타나서, 나를 시험에 빠뜨리는 걸까?

1화.

교양 아닌 상식이 된, 공무진

때는 바야흐로 12월, 내년 봄 개편에 관한 이야기가 스멀스멀 흘러나올 때였다. 방송사는 여느 때처럼 정신없고, 시끄러웠다.

"일미리, 이미리, 삼미리, 사미리, 아니고 오밀희!"

내 이름을 가지고 이따위로 놀리는 사람은 놀랍게도 초등학생이 아닌 나의 사수였던 한지후 PD다. 그는 입사 동기 중에 교양 프로그램이 아닌 버라이어티 예능에 지원한 유일한 PD였다고 한다. 그래서 그런지 평소에도 유치한 예능감을 달고 사는 인간이다.

시청자라면 선별적으로 웃음을 터뜨리는 게 가능하겠지만, 후배인 나에게는 선별적 웃음이 허락되지 않았다. 언제

나 한 PD를 향해서는 웃음을 풀 장전하고 살았다.

그런데 이제 한지후는 우리 방송사 사람이 아니잖아?

"그거 안 웃겨요."

나는 미간을 슬쩍 구기며 목소리를 낮췄다.

"와, 이게 빠져 가지고. 이제 나 EBC 사람 아니라고, 선배 대접 안 하겠다는 거야?"

"재미없는 걸 재미없다고 말했을 뿐입니다."

한 PD가 미간을 구기며, 울컥한 표정을 짓는다. 한 PD는 재미없다는 말이 무슨 사형 선고라도 되는 것처럼 받아들인다. PD들이 여러 직업병에 시달린다지만, 하필 한 PD는 재미없으면 죽는 병에 걸려 있다.

"진짜 재미없어?"

"저도 이제 시청자로서 솔직해야 하지 않을까요? 근데 어제 또 밤새우셨어요? 연봉 엄청 올려 받고 가셨다더니, 일만 하시나 보네요. 안색이 영."

"많이 컸다. 오밀희. 그래 봐야 오미리면서."

맥락 없는 말장난에 자존심 상하게도 실소하고 말았다.

"너 웃었다?"

"갑자기 초등학교 때가 생각나서요. 꼭 닮은 애가 하나 있었는데……."

하찮다는 듯이 웃으며 고개를 절레절레 내저었다. 하지만 나의 시선 끝에 담겨 있는 존경심과 부러움을 한 PD는 눈치 빠르게 잡아냈다.

"이번에 잘했더라."

기민한 한 PD는 내 칭찬부터 했다.

"겨우 했죠. 시청률 10% 만들기 진짜 빡세더라고요."

"요즘 누가 예능 본방을 보겠어. 10%면 진짜 초대박 난 거지."

한숨이 저절로 흘러나왔다.

"대박이라고 하기도 자존심 상해요. 선배 말처럼 요즘 누가 주말 예능 본방을 봐요. TV가 유일한 낙인 노년층이 채널 옮기지 않고 계속 틀어 놓는 거지."

"계속 틀어 놓는다고 시청률 10%가 그냥 나오지는 않아."

한 PD는 공중파 버라이어티 예능 전성기의 끝물을 맛보았던 세대다. 그가 AD로 일할 때만 해도 공중파 예능 시청률이 40%를 넘길 때였다. 하긴 내가 방송사에 입사했을 때도 예능 시청률 10%대면 폐지 수순이었다.

"갑갑하지?"

"이제 공중파 PD는 사양 직업 같아요. 방송사도 있으나 마나 한 것 같고……. 매체가 너무 많아졌어요. 뉴스는 포털로 보죠. 예능이나 드라마는 OTT로 보고 싶을 때, 보고 싶은 거 보면 되고. 오디오북에 웹툰에, 밈에……. 이제는 경쟁 상대가 타 방송사 프로그램이 아니라 유튜버니까요."

"어휴, 못 들어 주겠네. 정도껏 해라."

거시적인 한탄을 듣던 한 PD가 얄밉게 웃었다.

"근데 선배 여긴 왜 왔어요?"

"그냥 이 사람, 저 사람 얼굴 보러."

"얼마나들 썩어 있나, 구경 오셨어요?"

그가 우습다는 듯이 한쪽 입꼬리만 올리고는 피식거렸다.

"우리 오 PD 대박 내더니, 제법 예능 PD 같네."

나는 또 실없이 웃었다.

"이거 봐! 예능 PD라고 해도 짜증 안 내잖아?"

"제가 언제 선배한테 짜증 낸 적 있어요?"

"눈으로 많이 냈지, 짜증."

"눈으로 욕한 적은 있어도 눈으로 짜증 낸 적은 없어요."

한 PD가 다소 과장되게 웃음을 와르르 터뜨렸다. 이렇게 웃을 때는 꼭 꿍꿍이가 있는 건데.

"쌈마이한 거 적응 못 했던 게 엊그제 같은데. 교양국 가고 싶어서, 맨날 편집실에 숨어서 울었잖아."

"제가 또 언제 숨어서 울었다고 그러세요?"

나는 눈을 치뜨며 덧붙였다.

"대놓고 징징거렸죠."

"와, 오밀희! 너 계속 예능 해야겠다. 감각 있어. 아주 쌈마이해."

"됐거든요. 아, 그리고 저 그 말 싫어하는 거 아시면서, 계속 그러실 거예요?"

"미안, 버릇돼서. 삼류, 싸구려. 됐지?"

얄밉게 지껄이는 한 PD한테 대꾸할 기운도 없다. 시바이, 쌈마이, 오도시, 니주, 우라까이……. 일본식 표현이 어찌나 많은지 일일이 짜증 내기도 벅차다.

시청자들은 한번 보고 지나칠 프로그램인데, 완벽하게 선보이겠다며 편집실에서 밤을 새운 탓에 눈꺼풀이 무거웠고, 어깨도 묵직했다. 그런데 완벽한 프로그램이 대체 뭔지는 여전히 모르겠다.

"저 그만 자러 갈래요. 볼일 보시고 가세요."

"오피스텔 연장했어?"

"다음 달 연장이에요."

한 PD는 '그래' 하고 검푸르게 돋아난 수염을 손바닥으로 쓱쓱 문질렀다. 나는 고개를 대충 숙여서 인사하고는 돌아섰다.

"연봉 두 배. 오피스텔 전세금 무이자 대출 가능."

내가 지금 무슨 소리를 들었을까?

수면 부족 탓에 환청이 들리는 건가 싶었다.

"시청률에 따른 인센티브 있고. OTT 서비스, 프로그램 수출, 판권 계약에 따른 러닝 개런티 보장."

나는 정수리 한가운데를 축으로 삼아 빙그르르 돌아섰다.

"지금 뭐라고 하셨어요?"

"스카우트 제의?"

한 PD는 1년 전 우리 방송사를 그만두고, 케이블 방송사 미네르바로 이적했다. K-콘텐츠의 성장과 더불어 눈부신 성장세를 보이던 미네르바는 모기업의 대규모 투자를 등에 업고서 글로벌 OTT 서비스도 성공적으로 론칭했고, 자체 제작 드라마와 영화가 해외 유수의 시상식에서 굵직한 상을 받으면서 입지를 완벽히 굳혔다.

미네르바는 의심할 여지없이 성공한 거대 콘텐츠 그룹이었다. 한 PD가 미네르바로 이적한다고 했을 때, 혹시나 직속 후배인 나를 데리고 가지 않을까 하는 기대를 하지 않았다면……. 내가 야망 없는 PD거나, 한 PD가 죽도록 싫은 거다. 하지만 나는 야망도 있고, 한 PD도 직업적으로 존경했다.

"저 스카우트해서 뭐 하시려고요?"

이미 반은 넘어갔으면서, 그래도 덥석 무는 모습을 보이면 자존심이 상할 것 같다. 첫 회사를 향한 충성심까지는 없어도, 애사심은 양심에 거슬리지 않을 만큼 갖고 있으니까. 무엇보다 나를 PD로 만들어 준 곳이고, 나의 청춘을 바친 첫 프로그램이 피어난 곳이다. 첫정은 그 대상이 무엇이든 떼기 힘들다.

"싫구나. 그냥 못 들은 거로 해. 너는 원래 교양 PD 하고 싶었잖아. 그치?"

"간잡이도 아니고, 간 보지 마시고요."

비싸게 굴고 싶었는데, 치고 빠지는 한 PD의 기술에 휘말렸다. 한 PD가 한 발짝 성큼 다가왔다. 그는 내 어깨에 팔을 두르며 마치 비밀 이야기라도 할 것처럼 어깨를 웅크렸다. 사실 비밀이 되어야 하는 이야기가 맞다. 회사 옮긴다는 냄새 폴폴 풍기고 다녀서 좋을 게 없다.

"일종의 교양 버라이어티를 하나 기획하고 있거든? 촬영은 내년 봄에 시작해서, 업로드는 8월. 할래?"

"그게 다예요? 기획안도 없고?"

"왜 이래? 방송 한두 번 해? 내년 봄에 촬영 들어가는데, 지금 내 손에 완벽한 기획안이 있을 리가?"

"다른 사람은 없어도 선배는 있겠죠."

실로 다른 사람은 몰라도 한 PD는 계획이 있는 놈이다.

"나 믿고, 와라."

"선배를 뭘 믿고 가요."

"너 입봉작 편성 잡아 주고 나간 게 누군데?"

입봉도 일본식 표현인 것은 마찬가지다. 하지만 내 첫 프로그램 편성이 잡히는 데 혁혁한 공을 세운 한 PD에게 그것까지 지적할 수는 없는 노릇이다.

"그건 감사하게 생각하고요."

"그러니까, 나한테 와."

"두근거리는 워딩을 되게 멋없이 하는 재주가 있으시네요."

한 PD가 고개를 뒤로 물리며 인상을 구긴다.

"내가 널 두근거리게 해야 해?"
"포커스 이상한 데 두지 마시고요."
"너도 계속 겉돌지 말고. 단도직입적으로 대답해."
아랫입술을 말아 문 나는 잠시 망설였다.
"생각할 시간 주세요."
"얼마나? 3초?"
"제가 그렇게 좋으세요?"
나는 미간을 찡그리면서도 웃었다.
"어."
장난기를 싹 걷어 낸 한 PD가 진지하게 대꾸했다. 예상 못 한 반응에 나는 무방비하게 굳은 표정을 보이고 말았다.
"이번엔 좀 두근거렸겠다. 그치?"
한 PD가 검지를 치켜들며 승자의 미소를 머금었다.
"전혀요. 저 눈 되게 높아요. 아시잖아요."
대한민국에서 외모로는 빠지지 않는 사람들이 제집처럼 드나드는 곳이 방송사다. 하지만 내 눈에는 그저 잘 빚은 인형처럼 보일 뿐이었다. 나를 매혹했던 사람은 평생에 단 한 명뿐이다. 그 사실은 여전히 유효하다.
그런데 한 PD, 저 아저씨가 진짜.
"너무 깊이 생각하지 마. 길게 생각하지도 말고."
가슴 벅찬 고백을 마치고, 답을 기다리는 연인처럼 말하는 한 PD를 물끄러미 올려다보았다. 얼굴이 너무 가깝다고 생각했는지, 한 PD가 한 발짝 물러섰다. 헛기침하는 남자의 뺨은 붉기는커녕 찹쌀떡처럼 뽀얗다.

PD들 안색은 대략 세 가지로 분류된다. 피로를 못 이기고 누렇게 뜬 황색, 편집실에서만 지내느라 흡혈귀처럼 하얗게 질린 백색, 그리고 방송사 떠날 때가 된 흑색. 그런데 미네르바 제작 환경이 좋기는 한지, 한 PD의 얼굴은 확 핀 유백색이다.

나도 얼굴 좀 피고 싶네.

"네가 하고 싶은 프로그램, 다 하게 해 줄게."

웃음이 났다. 쉽게 부려 먹을 후배 PD 데리고 가는 거면서, 감언이설이 지나치다.

"이번에는 진짜 두근거렸다. 그치?"

나는 과장되게 어깻숨을 내쉬고는 고개를 내저었다.

"저 선배 믿고는 못 가겠어요. 연봉 더 준다고 하면 생각해 볼게요. 안녕히 가세요."

미련 없다는 듯이 돌아섰다.

직업적 안정성으로 친다면 아직 케이블 방송사보다는 공중파가 더 낫지 않을까, 하는 보수적인 생각도 해 본다. 아무리 돈을 많이 준다고 해도, 거대 콘텐츠 기업이라는 간판에 혹해서 반은 넘어갔다고 해도, 아직 나머지 반은 EBC에 남아 있었다.

그리고 이직이 어디 쉬운 일인가?

따질 것도 많고, 계산해 봐야 할 것도 많다. 미네르바는 EBC가 자리한 일산이 아닌 상암동에 있었고, 출퇴근하려면 오피스텔도 새로 알아봐야 했다.

잠을 못 잔 탓인지, 생각하는 것도 귀찮아지려고 한다. 야망이고 나발이고, 불행 회로가 열심히 돌아가려고 시동을 건다.

일단 자자.

자고 일어나서 생각해 보자.

그로부터 한 달 후, 나는 회사에 사직 의사를 밝혔다. 내 상관인 예능 3부장만큼은 나를 붙잡을 줄 알았는데, 사직서 봉투를 보고는 그럴 줄 알았다는 듯이 실소했다.

“한지후, 그 새끼가 내 등에 칼을 꽂을 줄 알았어. 내가.”

누가 보면 전쟁에서 적장에게 칼이라도 맞은 줄 알겠다. 세계 전쟁사 덕후인 부장은 나를 보며 고개를 절레절레 내저었다. 그리고 나는 아직 미네르바로 이직한다고 공표한 것도 아니었다.

“교양 하겠다고 고상한 척하더니, 여기서 하나 터뜨렸다고 오밀희도 결국 돈 따라가는구나.”

자본주의 사회에서 돈 따라 이직하는 사람에게 손가락질하는 사람은 공산주의자인가요?

솔직히 이직할 때 가장 중요하게 생각하는 요소가 연봉이다. 연봉 낮춰서 이직하는 경우는 매우 드물다. 워라벨이 현격히 차이가 난다든가, 아니면 연봉 외에도 너무 매혹적인 요소가 있다든가.

하지만 미네르바에서 제시한 연봉을 상쇄할 만큼의 매력이 EBC에는 없었다. 제작 환경과 근무 조건 역시 미네르바가 월등했다.

"솔직히 말해 봐, 오밀희."

그리고 이제껏 느끼지 못했는데, 개인적으로 빈정 상하는 지점이 발견되었다. 부장은 내 이름 끝에 결코 PD라는 정체성을 붙여 주지 않았다. 하긴 아까 한지후의 이름 끝에도 PD를 붙이지 않은 것은 마찬가지다.

내가 이걸 어떻게 견뎠지?

언론 고시라 불리는 방송사 입사 시험에 통과하기 위해서 혹독한 수험 기간을 거치고, 마침내 방송사에 입사하고 나면 취업뽕이 그득 차오른다. 효과 좋은 취업뽕에 취해서 AD 4년을 버텼다. 언젠가는 PD님 소리를 듣겠다며 악으로 깡으로 견딘 인고의 세월이었다.

그런데 막상 메인 PD로 첫 작을 편성받고, 방송을 내보내고, 남들이 대박이라고 하는 시청률까지 찍었는데, 헛헛했다.

취업뽕을 입봉 번아웃이 눌러 버린 것이다. 일반 회사원이 승진하고 나면, 이직하고 싶어지는 마음이랄까.

그때를 기가 막히게 알아차린 사람이 한지후 PD였다. 그도 겪어 본 일일 테니, 흔들리는 후배를 꼬드기는 일은 어렵지 않았을 것이다.

그렇게 내 마음은 EBC를 떠나 미네르바로 향했다. 마음이 뜨고 나니, 그동안 부서원들에게 비인격적 대우를 일삼았던 부장의 언행이 주마등처럼 스친다.

예능국은 가장 진보한 일을 하는 것 같으면서도 꼰대 문화가 만연한 곳이다. 부장에게 밉보이면 프로그램 편성이고 나발이고, 오지 산간에 처박히기 딱 좋은 업무 구조여서 그런지도 모르겠다.

내가 그동안 어떻게 견뎌 낸 걸까. 잘 버텼다, 오밀희.

나는 속으로 스스로에게 애썼다 말해 주며 입을 꾹 다물었다.

“이왕 나가는 거 잘돼라.”

웬일로 부장이 좋은 말을 다 해 주나 싶다.

“근데 말이야. 우리 EBC는 전기세에 포함된 TV 수신료로 먹고사는 방송사잖아? 그래서 공무원이나 다름없어요.”

부장이 옛날 버릇을 고치지 못하고 담뱃갑을 들었다 놨다 했다. 방송사가 금연 건물로 정해지기 전만 해도 부장은 사무실 책상 앞에 앉아서 담배를 뻑뻑 피워 댔다고 들었다.

물론 금연 건물로 정해진 이후에도 제 버릇 개 못 주고, 창문을 열어젖힌 채로 담배를 피우다가 화재 감지기가 울려서 한바탕 소동을 겪기도 했다.

회사에서 경고를 여러 번 먹은 뒤에야 부장은 사무실 흡연을 끊었다. 그런데 담뱃갑에서 담배를 하나 빼 든 그가 아랫입술에 담배 필터를 갖다 댔다. 담배가 심하게 당길 만큼 빡치는 상황이라는 의미다. 그러니 부장이 내뱉는 언사가 뒤틀릴 거라는 신호다.

나는 미간이 절로 찌푸려질 것 같아서, 눈썹에 바짝 힘을 주었다.

"미네르바는 철저히 성과 지상주의거든? 돈 안 되면 내칠 텐데, 너 여기 다시 오고 싶다고 해도, 나는 안 받아 줄 거다?"

그만두는 직원의 앞날에 축복을 내려 주기는커녕 소금부터 뿌린다.

누군가 그랬다. 이직을 결심한 사람이 역적이라고.

내가 이곳에서 사라지고 나면, 방송사 사람들에게 내 욕을 얼마나 해 댈지 안 봐도 뻔하다. 한 PD가 그만뒀을 때도 그랬으니까.

"아니, 근데."

배가 불룩 나온 부장이 다리를 쩍 벌리고 앉으며 등받이에 상체를 완전히 기댔다.

언젠가 부장과 함께 11인승 맨 뒷좌석에 같이 앉았던 적이 생각난다. 가운데 자리 잡고 앉아서 다리를 어찌나 벌리는지, 양옆에 앉았던 한 PD와 나는 벌이라도 받는 것처럼 무릎을 한껏 모으고 앉아야 했다.

마음이 뜬 탓인가?

이별이 아름다울 수는 없는 건가?

하나부터 열까지 거북하게 느껴지는 게 신기할 정도다.

"한지후 그 새끼는 미네르바 가서 뭐 한 게 있나? 거기 간 지가 언젠데 성과도 없는 새끼를 따라가?"

심기를 건드려서 발끈하게 만들고, 정보를 캐내려는 수가 뻔히 읽혔다. 한 PD가 프로그램 기획을 위해 잠영하고 있다는 사실을 부장이 모를 리 없다. 그런데 그 기획안이 뭔지 궁금해서 미칠 노릇인가 보다.

나는 눈치 없는 척 눈을 가늘게 뜨며 웃었다.

"아니, 웃지만 말고. 일 못하는 새끼를 왜 따라가냐고?"

한 PD가 일 못하는 사람이면 미네르바에서 모셔 갔을 리가.

"한 PD랑 잤어? 미네르바 안 따라오면 소문내겠대?"

그래도 유종의 미는 거두려고 했는데, 부장은 터진 입이라고 마음대로 떠들어 댔다. 그런 사람들이 있다. 성적인 이야기를 자유롭게 하면, 본인이 굉장히 개방적인 인간이라고 착각하는 병신들 말이다.

그러니까 듣는 사람이 못 받아들이면 편협하다고 탓하는 이상한 새끼들 말이다. 엄연히 추행인데.

"말씀이 지나치시네요, 부장님."

나는 정색하고 얼굴을 굳혔다.

"어이구, 화내는 거 봐라? 왜, 퇴사하는 마당에 나 인사과에 꼰지르기라도 하게?"

속이 갑갑하다.

다시 한 번 드는 생각이지만 정말이지 잘 버텼다, 오밀희.

"퇴사하는 마당에 한 말씀 드리겠습니다. 부장님이 그 자리에 앉기까지, 그런 방식이 통했는지 모르겠는데요, 이제는 아닐 겁니다. 하루가 다르게 세상이 변하고 있어요. 그런 협박과 혐오 조장으로 겁박해서 움직이는 제작진 데리고는 시청자 관심 못 받는 시대거든요. 진화하지 못하면 도태되는 겁니다. 저도 일자리 잃으신 부장님이 연락하시면 못 받아들일 것 같네요. 그 자리 오래 못 계실 것 같은데, 지금이라도 다른 직업 알아보시길 기도드리겠습니다."

"야! 너 말 다 했어?"

부장이 한쪽 눈썹을 치뜨며 윽박질렀다. 제 뜻대로 안 되면 소리부터 지르고 책상 위 기물을 집어 던지는 성격이다. 이왕 세게 나가는 김에 나는 휴대전화 카메라부터 켰다.

'PD는 탱커다. 프로그램을 향해 날아오는 비난은 네가 전부 감수해야 한다. 그러니 약해지지 마라. 울고 싶으면 울어도 되지만, 너 믿고 일한 사람들이 받은 상처도 품고 울어라. 그리고 울고 난 뒤엔 그들을 지켜 줘라. 그러려면 너부터 지키는 법을 깨우쳐야

한다.'

한 PD가 귀에 못이 박히도록 한 말이었다.

"뭐 던지시려고요? 근데 아까 뭐라고 하셨죠? 한 PD랑 잤냐고 물어보셨던가요?"

방송사 사람 아니어도 카메라가 돌아가는 순간에는 조심해야 한다는 것을 안다. 그리고 오늘의 소동은 선례로 남을 것이다. 나는 내 뒤를 이어 방송사를 떠날 후배들에게 쏟아질 개소리를 조금이라도 막고 싶었다.

한 직장에 충성하는 시대도 아니고, 평생 직업이라는 의미도 퇴색한 지 오래다. 직업의 자유가 있는 대한민국에서 이 직자는 왜 개소리를 참고 들어야 하는가. 개소리 들어가면서 그동안 회사 다닌 것도 억울한데 말이다.

"그럼, 일주일 인수인계하고, 2주는 못 쓴 휴가 전부 쓰고 나가겠습니다. 휴가 안 쓰고 나간다고 일당 소급해서 월급에 꽂아 주는 시스템도 없으니까요."

나는 고개를 꾸벅 숙여 인사하고는 부장실을 나섰다.

– 야, 너 조 부장 들이받았다며?

소문 참 빠르다. 부장실에서 나온 지 반나절도 되지 않았는데, 한 PD가 전화를 걸어왔다.

"제가 투우도 아니고, 왜 들이받아요."

휴대전화 너머에서 유쾌한 웃음소리가 와르르 쏟아진다.

– 다들 오밀희 크게 될 것 같다고 난리다. 나 너무 부담되는데?

서글서글한 한 PD는 조 부장이 지랄발광할 때도 그저 웃기만 했다. 그럴수록 조 부장은 더욱 악랄하게 굴었다. 한 PD는 웃음으로 중무장한 탱커였던 것이다.

"부담 좀 가지세요. 끊습니다, 저 인수인계 빡세게 해야 해요."

통화를 마치며 방송사 복도를 걷고 있는데, 보도국 소속 아나운서가 알은체해 온다.

"오밀희 PD?"

"네. 안녕하세요?"

나와는 업무적으로 얽혔던 적이 없는 경력 20년 차 여성 아나운서였다.

"잘했어."

"네?"

생각해 보니 그녀는 조 부장이 메인 PD로 있는 역사 프로그램의 MC였다.

"조 부장 자기가 역사 전문 PD라고 하면서 쥐뿔도 모르는 거 알아? 역사 왜곡을 의도적으로 하는 게 아니라, 몰라서 하는 놈이야. 내가 그놈 꼴 보기 싫어서 진행하기 싫은데, 나 없으면 찍소리 못 하는 제작진 데리고 이상한 왜곡 방송 할 것 같아서, 내가 싸우면서 버티는 거야."

나는 뻘쭘하게 웃었다.

"그래도 조 부장 밑에서 일했다고, 이런 소리는 민망한가 봐?"

내 속을 빤히 들여다보고는 있지만, 민망해하는 상대를 배려하듯 그녀는 미지근하게 웃었다.

"미네르바가 아니라, 어디 파르테논 신전을 가도 계속 그렇게 밀고 나가."

그녀가 우아한 손길로 내 어깨를 다독거렸다.

"가만히 있으면 생각이 없는 줄 아는 사람들이 있다니까? 특히 어디서든 오래 묵은 놈들이 그래. 나 때는 시키면 시키는 대로 하는 세상이었어. 여권? 그런 말도 없던 시절이었지. 근데 우리가 못 했던 말, 오 PD 같은 사람이 해 줘서 고마워. 목소리는 내야 들리고, 들어야 알아듣고, 그래야 세상이 바뀌는 거지. 내가 응원해, 오 PD."

새삼 가슴이 벅차올랐다. 내가 PD가 되고 싶었던 이유였다.

목소리를 내고 싶었고, 누군가 내 뜻이 담긴 프로그램에 귀 기울여 주길 바랐다. 세상을 전복시키고자 하는 큰 꿈을 꾼 것은 아니지만, 소소하고 긍정적인 바람이 불기를 희망했었다.

"옳은 말 하는 사람은 나댄다고 욕먹고, 나쁜 짓 하는 것들이 유세 떨고 사는 세상은 없어야지. 이제."

지금까지 내 삶과는 아무런 관계도 없었던 타인의 말 한마디가, PD로서의 초심을 일깨워 주었다.

복도를 내딛는 발걸음에 힘이 바짝 들어갔다. 미네르바, 그녀는 그리스 신화 속 전쟁과 지혜의 여신이었다. 여신의 미소가 내 걸음마다 함께하기를, 나는 속으로 조용히 바랐다.

"너 퇴사하고 조 부장 앓아누웠대."

운전대를 잡은 한 PD가 좌회전 방향 지시등을 켜며 말했다. 우리가 탄 차는 국립현충원 앞을 지나서 서래마을 쪽으로 가는 중이었다.

"그런 말씀 하시니까 제가 되게 나쁜 사람 같잖아요."

나는 이제 막 푸른 잎이 돋아나기 시작하는 국립현충원 안쪽의 아름드리나무들을 바라보며 대꾸했다.

"그 양반이 제 성질 못 이겨서 그런 거지, 뭐. 근데 너 웬만하면 안 나서잖아. 왜 그랬어? 오죽하면 내가 너한테 탱커 교육을 시켰을까. 맨날 웃기만 해서, 내가 걱정이 이만저만이 아니었다."

누가 해야 할 말을 하는지 모르겠다. 그러는 한 PD도 웃는 상이기는 마찬가지면서.

한 PD는 내가 조 부장을 들이받은 사건을 영 수상쩍게 여기는 눈치였다.

"그냥 쌓인 게 있었어요."

"야, 나도 쌓인 거 많았는데, 너처럼 그러지는 않았어. 너 무슨 일 있었지?"

여기다가 대고 능력 없는 한 PD는 왜 따라가느냐, 한 PD랑 잤느냐 따위의 말을 하고 싶지는 않다.

"그만두는 마당에 센 척하고 싶었나 봐요. 근데 우리 어디 가는 거예요?"

미네르바에 출근한 지 일주일. 여기저기 인사하고 회사 분위기를 살피는 데 일주일은 빠르게 흘러갔다. 이제 프로그램 이야기를 해도 된다고 생각했는지, 한 PD가 기획 회의를 하자며 나를 사무실에서 끌고 나왔다.

"교양 버라이어티 출연자 만나러 가는 길이야."

"네에?"

나는 조수석 등받이에 바짝 붙이고 있던 상체를 곧추세웠다.

"무슨 사전 정보도 없이……. 다짜고짜 출연자를 만나는 자리에 데리고 가요? 그게 누군데요?"

한 PD가 잠시 뜸을 들였다.

"아유, 이 동네는 왜 이렇게 복잡하냐."

차는 이수 고가 차도를 오르고 있었다. 도로도 복잡한데 운전하는 사람한테 말 시키지 말라는 듯이 한 PD는 끊임없이 구시렁거렸다.

차가 많다. 서울 시내 운전은 못해 먹겠다. 왜 이렇게 막히냐. 저 새끼 운전하는 꼬락서니 봐라.

"선배, 말해 봐요. 누군데 그래요? 위험한 사람이야? 보안 문제, 그런 거예요?"

"위험한 사람은 아닌데……. 출연을 거부하는 출연자라고 해야 하나."

"출연을 거부하는데 굳이 캐스팅하는 이유는요?"

"그쪽 에이전시랑 윗선에서 먼저 이야기가 된 거거든? 근데 기획안 여러 개를 내밀어 봤는데, 출연자가 계속 까더라고. 좀 진부하다는 생각이 들었나 봐. 사전 정보가 없는 상태에서 네가 출연자를 만났을 때, 어떤 아이디어를 떠올릴지 궁금해서."

"사전 정보는 블라인드, 기획안은 즉석에서?"

한 PD는 고개를 끄덕이며 운전대를 돌렸다.

서래마을에 사는 블라인드 출연자가 대체 누굴까.

"콘셉트도 없고요?"

"콘셉트를 제시했었지. 근데 까였지."

"까인 콘셉트라도 알려 주셔야 하는 거 아녜요? 그리고 윗선에서 그쪽 에이전시랑 이야기가 오간 거라면, 에이전시에서 원하는 방향 같은 게 있을 거 아녜요."

한 PD도 그게 갑갑한 모양이었다.

"방향……."

그는 단어 하나를 곱씹으며 고개를 까딱까딱했다.

"사고 치고 사라졌던 연예인 이미지 전환용 프로예요?"

"아니. 전혀 아니야. 완전 이미지 좋은 사람이야."

"좋은, 사람……?"

그렇다면 출연자가 방송인은 아니라는 소리처럼 들린다.

"그럼 기업인?"

"아니. 그것도 아니고."

"그럼 누군데요!"

답답해서 목소리를 약간 높인 순간, 차는 주택가 골목으로 들어서고 있었다. 여러 번 방문해서 익숙한 듯, 그는 비상 깜빡이를 켜고 차를 멈췄다. 어디선가 대기하고 있던 대리 주차 요원이 운전석 창문 앞으로 상체를 숙였다.

"향나무 집 왔는데요."

"네, 차 키 두고 내리세요."

향나무가 많은 집이라는 뜻인지, 아니면 향나무 집이라는 이름의 식당인지 카페인지 헷갈린다. 차에서 내려 주변을 둘러보았지만, 식당이나 카페 비슷한 것은 보이지 않았다.

"향나무 집이요?"

"어. 정원에 향나무가 많아서 그렇게 부른대. 출연자 집이야. 원래 이름이 뭐더라? 밀해원?"

"밀해원?"
"향나무 밀 자에 무슨 해 자더라……. 아무튼 향나무가 많아서 그렇게 이름 지었대."
하얗고 높은 담벼락을 두른 집의 대문은 짙은 녹색이었다. 초인종을 누르는 한 PD를 보며 조용히 중얼거렸다.
"나도 향나무 밀 자 쓰는데."
"그래? 희 자는?"
"아름다울 희요."
누군가 대문 가로 성큼성큼 걸어오는 기척이 느껴졌다.
"누구세요?"
나이가 지긋한 여인의 목소리였다.
"미네르바에서 왔습니다. 한지후 PD입니다."
전자 진동음과 함께 대문이 슬그머니 열렸다.
"안녕하셨어요?"
인상이 좋은 아주머니는 진회색 원피스에 무명 앞치마를 두르고 있었다. 누가 보아도 집안일을 봐 주는 사람이라는 것을 알아볼 수 있는 차림과 분위기였다.
"들어오세요. 아직 운동 가서 안 돌아왔는데."
호의적이지 않았지만, 그렇다고 불친절한 것도 아니었다.
"이쪽은 저랑 같이 프로그램 할 친구입니다."
한 PD가 친근한 말투로 나를 소개했다.
"안녕하세요, 오밀희입니다."

대문 안으로 발을 들이며 인사를 건넸다. 내내 한 PD를 향해 있던 아주머니의 시선이 그제야 내게로 옮겨붙었다. 눈을 가늘게 뜬 아주머니가 고개를 갸웃한다. 마치 예전에 알았던 사람인데, 누군지 퍼뜩 기억이 나지 않는다는 듯한 표정이다.

하지만 나에게는 명백하게 초면인 아주머니였다.

"처음 뵙겠습니다. 잘 부탁드립니다."

명료한 인사에도 아주머니는 눈을 가느다랗게 뜨고 나를 관찰하듯 했다.

"우리 어디서 본 적 있어요?"

나는 예의 바르게 미소 지으며 대꾸했다.

"저는 처음 뵙는 것 같아요."

"영판 낯이 익어. 어디서 본 것 같은데……. TV 나오나? 연예인인가? 내가 요즘 아이돌이나 배우는 잘 몰라 놔서."

"우리 오밀희 PD가 TV에 나오는 아이돌만큼 예쁘죠? 근데 저랑 같이 일할 PD입니다."

"아, PD님이구나. 나이는?"

아주머니가 자연스럽게 호구조사를 시작했다.

"올해 서른이요."

"아유, 너무 좋을 나이다. 우리 조카는 서른둘이야. PD면 공부 많이 해야 하잖아. 똑똑하겠네. 얼굴도 예쁜 아가씨가 똑똑하기까지 해?"

내가 아가씨가 맞는지 확인하는 눈치다. 나는 어색하게 웃었다.

"그럼요. 우리 오 PD 엄청 똑똑해요. EBC에 수석으로 입사한 직원인데, 제가 데리고 왔어요. 우리 여사님 조카분 프로그램 멋지게 만들려고요."

"그 녀석이 여간 깐깐해야지. PD 양반이 이해해요. 워낙 상처가 많은 애라 그래. 마음 여는 법을 잘 몰라."

누군지 모르겠지만 우리의 출연자는 상처가 많으신 서른두 살의 남자로 추정된다. 그리고 마음 여는 법을 잘 모르는 분이시다.

대문 안쪽으로 넓게 펼쳐진 정원에는 한 PD의 말마따나 향나무가 즐비했다. 휘황하게 가지를 뻗은 상록수는 공들여 가꿔지고 있는 듯 보였다.

"근데 이름이 뭐라고? 오, 미리? 미리내 할 때 미리인가?"

"밀희요. 오밀희입니다."

현관에 들어서던 아주머니가 우뚝 멈춰 섰다. 앞서가던 그녀가 고개를 천천히 돌려서 가늘게 뜬 눈으로 나를 바라본다.

"혹시 향나무 밀 자 쓰나?"

"네."

연한 미소를 머금으며 고개를 끄덕이자, 아주머니가 영 이상하다는 듯이 고개를 갸웃거린다. 먼 산을 바라보듯 허공을 응시하던 아주머니의 눈이 갑자기 휘둥그레진다.

"우리 오밀희 PD님이 똑똑하다고 했지. 대학은 어디, 이 근처에서 다녔어?"

"관악산이 끌어안고 있는 국립대요."

한 PD가 부드럽게 끼어들었다. 한 PD의 대답에 아주머니가 '아!' 하며 고개를 크게 끄덕거린다.

"아무튼, 들어와요. 내 정신 좀 봐. 손님이 왔는데, 차라도 얼른 대접해야지."

아주머니가 어딘가로 사라지고 나자, 한 PD와 나는 겨우 거실 소파에 궁둥이를 붙이고 앉았다.

"아주머니랑 진짜 혈연관계는 아니래. 출연자랑 예전부터 알던 사이인가 봐. 그리고 나 처음 봤을 때도 저러셨어. 정이 많으셔. 네가 이해해."

나는 선배가 하는 말을 들으며 집 안을 두리번거렸다. 마당을 향해 나 있는 통유리창을 통해 들이치는 햇살이 눈부셨다. 온통 하얀색으로 꾸며진 집 안에서는 새 가구에서 나는 냄새가 아직 배어 있었다.

"집주인이 이 집에 들어온 지 얼마 안 됐나 봐요?"

"아, 원래 외국에 있는 시간이 많아서, 여기에 짐이 많지 않은가 봐."

그래서인지 출연자를 짐작할 만한 단서가 없었다.

"진짜 말씀 안 해 주실 거예요, 누군지?"

"곧 볼 텐데, 뭐."
"이런 식이면 저 안 할래요."
소파에서 일어서는 시늉을 하자, 한 PD가 웃으며 내 손목을 잡아 앉혔다.
"너 먼저 말해 봐. 조 부장이 뭐라고 했는데 들이받았어? 일산에서 상암까지 소문날 만큼."
"저, 뭐라고 소문났어요?"
"쌈닭이라고. 조 부장 앓아누운 거 보면, 죽을 때까지 물어뜯을 수도 있으니까 조심하라고."
나는 어이가 없어서 입바람을 불어 앞머리를 흩날렸다.
"아니, 근데요. 그 방에 나랑 조 부장 둘밖에 없었거든요? 나는 입 다물고 조용히 있었는데, 대체 누가 소문내고 다닌 거래요?"
"생각해 봐, 오밀희. 그 방에 너랑 조 부장이랑 둘밖에 없었어. 너는 입 다물고 조용히 있었고. 그럼 누구겠어?"
사람이 그렇게까지 파렴치할 줄은 미처 몰랐다.
"조 부장이 자기 입으로 떠들고 다녔다고요?"
"응. 네가 싸가지 없이 들이받았다고, 사표 내 줘서 참 고맙다고. 잘랐으면 나랏돈으로 실업 급여 받아먹지 않았겠냐고. 자기가 낸 세금으로 그런 애 챙겨 주는 짓 아깝다고. 회사에서 퇴직위로금도 아껴서 다행이라고 그랬다던데?"
실소가 터져 나왔다.

"조 부장이 뭐라고 했는데, 응? 네가 왜 들이받았는데? 너 이유 없이 그랬을 리 없잖아."

이렇게 된 이상 숨기는 것도 억울하다.

"나한테 선배랑 잤냐고 물어보더라고요."

"뭐?"

한 PD의 얼굴로 순식간에 서슬 퍼런 분노가 고였다.

"미네르바에 간 지 한참 됐는데, 아직 성과도 없는 일 못하는 새끼 왜 따라가냐고. 한 PD랑 잤냐고. 그래서 따라가는 거냐고……."

말을 하던 도중에 한 PD의 시선이 내 등 뒤로 움직였다. 나는 자연스레 그의 시선을 따라 고개를 돌렸다.

출연자인 듯 보이는 서른두 살의 남자, 상처가 많아서 마음을 쉽게 못 연다는 그와 눈이 마주쳤다.

공무진?

그의 시선에서 서늘한 의문이 읽혔다.

오밀희?

찰나의 순간 당황하는 듯하더니, 공무진은 능숙하게 표정을 감추고는 걸음을 옮겼다. 나는 그에게서 시선을 떼지 못하고 말끄러미 바라보았다. 긴 다리를 성큼성큼 움직여 맞은편 소파로 향하는 그는 검은색 트레이닝 복을 입고 있었다.

대학로, 낙산공원, 세일즈맨의 죽음, 그날과 비슷한 검은색 트레이닝 복이었다.

"일찍 오셨네요. 제가 늦었나요?"

축축하게 젖은 듯한 목소리는 여전히 굵직했다. 나와 한 PD는 얼른 자리에서 일어섰다.

"아니요. 저희가 10분 일찍 도착했습니다."

한 PD가 지금까지 꼭 잡고 있던 내 손을 슬쩍 놓아주었다. 공무진이 맞잡고 있던 손을 흘끗거리고는 이내 무정하게 시선을 거두었다.

남의 집 거실에서 추태를 부리다가 집주인에게 딱 걸리기라도 한 것처럼 심장이 기분 나쁘게 날뛰었다.

"이쪽은 누구시죠?"

시치미를 뚝 떼고 묻는 어조는 얼음을 깨부수는 송곳처럼 날카롭고 차가웠다. 햇살을 받아 영롱하게 빛나는 유리 테이블을 앞에 두고 세 사람이 마주 선 상황이 비현실적이다.

"아, 저희 제작팀에 합류한 PD입니다."

"안녕하세요, 오밀희입니다."

사석에서는 처음 보는 것처럼 인사를 건넸다. 세계적 인기를 끌고 있는 로드 사이클리스트 공무진, 그의 공적인 커리어까지 모른 척할 수는 없었다.

그리고 그는 나를 생전 처음 보는 것처럼 인사했다.

"반갑습니다. 공무진입니다."

가느다랗게 열린 거실 창틈으로 실바람이 불어왔다. 오래전 익숙하게 맡았던 풋귤 향이 무방비한 폐부를 파고들었다.

갑자기 팽창한 폐부 때문에 심장이 짓눌리듯 아프다.

"우리 오 PD한테 출연자가 누군지 알려 주질 않았거든요. 공무진 선수일 줄 상상도 못 했을 겁니다. 그래서 좀 놀랐나 봐요. 당황해서 귀까지 빨개졌네요."

분위기를 부드럽게 풀려는 의도였겠지만, 지금만큼은 한 PD가 입을 다물어 줬으면 좋겠다.

"워낙 국내에서 방송은 안 하시는 분이시니까요."

나는 빠르게 처지를 대변하듯 내뱉었다.

내 이름처럼 향나무가 아름다운 곳에서 무방비하게 마주한 첫사랑은 평정심을 잃게 만들 만큼 차가웠다.

"새로운 기획안이라도 들고 오셨습니까?"

목소리는 차가웠지만, 적당히 예의를 차린 말투였다. 그는 앉으라며 손짓했고, 나는 한 PD의 곁에서 조금 떨어져 앉았다. 서늘한 눈길이 한 PD와 나 사이에 생겨난 한 뼘 남짓한 공간에 머물렀다.

"우리 오 PD 감을 한번 믿어 보려고요."

공무진의 시선이 내 얼굴을 매끄럽게 타고 올라왔다.

"감을 믿어 본다? 좀 무모하게 들리는데요."

소파 등받이에 깊숙이 몸을 기댄 그가 따분한 눈빛으로 나를 응시했다. 그의 거슬리는 태도가 신경 줄을 팽팽하게 당겼다.

나는 긴장된 활시위를 놓아 화살을 쏘아붙이듯 입을 뗐다.

"무모한 기획이 대박 치는 경우가 많습니다. 트렌드 따라서, 남들이 대박 터뜨린 포맷 그대로 만든 프로그램보다, 완전히 새로운 시각에서 만든 프로그램이 시청자들에게는 더 매혹적일 때가 있거든요."

그가 연한 미소를 머금었다. 나를 바라보는 그의 시선은 예전처럼 집요하지도, 뜨겁지도 않았다. 서늘한 눈동자에는 미치지 못하고 입가에만 머무는 미소는 마치 비소, 혹은 실소처럼 느껴졌다.

객관적으로는 감정을 담지 않고, 예의를 차린 미소라고 볼 수 있다.

하지만 공무진은…… 내가 객관적인 판단을 내릴 수 있는 상대가 아니었다. 프로그램 연출에 난관이 예상되는 순간이다.

한 PD는 눈치가 빠른 편이다. 여기서 묘한 기 싸움을 벌였다가는 과거 사생활을 까야 하는 순간이 올지도 모른다. 한 PD는 이 프로그램을 잘해 보려고 고심하는 눈치였다. 여기서 괜한 과거사가 터져 봤자, 불편해지기만 할 뿐이다.

이혼한 부부가 친구 먹는 세상이라지만, 나는 그런 쿨한 부류에 속하는 사람은 아니다. 내가 아는 한, 공무진도 마찬가지다. 그 역시도 서로 모른 척하는 게 신상에 좋을 거라고 판단할 것이다.

"그래서요? 감이 좀 왔습니까?"

공무진의 성격상 돌아가는 법도 없다. 그는 도로를 빠르게 주파하는 로드 사이클리스트답게 단도직입적으로 물었다. 나는 그의 무감한 시선을 받아 내며 평상시와 같은 목소리를 내기 위해 노력했다.

"사이클리스트는 혹독한 경기 일정을 견디는 동안, 하루 5000kcal 이상을 소모하는 것으로 압니다. 공무진 선수께서는 미슐랭에서 선정한 맛집, 유럽과 캘리포니아 소도시 레스토랑 연합에서 인정한 셰프가 운영하는 레스토랑에 방문하시는 걸 즐기신다고 들었습니다. Map Zin이라는 이름으로 공무진 선수께서 방문한 유럽과 북미 레스토랑을 표시한 지도도 SNS에서 돌아다니고 있고요."

공무진은 어깨를 한번 으쓱하고는 입을 열었다.

"Map Zin이라는 어플을 개발한 친구가 제 동료 여동생이었어요. 같이 식사를 자주 했거든요. 한국에서는 유명하지 않을 텐데, 잘 아시네요?"

마치 그동안 저를 지켜보았느냐고 묻는 듯한 뉘앙스 같았다. 그리고 굳이 동료의 여동생이었다는 소리를, 같이 식사를 자주 했다는 말을 거슬리게 덧붙였다.

그래, 찾아봤다.

잊었다고 생각하며 아무렇지 않게 살아가던 어느 날, 퇴근 후 피곤한 몸을 이끌고 침대에 누운 늦은 밤, 죽을 것같이 고단한데도 무언가를 잊은 듯이 허전한 기분이 들 때면, 나는 공무진의 SNS를 들락거렸다.

이게 바로 SNS의 폐해 중 하나다. 구남친의 행적을 쫓기에 너무 수월한 시스템이다. 게다가 그 사람이 유명인이라면 콘텐츠는 차고 넘치는 수준이 된다. AI 알고리즘은 그의 해부도까지 구해 줄 판이었다.

"우리 오 PD가 원래 교양 쪽을 지원했었거든요. 그래서 사회 여러 분야에 관심이 많습니다. 아는 것도 많고요."

역성을 들어 주는 한 PD가 이번에는 눈물 나게 고맙다. 나는 평소답지 않게 고마움을 담뿍 담은 눈길로 한 PD를 바라보았다. 한 PD가 티 나지 않게 눈썹을 살짝 찡긋했다.

"대표 프로그램은요?"

출연자가 궁금해할 수 있는 질문이었다.

"얼마 전에 EBC에서 종영한 우리 문화 오디션 프로그램 했습니다."

"어머! 나 그거 알아! 살풀이춤 췄던 아가씨가 1등 한 거. 그거 맞지?"

어느새 나타난 아주머니가 유리 테이블 위에 찻잔과 과일이 담긴 접시를 내려놓으며 물었다.

"네, 맞습니다."

"무진아, 우리 그거 같이 봤잖아. 너도 엄청 재밌다고, 나랑 문자 투표도 같이하고 그랬으면서? 잘 만든 프로그램이라고 칭찬하고 그랬잖니. 오 PD 아가씨, 진짜 능력 있는 아가씨네."

아주머니가 싱긋 웃으며 나에게 차를 권했다.

"얼른 들어요. 이거 집에서 직접 담근 오미자차야. 우리 무진이가 나한테 문자 투표 하는 방법도 알려 주고 그랬어요."

공무진은 별스러울 것도 없다는 듯이 우아하게 찻잔을 집어 들었다. 우람한 손이 소서와 찻잔을 집어 들자, 어린아이 소꿉놀이 장난감처럼 작아 보인다.

"공무진 선수가 자전거를 타고 국내 소도시를 돌면서 맛집을 발견하는 콘셉트면 좋을 것 같습니다. 원하시는 방향성이 있을까요?"

"방향성……."

그가 내 말을 곱씹으며 잠시 뜸을 들였다.

"원래부터 주목받던 사이클리스트는 아니었던 것으로 알고 있습니다. 노력하는 자가 인정받는 세상이라는 방향으로 가면 어떨까요. 맛집도 원래 유명한 집이 아니라, 묵묵히 식당을 운영한 소시민의 이야기로 채우는 겁니다. 물론 Map Zin에 등장하는 고급 레스토랑만큼 마음에 차지 않으실 수도 있습니다만, 허름해도 정직한 정성이 들어간 식당이면."

"좋네요."

그가 장황한 내 설명을 끊어 내듯 짧게 말했다. 한 PD가 여러 번 까인 탓에 긍정적인 대답을 기대하지 않았던 나는 잠시 멈칫했다.

"구체적인 기획안부터 빨리 작성해 주시는 게 좋겠네요. 촬영이 적어도 4월 안으로는 끝나야 하니까요."

공무진이 깔끔하게 정리하자, 한 PD가 유쾌한 웃음을 터뜨렸다.

"기획안은 저희가 이른 시일 내에 에이전시 통해서 전달드리겠습니다."

"굳이 에이전시 통할 필요 있을까요? 제 에이전트 지금 지로 디탈리아(Giro D'Italia) 프리뷰 때문에 이탈리아에 있어요. 한국에서 로마 거쳐서 다시 한국으로 연락하는 시간 낭비를 할 필요는 없죠. 저한테 직접 연락하셔도 됩니다."

"아, 그럴까요?"

일이 급작스럽게 진행되었지만, 공무진이 긍정적인 반응을 보여서 한 PD는 신이 나 보였다.

"이쪽으로 연락해 주시죠."

그가 자전거 바퀴 모양이 새겨진 명함을 나와 한 PD에게 건넸다. 연푸른 종이에 은박으로 바퀴가 인쇄된 명함에는 그의 이메일 주소만 덜렁 적혀 있었다.

그리고 그 이메일 주소는 나도 기억하는 그의 개인 이메일 주소였다. 그가 유럽 투어를 위해 한국을 떠난 뒤, 자주 연락을 주고받았던 주소…….

문득 그의 이메일 함에 내가 보냈던 수많은 이메일이 아직 남아 있는지 궁금해진다. 그리고 내가 보낸 마지막 이메일은 왜 확인하지 않았는지도.

"기획안은 오 PD 통해서 전달드리겠습니다."

한 PD의 사무적인 목소리에 나는 잠시 잠깐의 상념에서 빠르게 벗어났다.

"그러시죠."

그는 무감하게 고개를 끄덕거렸다. 시선이 여러 번 얽혔지만, 감정은 없었다. 그 사실이 이상하게 가슴을 쿡쿡 찔러 댔다. 프로답게 처신하는 구남친에게 고맙기는커녕, 은근한 불편함이 살갗을 파고들었다.

향나무 집을 나서자, 숨통이 트인 듯 한숨이 흘러나왔다.

"오밀희가 긴장을 다 하네? 공무진이 대단하기는 한가 보다. 그치?"

"아시아 최초 투르 드 프랑스 5연패, 지로 디탈리아 3연패, 부엘타 아 에스파냐 2연패. 국뽕자전거라는 말을 만들어 낸 선수인데, 대단하기는 하죠."

나는 그의 업적을 줄줄이 외며 한 PD의 차에 올랐다.

"오오. 오밀희. 제법이네? 그걸 다 어떻게 외워?"

"선배, 브라질이 월드컵에서 몇 번 우승했는지 알아요?"

"다섯 번. 브라질이 최다 우승국이지."

한 PD가 상식에도 미치지 못하는 정보라는 듯이 떠들었다.

"지구 반대편에 있는 브라질 월드컵 우승 횟수를 외우는 선배도 있는데, 국위 선양하는 우리나라 선수 국제 대회 우승 횟수 외우는 게 이상해요?"

"그건 또 그러네. 근데 나는 Map Zin, 그런 거랑 연결할 생각을 못 했거든. 그거 그냥 유럽 애들이 지들 레스토랑 홍보하려고 만든 건 줄 알았어. 공무진 선수가 그런 데 관심 있는 줄 몰랐네. 아니 그리고, 나는 사전 조사해서 알았다고 치자. 너는 어떻게 사이클리스트 평균 소모 칼로리도 알아?"

한 PD는 정말 궁금해서 묻는 것일 수도 있다. 하지만 도둑이 제 발 저리다고, 괜히 찔린다. 나는 공무진에게 특별한 관심이 있어서 아는 것은 아니라는 듯이, 그 객관성을 입증하듯 장광설을 늘어놓았다.

"선배. 투르 드 프랑스 시청 인구가 35억 명, 지구 절반이 보는 경기예요. 관중 수가 몇 명인지 아세요? 무려 900만이 넘어요. 올림픽이나 월드컵보다 관중 수도 월등히 많아요. 500개 언론사 2000명이 넘는 기자가 취재하고요. 190개국에서 중계해요. 그런 경기에서 우리나라 선수가 5연패를 했어요. 21개 구간, 3500km에 가까운 거리를 3주 동안 달리면서 인간의 한계를 시험하는 대회에서요. 지구 절반이 지켜보고, 900만 관중이 열광하는 가운데, 우리나라 선수가 1등 먹는 거라고요. 이런 국뽕이 세상에 또 있어요?"(출처: 프랑스 관광청, 투르 드 프랑스에 대한 모든 것.)

"야, 너 되게 잘 안다? 교양국 꿈꾸던 오밀희 맞네."

"이 정도는 교양 수준도 못 돼요. 상식이지."

차는 서래로를 빠져나와 상암 방향으로 움직였다.

"기획안 써 봐."

"검토는 해 주실 거죠?"

"응. 근데 나 되게 뿌듯하다. Map Zin에 공무진 선수 성향까지 간파한 것 같아서……. 내가 너를 이렇게 감 좋은 PD로 키웠어."

나는 대꾸 없이 노을이 지는 동작대교 너머를 바라보았다.

'너 되게 잘 안다.'

한 PD의 뿌듯해하는 목소리가 귓전을 맴돈다.

잘 알지. 너무 잘 알지.

공무진은 내가 잘 알았던 남자였고, 내가 몰랐던 세상을 깨우쳐 준 남자이기도 했다.

2화.
유일했던, 공무진

"어? 오밀희? 동연 회의 네가 온 거야?"

유독 목소리가 큰 친구였다. 같은 학부 동기 희수는 동아리 연합 회의가 열리는 강의실에서 나를 발견하고 손까지 흔들어 대며 반가워했다.

"응. 선배들이 전부 오늘 학교를 안 나왔대서. 우리 기수 기장이 나거든. 그래서."

나는 조용조용한 목소리로 대꾸했다.

"야, 니네 동아리도 개판이구나."

그녀는 알 만하다는 듯이 고개를 주억거리며 내 옆자리에 앉았다. 여전히 희수의 목소리는 너무 컸다.

"개판은 무슨."

동아리 연합 회의에 선배들 대신 참석한 1학년 애가 동아리 개판이라는 소리를 하고 다녔다는 소문이 나면 곤란해진다. 나는 희수에게서 몸을 떨어뜨리려 옆으로 조금 물러났다.

"우리도 그래. 나도 선배들 대신 온 거잖아."

희수는 거리낄 게 없다는 듯이 웃었다. 틀린 말을 한 것도 아닌데, 왜 그렇게 몸을 사리냐는 투였다. 몰랐는데, 희수는 오늘만 사는 성격인가 보다. 어색하게 웃는 사이, 강의실 앞문을 열고 누군가 들어왔다.

훌쩍 큰 키, 작은 머리통, 떡 벌어진 어깨, 긴 다리, 검은색 트레이닝 복을 입은 남자에게 나도 모르게 시선이 집중되었다. 남자는 강의실 뒤쪽으로 걸어가며 안면이 있는 이들에게 까딱까딱 고개인사를 했다.

"야, 그만 봐. 애가 넋이 나갔네. 아주."

"저 사람 누구야?"

희수의 핀잔에 뭇 사람들의 시선이 이쪽으로 쏠려 있는 것도 모르고 멍하니 물었다.

"공무진이라고, 체육교육과. 군대 갔다 와서 이번에 복학했대."

그래서인지 모자 아래로 언뜻 보이는 머리카락이 짧다.

"잘생겼지? 인기 되게 많을걸? 근데 여자 친구는 한 번도 사귄 적 없다는 게 학계의 정설이야. 고백한 여자 선배들 다

까였었대. 경영 복수 전공이라던데, 너 복전 생각 있어?"

여러 가지 질문을 한꺼번에 던지는 재주가 있는 희수의 목소리는 정말이지 컸다.

"그래, 우리도 공무진 잘생긴 건 안다. 여자 친구 한 번도 사귄 적 없는 건, 나도 잘 모르겠고. 고백한 여자애들 다 깐 건 맞아. 저 나쁜 새끼. 그래서 여행 동아리 회장 대신 온 우리 1학년은 복전 생각 있어? 공무진 따라서 경영 할 거야?"

강의실에 모인 동아리 대표 80여 명의 시선이 나에게 쏠렸다. 그중에는 뒤쪽에서 무심하게 이쪽을 응시하고 있는 공무진도 당연히 포함되어 있었다. 이 사달을 만든 희수는 뭐가 그렇게 즐거운지 키득키득 웃었다.

동연 회장이 그런 희수를 보고 고개를 절레절레 내저었다. 그런데 동연 회장과 희수가 주고받는 눈길에서 묘한 기류가 묻어났다.

지금 창피한 건 나뿐인가?

"아니요."

나는 기어들어 가는 목소리로 대꾸했다. 뜨거운 공기를 가득 불어 넣은 풍선처럼 빵이 부풀어 오르는 착각이 일었다.

"공무진, 들었어? 넌 아니래."

아니, 내가 경영학 복수 전공이 아니랬지. 언제 공무진이 아니라고 했나?

이윽고 동연 회의가 시작되었고, 나에게 반박할 기회는 주어지지 않았다. 회의를 앞두고 일종의 아이스 브레이킹 같은 언급이었을 것이다.

하지만 여중, 여고를 나와서 대학에 입학해 공무진처럼 생긴 남자를 처음 본 내 머릿속에는 아까의 해프닝이 끊임없이 반복 재생되었다.

잘생긴 공무진이 등장하고, 희수가 큰 소리로 떠들고, 동연 회장이 나에게 질문하고, 공무진과 눈이 마주치고.

재생이 반복될수록 심장은 급발진이라도 하는 것처럼 빠르게 뛰어 댔고, 장면은 점점 화사하게 필터링 되었다.

특별한 일이 있어서 모인 게 아니라, 형식적인 정기 모임이었기에 회의는 금방 끝났다. 아까의 일은 모두의 관심 밖으로 벗어난 지 오래다.

그런데 나는 뒷자리에서 누군가와 이야기를 나누는 공무진을 한껏 의식한 채로 강의실을 빠져나가지 못하고 있었다. 희수는 진작에 동연 회장의 뒤꽁무니를 따라 나가 버렸고, 나는 마치 가방 정리하는 일이 세상에서 가장 중요한 일이라도 되는 것처럼 백팩 안을 살폈다.

공무진과 이야기를 나누던 사람이 먼저 자리를 떴다. 공무진도 자리에서 일어나는 소리가 들렸다. 그는 강의실 계단을 천천히 내려오고 있었다.

마침내 그가 내 곁으로 다가왔다.

혹시나 말을 걸지는 않을까.

하지만 그는 모자를 고쳐 쓰며 여지없이 내 옆을 스치고 지나갔다. 그의 움직임 끝에 일어난 바람에서는 상큼한 귤 향이 났다. 나는 귤 향 가득한 바람에 휩쓸리기라도 한 듯 그의 뒤를 따랐다.

긴 다리만큼이나 그의 보폭은 넓은 편이었다. 걸음 속도도 빠른 것은 마찬가지였다. 그를 따르는 나는 거의 뛰다시피 하고 있었다.

내가 왜 이러고 있지?

인지하자마자, 우뚝 멈춰 선 그가 뒤를 돌아보았다. 나는 얼결에 멈춰 서서 아직 헤벌어져 있는 백팩 지퍼를 잠그는 척했다.

왜 돌아봤을까? 내가 따라가고 있는 걸 알아차렸을까?

나는 느리게 지퍼를 잠그며 눈동자만 굴려서 그를 흘끗 보았다.

시선이 마주쳤다. 나는 실밥이 씹힌 지퍼처럼 움직이지 못하고 굳어 버렸다. 야구 모자 챙 때문에 그의 얼굴에는 그늘이 살짝 드리웠다. 하지만 그의 눈동자가 나를 향하고 있는 것은 또렷하게 보였다.

나는 기름칠을 하지 않아서 버벅거리는 톱니바퀴처럼 어색하게 고개 숙여 인사했다.

"전공이 뭐예요?"

아까 동연 회장이 날 보고 1학년이라고 했으니, 그는 내가 후배라는 것을 알 것이다. 그런데도 말을 놓지 않는 그의 물음에 심장이 두근거렸다.

"사회학이요."

그는 고개를 가만히 끄덕거렸다.

"아까 김대환이 말한 건 신경 쓰지 마요. 경영 복전 생각 있는데, 아까 일 때문에 접지 말고요."

"네?"

"아니……. 좀 소심한 성격인 것 같아서요. 회의 내내 주눅 들어 있었던 것처럼 보여서."

그럼 회의 내내 나를 관찰하고 있었단 말인가?

심장이 걷잡을 수 없이 빠르게 내달렸다. 무작정 앞만 보고 달린 내 심장은 이미 그의 발치에 자빠져서 처분을 기다리고 있었다.

"저 그렇게 안 소심해요!"

겨우 목소리를 쥐어짜 한 말이었다. 목소리 끝이 아주 이상하게 갈라졌다. 그가 참을 수 없다는 듯이 연한 미소를 머금었다. 왼쪽 볼에만 폭 패는 보조개가 그의 인상을 부드럽게 희석했다.

쌍꺼풀이 없는 기다란 눈과 우뚝한 콧날은 매서운 분위기를 풍겼고, 가지런한 붉은 입술은 고집스러워 보였으며, 막 제대했다는데도 티 없이 맑은 안색은 시선을 압도했다.

평균보다 머리 하나는 더 큰 키와 체육교육 전공자답게 단단해 보이는 몸은 바라보는 것만으로 제압당하는 기분이 들었다. 몸에서 힘이 쭉 빠지는 듯한 이상한 기분 말이다.

"안 소심한, 1학년, 사회학 전공 후배님."

"네."

"근데 나 왜 따라오는 건데요?"

소심하지 않으니, 대범하게 말해 보라는 말투였다.

"따라가는 거 아닌데요. 출구가 그쪽이라."

망했다. 출구는 반대쪽에 자리했다. 그가 고개를 갸웃하며 황당하다는 듯이 웃었다.

"여기가요……. 출구?"

그가 고갯짓으로 가리킨 곳은 남자 화장실이었다. 나는 남자 화장실 앞까지 그를 따라간 것도 모르고 넋을 놓고 있었나 보다.

"가방 지퍼가 고장 나서 제가 정신이 좀 없었나 봐요."

나는 어설프게 웃으며 애꿎은 지퍼를 탓했다. 그런데 멀찍이 서 있던 남자가 성큼성큼 걸음을 옮기기 시작했다. 단숨에 내 앞까지 다다른 남자가 대뜸 내 백팩을 잡아 올렸다. 귤향이 짙어졌다.

그가 힘주어 당기자, 한쪽 어깨에만 걸치고 있던 가방끈이 어깨를 타고 스르륵 내려갔다. 기다란 손가락으로 지퍼 고리를 잡은 그가 아주 친절하게도 백팩을 꼭 닫아 주었다.

"감사합니다. 아까는 잘 안 움직였는데…… 진짜예요! 안 움직였어요……."

변명하는 목소리가 점점 기어들어 갔다. 그가 가방에서 손을 떼고 트레이닝 팬츠 주머니에 손을 넣으며 고개를 삐딱하게 기울였다. 연한 미소를 머금은 그의 왼뺨에는 보조개가 희미하게 팼다.

"소심하지는 않은데."

그의 보조개를 더 깊이 파 버릴 것처럼 집요하게 바라보던 시선이 검고 그윽한 눈동자로 옮겨 갔다.

"거짓말은 잘하네요. 나 따라오고 있었잖아요."

고백을 전부 깠다는 희수의 말이 퍼뜩 생각났다. 그 누구의 고백도 받아 주지 않았다는 남자는 고백할 거면 빨리하고 끝내라는 투로 나를 대하는 것 같았다.

"그쪽은 자의식 과잉이고요? 내가 그쪽 따라갔다는 증거 있어요? 급한 일부터 처리하세요. 안녕히 계세요."

나는 고개를 꾸벅 숙여 인사하고는 돌아섰다. 그의 시선이 목덜미에 달라붙어 있는 것처럼 따가웠다. 걸음을 재촉해서 출구로 가고 있는데, 누군가 등 뒤에서 따라오는 기척이 느껴졌다.

설마.

자리에 우뚝 서서 돌아보았다. 그가 웃으며 내 옆을 스치고 지나갔다. 그가 일으킨 바람에서는 또다시 귤 향이 났다.

"이것 봐. 누가 따라오는 거 바로 알겠죠?"

얄밉게 물은 그는 내가 대꾸할 틈도 없이 빠르게 앞서 나갔다. 오기가 생긴 나는 그의 뒤를 바짝 따라붙었다. 앞서가는 그가 어이없다는 듯이 웃는 소리가 심장을 간질간질하게 파고들었다.

"그래서 왜 자꾸 따라오는 건데요?"

그는 이런 상황이 익숙하다는 듯이 물으며 돌아보았다. 약간은 오만해 보이는 남자의 얼굴은 짜증 날 정도로 잘생겼다. 그러면서 후배에게 꼬박꼬박 존대하는 성격도 신경질 나게 호감이 간다.

"지금은 진짜 따라가는 거 아니라고요. 그리고 아까는 향수 냄새가 좋아서, 무슨 향수인지 물어볼까, 말까 했던 거예요."

"아."

그가 당황했다. 여태 여유로운 미소를 머금고 있던 얼굴이 순식간에 굳어 버렸다. 예상치 못한 상황이었나 보다. 마치 고장 난 로봇처럼 그가 머뭇머뭇했다. 나는 한숨을 몰아쉬며, 뛰는 심장을 단속하기 위해 애썼다.

"이거 이름이 좀 긴데……. 내가 못 외워서."

순간 웃음이 비어져 나올 뻔했다. 잘생긴 얼굴에 멍청한 표정이 겹치니까…… 믿을 수 없을 정도로 귀엽다. 그가 갑자기 어벙하게 나올 거라고는 생각 못 한 나는 긴장했던 가슴 한구석이 무방비하게 풀어지는 것을 느꼈다.

"됐어요. 모른다고 큰일 나는 것도 아니고. 안녕히 가세요."

꾸벅 인사를 하고 그를 지나쳐서 얕은 언덕길을 힘차게 내려갔다.

집에 가서 향수병을 확인하고, 이름이 뭔지 알려 달라고 할 걸 그랬나.

그런 식으로 자연스럽게 전화번호를 교환했어야 했나.

발걸음마다 미련이 뚝뚝 떨어졌다. 그와의 거리는 차츰 멀어지고 있었지만, 내 심장은 여전히 그의 발치에서 머뭇거리고 있었다. 그가 내 심장을 밟고 지나갈 것 같지는 않았다. 단지 무심하게 지나칠 것이다.

비가 올 것 같았다. 낙엽을 스치는 바람이 와스스와스스 울어 댔다. 스산한 바람 소리에도 흠칫, 어깨가 떨렸다. 나는 생전 처음 소란해진 가슴을 달래듯 심호흡했다. 젖은 흙냄새가 차갑게 풍겼다. 찰나의 대화는 가을 소나기가 쓸고 내려갈 것이다.

"이 강의실 맞나?"

아직 이번 학기 사물함을 배정받지 못한 탓에 두꺼운 전공서를 여러 권 품에 안은 나는 다이어리를 꺼내 볼 기력조차 잃은 상태였다. 담당이 깜빡했는지, 강의실 문 옆에 붙어 있어야 할 시간표도 없다.

"여기서 수업 들어요?"

어디선가 들어 본 목소리가 들림과 동시에 비강으로 귤 내음이 가득 들어찼다. 고개를 돌린 곳에 어김없이 공무진이 서 있었다.

작년 가을, 동아리 연합 회의에서 만난 이후 처음이다. 그가 나를 알아본 듯이 웃었다.

"안녕하세요……."

인사를 건네는 내 목소리에는 힘이 다 빠져 있었다. 내 얼굴을 빠르게 살핀 그의 시선이 가슴팍에 안고 있는 전공서로 향했다.

그가 아무 말 없이 손을 뻗었다. 내 품에 안겨 있던 책 무더기가 그의 손으로 옮겨 갔다. 억세게 책을 잡아당기는 힘을 버텨 낼 수 없었다. 몸이 너무 고돼서, 책을 잠시 들어 주는 그가 반갑기까지 했다. 그는 가만히 나를 내려다보았다.

"혹시 이 강의실에서 수업 들으세요? 동시대 연극의 이해 맞죠?"

"아닌데요. 여기 다른 수업인데."

낭패다. 맥이 탁 풀렸다. 숨이 턱 끝까지 차올랐는데, 여기서 또 전공서를 이고 지고 강의실을 찾아 헤맬 생각을 하니 눈앞이 캄캄해졌다. 나는 서둘러 백팩 안을 살폈다. 다이어리가 쉽사리 손에 잡히지 않아서 짜증이 왈칵 일려는 순간이었다.

"동시대 연극의 이해. 이거 인기 많은 교양이더라고요."

그가 아까보다 한 톤 밝은 목소리로 읊조렸다. 그는 턱짓으로 강의실 문을 가리키고 있었다. 그도 이 강의를 듣는 모양이었다. 그러면서 강의실 문 앞에서 헤매고 있는 불쌍한 후배를 놀려 먹다니.

"아……."

나는 그런 장난치지 말라는 말도 하지 못하고, 정신 차리고 고맙다는 말도 하지 못한 채 팔을 축 늘어뜨렸다.

그의 손이 내 어깨를 스치고 백팩 끈을 잡아 내렸다.

"괜찮아요. 책 주세요."

"곧 쓰러질 것 같아요. 강의실 자리까지 들어다 줄게요."

저지하는 내 힘보다, 가방을 빼앗아 가는 그의 힘이 더 셌다. 나는 터덜터덜 걸어서 그의 뒤를 따랐다. 체력이 바닥나서 더는 승강이할 기운도 없었다. 내 가방과 전공서를 들고 있는 공무진에게 몇몇 시선이 따라붙었다.

알고 보니 공무진은 학내에서 꽤 유명 인사였다. 그는 체육교육학을 전공하면서 도로에서 자전거 경기를 치르는 로드 사이클리스트로 활동한다고 했다. 성적이 썩 좋은 편은 아니었지만, 그의 외모로 인한 인기 때문에 스포츠 채널에서 없던 중계를 만든 적 있다는 소문도 돌았다. 물론 그게 사실

인지 아닌지 확인할 길은 없었다.

그의 잘난 존재감을 우러르는 시선과 옅은 시기가 밴 언짢은 눈빛이 뒤섞였다. 뒤따르는 나에게도 그들의 눈동자가 옮겨붙었다. 익숙하지 않은 주목에 괜한 주눅이 든 나는 공무진을 따라 강의실 제일 뒷자리에 앉게 되었다.

"벽돌이 따로 없네."

고전 사회학 이론과 문화사회학, 사회조직론 책을 차례로 살핀 그가 조용히 중얼거렸다.

"사물함 신청 안 했어요?"

"아직 배정을 못 받았어요."

어색한 침묵이 흘렀다. 호의를 베푼 그에게 고맙다는 말을 건넬 타이밍을 놓쳤다는 걸 이제야 깨닫는다. 나란히 앉아 있는데, 아무 말도 안 하고 있으려니 초조하다. 나는 그를 흘끗 보고는 멋대가리 없이 지껄였다.

"선배님은 그 옷 좋아하시나 봐요."

그의 복장은 하필 오늘도 검은색 트레이닝 복이다.

"이게 편해서요."

"아."

나는 별스러울 것도 없다는 듯이 고개를 끄덕거렸다.

"한 벌로 계속 입는 건 아니고. 같은 게 여러 벌 있는 거고."

그는 묻지도 않은 말을 중얼중얼해 댔다. 잘생긴 얼굴에 어린 당황스러운 기색은 여전히 귀여웠다. 그의 귀여움에 기분이 좋아진 나는 연한 미소를 머금으며 그를 바라보고 있었다.

"더럽게 같은 옷 계속 입으면서 안 빨아 입고 그러는 건 아니고."

"네, 알아요. 그런 뜻 아니었어요……. 향수 냄새 여전히 나요."

나는 변함없는 그의 향수 냄새가 괜히 마음에 들었다.

"아, 이거! 잠깐만요."

그가 다리를 쭉 뻗으며 상체를 뒤로 물리고는 트레이닝 팬츠 주머니에서 휴대전화를 꺼냈다. 화면을 한참 스와이프 한 그가 내 앞으로 휴대전화를 내밀었다.

"이게 그 향수. 그때 궁금하다고 했잖아요."

갑작스러운 순간, 미약한 감동이 일었다.

나에게 알려 주려고 일부러 향수 사진을 찍어서 들고 다녔던 건가?

"감사합니다."

소기의 목적을 달성했다는 듯이 그가 보조개를 보이며 싱긋 웃었다. 귤껍질을 깔 때 느껴지는 상큼함이 배어나는 미소였다. 순간 입안에 침이 가득 고였고, 당황스러워진 나는 얼른 고개를 돌려 강의실 앞을 바라보았다.

설익은 침묵이 또다시 끼어들었다. 아직 덜 영근 귤에서 나는 풋내와 같은 고요함이었다. 그리고 덜 익었다는 의미는 언젠가 달콤하게 익을 날이 다가올 것이라는 뜻이 아닌가.

기대감에 심장이 뛴다고 하면, 설레발일까.

"저도 운동화는 이것만 신어요."

나는 우리 두 사람 사이에 대단한 공통점이라도 발견했다는 듯이 그가 앉은 쪽으로 몸을 살짝 돌려서 내 운동화를 보여 주었다. 발목까지 오는 검은색 캔버스화를 그가 물끄러미 내려다보았다.

"고등학교 2학년 때부터 벌써 여섯 켤레째거든요."

"아."

그가 고개를 끄덕거리며 어색하게 웃었다. 나도 똑같이 어색하게 웃어 주었다. 풋내 나는 미소를 주고받은 우리는 딱딱하게 굳은 채로 강의실 정면을 응시했다.

고작 한 번 보고 지나친 후배가 궁금해했다는 이유로 향수 사진을 찍어서 갖고 다니는 남자라니.

"근데 검은색 운동화만 신는 후배님은 이름이?"

세상에. 공무진은 여태 내 이름도 몰랐나 보다. 하긴 통성명을 할 기회가 없기는 했다. 그의 이름은 동연 회의에서 여러 번 언급되었지만, 내 이름은 아니었다.

"오밀희요."

"오미리?"

"아니요."

나는 펜을 들고 그가 꺼내 놓은 노트 빈 곳에 내 이름을 꾹꾹 눌러썼다.

"오, 밀, 희요."

그가 노트에 적힌 내 이름을 물끄러미 바라보았다.

"이름이 독특하네요."

"향나무 밀 자에 아름다울 희 자 써요. 향나무가 상록수거든요. 늘 푸른 향나무처럼 언제나 아름다운 삶을 살라고 아빠가 지어 주신 이름이에요."

말을 너무 길게 늘어놓았다는 생각이 들어서 아랫입술을 꾹 말아 물었다.

"좋은 이름이네요."

예의 바른 그의 미소에 민망함이 옅어진다.

"내 이름은……."

"알아요. 공무진 선배님."

그가 의외라는 듯이 눈을 치떴다. 눈썹 위까지 내려온 머리카락은 부드러운 웨이브를 그리고 있었다.

"그때 동연 회의에서……."

"아! 그랬나."

그날의 기억이 정확하지 않다는 듯이 그가 어색하게 웃었다. 그러면서 내가 향수에 관해 물었던 건 기억하는 남자라니.

"이름 불린 건 기억 안 나시고, 제가 향수 물어본 건 기억

하시네요?”

너무 단도직입적인 질문이었나. 왜, 차라리 나한테 관심 있냐고 물어보지.

“이름 불리는 일은 너무 많고, 이름도 모르는 처음 보는 후배가 향수 뭐 쓰는지 물어본 일은 처음이라서요. 이 향 되게 마음에 들어 하는 것 같아서, 학교에서 오가다 만나면 알려 주려고 했고.”

그는 질문을 받으면 장황하게 대답하는 버릇이 있나 보다. 나는 고개를 끄덕거리며 부드럽게 웃었다.

“네, 향수 냄새가 참 좋더라고요.”

정확히는 그의 건강한 체취와 뒤섞인 상큼한 귤 내음이 좋았다. 그는 손목을 들어서 코를 박고 깊게 숨을 들이마셨다.

“이게 그렇게 좋은가…….”

나는 고개를 쭉 빼고 그의 손목에 함께 코를 묻고 킁킁거렸다. 너무도 본능적으로, 자연스럽게 나온 행동이었다.

마치 저녁 준비를 하던 엄마가 ‘아이고 국이 짜게 됐네’라고 했을 때, 간을 보겠다고 냄비 앞에서 입을 벌리고 서 있게 되는 그런 행동이랄까. 그렇다. 나는 지금 나 자신조차 이해할 수 없는 본능이 앞선 행동을 비겁하게 변명하는 중이다.

“좋은데요?”

진심으로 향수에만 관심 있다는 듯이 조용히 읊조리며 고개를 돌린 순간, 가까운 곳에서 그와 눈이 마주쳤다. 눈길을 사로잡는다는 말이 완벽하게 이해되었다. 나는 물리적으로 시선을 묶이기라도 한 것처럼 그에게서 눈을 떼지 못했다.

강인하게 잘생긴 얼굴과 무구한 검은 눈동자의 조화에 심장이 멎고, 숨도 멎었다. 그가 내뱉는 떨리는 숨이 코끝에 닿았다. 그의 숨결이 자아내는 따스함과 손목 체취가 묻은 귤 내음이 뒤섞였다. 아찔함에 눈앞이 어질어질했다.

"어, 이름 때문인지 향에 관심이 많은가 봐."

그가 손목을 거둬 가며 어색하게 물었다. 당황한 나머지 그도 약간 아무 말이나 지껄이는 것처럼 느껴졌다.

"네, 원래 사람이 이름대로 산다고 하잖아요."

아, 망했다.

나는 속으로 욕을 집어삼키며, 숙였던 상체를 세우고 앉았다.

오밀희, 당장 가방과 전공서를 들고 자리에서 일어난다! 실시!

사회학과 2학년 오밀희는 변태더라는 소문이 체육교육학과와 경영학과에 퍼지면 어쩌지?

정말이지 울고 싶은 심정이다.

남의 손목 냄새는 왜 맡아? 돌았어?

수습하기에는 너무 늦어 버렸으니, 나는 이름대로 살아서 향에 관심 많은 사람이 되어야만 했다.

그런데 가슴속에 숨어 있는 내 변태성이 슬그머니 고개를 들며 중얼거렸다.

냄새는 정말 좋더라. 그치?

부정할 수 없었다. 그의 살갗에서 묻어나는 냄새는 환상적이었다.

냄새는 환상적이고, 나는 환멸 나고. 그래서 환장할 지경이고.

땅굴을 열심히 파던 나는 그가 어떻게 하고 있는지 궁금해서 눈동자를 도르르 굴렸다. 그는 기다란 가운뎃손가락 끝으로 노트에 적어 놓은 내 이름을 어루만지고 있었다.

이게 무슨 의미지? 왜 하필 가운뎃손가락일까? 애틋하게…… 욕하는 건가?

"오밀희."

그가 내 이름을 한번 조용히 읊조렸다.

"네?"

나는 멍하니 대꾸했다.

"이름만큼이나, 성격이 참 독특하네요."

욕인지 칭찬인지 모르겠다. 돌려 까는 건가?

그의 입가에는 참지 못한 웃음이 고여 있었다.

"선배님 이름 한자는 뭐예요?"

"무성할 무, 보배 진."

"선배님은 이름만큼 멋지십니다."

립서비스 반, 진심 반. 그리고 내 말투는 꼭 보이스피싱 속

사기꾼처럼 어색하기 짝이 없었다.

그가 고개를 돌려 나를 물끄러미 바라보았다. 이내 강인한 얼굴이 와르르 무너지며, 유쾌한 웃음소리가 흘러나왔다.

그래요. 선배님이라도 웃으시니 됐어요. 둘 다 죽상인 것보다는 낫네요.

그리고 그의 웃음소리는 꽃송이를 가득 실은 봄날의 실바람처럼 아름다웠다.

“중간고사는 없습니다.”

교수의 말에 학생들이 유쾌한 환호성을 내질렀다.

“대신 지금 극장에서 무대에 오르고 있는 연극을 한 편 보고, 감상문을 제출하세요. 분량은 A4 두 장, 글자 크기 11, 폰트는 바탕. 한글 파일로 제출하는 것을 원칙으로 합니다.”

과제를 받아 적는 손끝이 바들바들 떨렸다. 그 역시 노트북으로 과제와 관련한 사항을 열심히 타이핑하고 있었다.

오늘로 다섯 번째 수업이다. 약속한 것은 아니지만 우리는 항상 맨 뒷자리에 나란히 앉았다. 두 번째 수업에서 그가 나를 피하지는 않을까, 생각했었다. 그런데 그는 강의실에 들어서자마자 익숙한 얼굴을 찾듯이 두리번거리고는 나를 발견해 냈다. 먼저 와서 맨 뒷자리에 앉아 있는 나와 눈이 마주

친 그는 연하게 웃으며 성큼성큼 다가와 주었다.

내가 먼저 와서 자리를 맡는 일도 있었고, 그가 먼저 와서 앉아 있을 때도 있었다. 그리고 지난주에는 그가 따뜻한 카페라테를 두 잔 사 왔고, 오늘은 내가 따뜻한 카페라테를 두 잔 사 왔다.

차갑고 강인해 보이는 풍모와 달리 그는 상냥하고, 친절했다. 한번은 거의 동시에 강의실 건물에 도착했는데, 멀리서 나를 발견하고는 다가와서 백팩을 들어 주었다.

'곧 쓰러질 것 같아서.'

멋쩍은 듯 변명하는 그의 얼굴이 얼마나 근사했는지, 인간의 눈에는 왜 녹화 기능이 없는지 안타까울 지경이었다.

그렇게 우리는 한 달이 넘는 동안 조금씩 가까워졌다. 그는 언제나 검은색 트레이닝 복을 입고 등장했고, 나는 언제나 검은색 캔버스화를 신었다.

연극을 같이 보자고 해 볼까.

쉽사리 입을 떼지 못하고 망설이고 있을 때였다.

"이거 볼래?"

대뜸 그가 묻는 말에 나는 흠칫 놀랐다. 그가 왜 그렇게 놀라냐는 듯이 나를 바라보았다.

"네?"

"딴생각하느라 못 들었구나. 연극, 이거 같이 볼래?"

그가 노트북 화면을 내 쪽으로 살짝 돌리며 물었다. 대학로 극장에서 무대에 올리고 있는 연극이었다.

"세일즈맨의 죽음……이요?"

제목부터 살벌하다. 가슴 뛰는 설렘이 담긴 극은 아닐 거라는 생각이 들었다.

만약 연극을 같이 보게 된다면, 낭만 가득한 연극이어야만 한다고 생각했었다. 그런데 세일즈맨의 죽음이라니.

욕심이 과하다, 오밀희.

같이 보자고 먼저 말해 준 게 어디야?

"좋아요."

나는 망설임 없이 대꾸했다.

"일단 내가 예매할게. 이번 주 토요일 어때? 리포트 쓸 시간 확보하려면 빨리 보는 게 나을 것 같지? 제출일 직전에 보면, 쓸 여유가 없잖아."

"네, 이번 주 괜찮아요."

안 괜찮아도 괜찮다. 없는 시간도 만들 수 있을 것 같다. 단둘이 극장에 앉아서 연극을 볼 거라고 생각하니 가슴이 뻐근할 정도로 심장이 세차게 뛴다. 뭐, 다른 관객도 있기는 할 테지만, 그래도.

"됐다. 이번 주 토요일 혜화역 3번 출구에서 6시 반쯤 보자. 시작은 7시."

"그럼 조금 일찍 만나서 저녁 같이 드실래요?"
엄청 용기 내서 한 말이었다.
"그건 안 될 것 같아."
단번에 거절해서 가슴이 슥 긁히는 기분이다.
"나 훈련 있거든."
"아, 토요일에도 훈련하시는구나."
가끔 그가 로드 사이클리스트라는 사실을 잊곤 한다. 내내 태양 빛을 받으며 도로에서 자전거를 타는 사람답지 않게 그의 피부는 뽀얗기만 했다.
그리고 고등학교 때까지 겪어 본 바에 의하면 운동하는 친구들은 하나같이 공부와는 거리가 멀었다. 외국 대회를 준비하기 위해 어릴 때부터 외국어 공부를 열심히 하는 친구도 있기는 했지만. 그래서인지 운동선수는 지성과 거리가 멀다는 몹쓸 편견이 있었다.
"세일즈맨의 죽음은 미국의 희곡 작가 아서 밀러가 썼어. 아서 밀러는 마릴린 먼로의 남편이었는데, 마릴린 먼로를 정말 사랑해서 결혼한 게 아니라, 스타로서 지닌 캐릭터를 흡수하고자 하는 욕망 때문에 결혼했다는 말도 있어. 진위는 확인하기 어렵지만, 아서 밀러 희곡 속에 등장하는 여성 캐릭터를 보면 그 말이 이해가 가기도 해."
그는 여러 분야에 상당히 깊은 지식을 갖고 있었다.
"그런 걸 어떻게 다 아세요?"

"다큐멘터리에서 봤어. 실내에서 훈련할 때, 되게 무료할 때가 있거든. 그때 다큐멘터리를 틀어 놓고 뛰어."

겸손하게 말했지만, 그는 책도 많이 읽었다.

"이 연극 처음 보시는 거예요?"

"연극은 처음인데, 내용은 알아. 희곡으로 봤거든."

세계문학 전집으로 나온 책을 통해 내용을 다 안다고 했다. 사회학 전공자로서 사회 다방면을 알아야 하는 나로서는 그의 지성에 사르륵 녹아들고 있었다.

"저도 연극 보기 전에 책으로 봐야겠어요."

"책, 빌려줄까?"

무심하게 묻는 말이었지만, 상냥한 배려가 담뿍 묻어났다.

"네!"

"내일 수업 있어? 내일 갖고 올게."

일주일에 한 번, 교양 수업 시간에 그를 만나는 일은 소소한 기쁨이었다. 아니, 요즘 내 삶의 낙이었다. 특별한 사이가 되지 않더라도, 좋은 사람과 함께하는 시간은 힐링 그 자체였다.

"네, 내일 점심 같이 드실래요? 저는 내일 4교시 공강이거든요."

"미안. 나는 공강에 계속 훈련해서."

두 번째 거절이 민망했던지, 그가 미안하다며 사과부터 했다.

"아니에요, 괜찮아요! 그럼 제가 체육관 앞으로 갈까요?"
"그래. 4교시?"
"네, 4교시에 체육관 앞으로 가서 전화드릴게요."
그가 미지근하게 웃었다.
"내 전화번호는 알고?"
그러고 보니 우리는 서로의 전화번호조차 알지 못했다.
"지금 알려 주시면 되죠."
나는 그의 앞으로 휴대전화를 내밀었다. 그가 배경 화면을 보고는 더욱 진하게 웃었다. 소리 없는 웃음에도 파동이 존재하나 보다. 그의 미소가 일으킨 미약한 진동이 가슴에 와 닿아 지잉 울렸다.
"즐거움을 가불해서 쓰고, 후회하지 말아라?"
배경 화면으로 지정해 놓은 사진 속 문구였다.
"고등학교 때는 안 그랬는데, 자꾸 제가 공부를 미루더라고요. 그래서……."
"누가 한 말이야?"
"제가요."
그는 고개를 주억거리며 번호를 누르고는, 통화 버튼을 눌렀다. 내 얼굴에 닿았던 휴대전화가 그의 옆얼굴에 닿았다.
"전화 왔다."
그러더니 손에 들고 있던 전화를 한번 확인한다.
"0425, 끝 번호가 혹시 생일이야?"

"아니요. 생일은 11월 11일이요."

"내가 좋아하는 숫자가 모인 날이네."

운동선수인 그가 좋아하는 숫자는 1인가 보다. 단지 좋아하는 숫자, 라고 말했을 뿐인데 그의 뉘앙스에서 묻어나는 보드라운 찬사에 기분이 몽글몽글해진다.

"선배님은요?"

"나, 뭐?"

"선배님 생일이요."

"내 전화번호 끝자리."

나는 그가 건네는 휴대전화를 받아 들고는 번호부터 확인했다. 0630, 그의 생일은 다다음 달이었다.

"아, 그렇구나."

전화번호를 교환하고, 서로의 생일을 물었을 뿐이다. 겨우 숫자 몇 개를 더 알았을 뿐인데, 숫자들의 제곱만큼 가까워진 착각이 인다.

"전화해."

"네!"

나는 힘차게 대답하고는 강의실을 나섰다. 내일도 그를 만날 수 있다는 생각이 들자, 가슴속에 살랑살랑 미풍이 불었다.

이튿날, 추적추적 내리는 봄비에서는 먼지 냄새가 났다.

한동안 미세 먼지가 심했던 탓에 대기를 씻어 내리는 비가 고맙기는 했다. 하지만 주말에 벚꽃이 절정에 이른다고 했는데, 비 때문에 꽃망울이 다 떨어지면 어쩌나 싶은 걱정도 들었다.

주말에는 무진 선배와 대학로에서 만나기로 했으니까.

학교가 아닌 다른 장소에서 그와 만난다고 생각하니, 발끝이 동동 떠다니는 듯했다. 그리고 체육관 앞에 다다른 지금도 마찬가지다. 그가 어떤 모습으로 나타날지 궁금해서 밤잠을 설칠 정도였다.

체육관 앞에 멈춰 선 나는 그에게 전화를 걸었다. 신호가 여러 번 울리기 전에 그는 기다렸다는 듯이 전화를 받았다.

– 도착했어?

“네, 지금 체육관 앞이에요.”

– 금방 나갈게.

휴대전화를 통해 흘러나오는 그의 목소리에는 가쁜 숨결이 배어 있었다. 땀 흘리며 몸 쓰는 일을 했을 그를 떠올리자, 갑자기 뒷덜미에 열이 오르며 심장이 벌컥거렸다.

오밀희, 선한 생각.

음란한 장면을 적나라하게 떠올릴 능력도 없으면서, 나는 괜히 열이 올라서 이리저리 서성거렸다.

“밀희야.”

등 뒤에서 내 이름을 친근하게 부르는 목소리가 들려왔다.

성 떼고 이름만 부르는 건, 처음 아닌가?

이제는 발아래가 동동 뜨다 못해서, 내리는 빗물을 거슬러 날아오를 수도 있을 것만 같다.

"아, 선배님. 금방 나오셨네요."

목소리가 들려온 쪽으로 돌아서는 순간, 비바람이 갑자기 휘몰아쳤다. 나는 바람에 날리는 우산 탓에 중심을 잃고 휘청거렸다.

순식간에 다가온 그가 내 백팩을 덥석 잡았다. 나는 옷걸이에 걸린 옷이 휘날리는 것처럼 흐느적거리며 중심을 잡았다.

"너 어디 아파?"

"아니요. 갑자기 바람이 불어서 우산이 날리는 바람에."

나는 바람을 연발하며 우물거렸다.

"아닌 게 아닌 것 같은데? 얼굴이 빨개. 열나는 거 아냐?"

그가 손등으로 내 이마를 짚었다. 빗물이 묻은 그의 손은 뜨거웠고, 심장이 쿵 내려앉을 정도로 단단했다.

"중도에서 걸어와서 그런가 봐요."

중앙 도서관에서 체육관 앞까지 걸었다고 쓰러질 만큼 연약하지도 않았지만, 핑곗거리가 필요했다. 어리숙한 변명을 하는 동안 그가 내 우산 안으로 완전히 들어왔다. 그는 우산 없이 학교 로고가 새겨진 커다란 수건을 등에 두르고 있었다.

민소매 티셔츠에 반바지를 입은 그의 살갗은 땀인지 빗물인지 모를 물기로 젖은 채였다. 비가 와서 습도가 오른 탓인지, 아니면 우산 안에 갇힌 탓인지, 그의 체취가 평소보다 훨씬 관능적이다.

"책, 가방에 넣어 줄까?"

"네."

혼몽하다. 페로몬에 취한 듯 머릿속은 멍했고, 심장은 벌컥거렸다. 우산 손잡이를 너무 꽉 잡은 탓에 우산살이 부들부들 떨렸다. 그가 백팩 지퍼를 열고, 얇은 책을 안에 넣어 주었다.

"5교시는 수업이야?"

그가 손목에 찬 전자시계를 확인하며 물었다.

"네."

"점심은 어떡하려고?"

"그냥 김밥 같은 거 먹으려고요."

어깻숨을 길게 내쉬는 그의 모습에 또다시 심박동이 왈칵 치솟는다.

제 점심을 걱정하시는 건가요?

"한 줄 먹지 말고, 두 줄 먹어. 사람 손목이 그게……."

그의 시선이 우산 손잡이를 움켜쥔 내 손에 닿아 있었다.

"너 너무 말랐다."

우산 안을 울리는 나지막한 목소리 때문에 심장이 터질 것만 같았다. 그런데.

"내가 부러뜨릴 수도 있겠어."

그가 덧붙인 말에 나는 아연실색했다.

"제가 방금 되게 무서운 말을 들은 것 같은데요?"

"잘 먹고 다니라고."

재빠르게 덧붙인 그가 우산 밖으로 물러났다.

"가라. 나 들어가야 해."

그는 뒤도 돌아보지 않고 체육관으로 뛰어 들어갔다. 투명한 빗속을 달리는 그의 뒷모습이 사라질 때까지 나는 한 걸음도 움직이지 못했다.

토요일 저녁, 혜화역 3번 출구 앞은 사람들로 붐볐다. 옷을 너무 얇게 입고 나왔는지, 한기가 드는 듯해서 카디건 앞섶을 여미며 어깨를 잔뜩 웅크렸다. 집에서 나올 때까지만 해도 해가 지기 전이었고, 기온이 지금처럼 낮지는 않았다.

연분홍색 시폰 원피스에 금색 단추가 달린 하얀색 카디건을 입고, 투명한 스타킹에 베이지색 펌프스를 신었다. 가방도 학교에서 맨날 들고 다니는 청색 백팩이 아닌 금색 체인이 달린 손바닥만 한 베이지색 토트백을 챙겨 나왔다.

해가 지면서 기온은 차츰 내려갔고, 나름 신경 써서 챙겨 입은 복장으로 버티기에는 조금 추운 날씨가 되어 버렸다. 나는 오들오들 떨면서 그가 오기를 기다렸다.

약속 시간에 늦을까 봐 서둘렀더니, 20분이나 일찍 도착했다. 카페에 들어가서 따뜻한 음료를 마시며 기다리기에는 시간이 애매했다.

계단 아래를 하염없이 내려다보고 있는데, 인파 속에서 어김없이 검은색 트레이닝 복을 입은 남자가 눈에 들어온다. 허탈한 웃음이 새어 나왔다. 한껏 차려입은 게 민망할 정도로 그는 학교에서와 똑같은 모습이었다.

"선배님!"

작은 목소리로 불렀는데도, 땅만 보고 걷던 그가 고개를 번쩍 들어 올렸다. 그는 나를 쉽사리 찾지 못하고 주위를 두리번거렸다.

"여기요!"

계단을 거의 다 올라온 그의 시선이 내가 서 있는 곳으로 느릿하게 움직였다. 그 순간 빠르게 계단을 오르던 한 남자가 내 어깨를 툭 치고 지나갔다.

몸이 휘청하면서 익숙하지 않은 구두에 욱여넣은 발이 삐끗 흔들렸다.

"괜찮아?"

어느새 다가온 그가 내 팔꿈치를 살짝 잡으며 물었다.

"네, 괜찮아요."

꺾인 발목이 조금 욱신거렸다.

"사람을 왜 치고 가고 그래."

남자가 사라진 방향을 응시하는 그의 눈동자는 무섭도록 차가웠다.

"괜찮아요. 사람 많은 시간에 제가 출구에 서 있었잖아요."

먼 곳을 바라보던 눈길이 서서히 움직였다. 내려다보는 그의 눈빛에는 조금 전과 같은 공격성은 남아 있지 않았다. 나를 살피는 그의 눈시울이 조금 붉을 뿐이었다.

"몰라볼 뻔했어."

그가 내 팔꿈치를 잡은 채로 걸음을 옮기며 조용히 읊조렸다.

"왜요?"

뻔히 알면서 물었다. 학교와는 완전히 다른 복장으로 한껏 꾸미고 나온 참이었다. 그에게서 듣기 좋은 말이 흘러나왔으면 좋겠다는 기대감으로 가슴이 빠듯해졌다.

"복장이 너무……."

"너무?"

나는 눈을 커다랗게 뜨고, 고양된 상태에서 그를 올려다보았다.

"달라서."

풍선처럼 부풀었던 기대감이 와스스 허물어졌다.

"주말이라서요."

나는 되지도 않는 대꾸를 했다. 기분이 뾰족해지려고 했다. 카페라테도 챙기고, 연극도 같이 보고, 책도 빌려주고, 열나는지 이마도 짚어 보고, 점심도 걱정하는 남자에게 '예쁘다'는 말을 기대한 내가 헛다리를 짚은 건가 보다.

"티켓 찾아야 하는데, 잠깐 여기서 기다릴래?"

극장 로비에 들어서자 그가 무심히 물었다. 나는 대꾸 없이 고개만 끄덕거렸다. 티켓을 받기 위해 창구로 걸어가는 그의 뒷모습을 조금은 야속하게 바라보았다.

나한테 잘해 주는 것처럼 느껴지는 것은 그냥 기분 탓일까? 같이 수업 듣는 후배를 챙기는 선한 의도인가?

기분이 걷잡을 수 없이 가라앉기 시작했다.

"저기요."

넋을 놓고 있느라, 곁에 누가 와 있는 줄도 몰랐다. 검은 정장을 입은 남자는 30대 초반으로 보였다. 키가 크고 훤칠했지만, 공무진보다 못했다.

"아까 전철역 입구에서는 죄송했습니다. 제가 급한 일이 있어서 서두르느라, 미처 못 봤습니다."

조금 전 혜화역 3번 출구에서 나를 치고 지나간 남자인가 보다.

"아, 네. 괜찮습니다."

그때 발목을 삐끗하기는 했지만, 지금은 멀쩡했다.

"넘어질 뻔하셨잖아요. 괜찮으신 거죠?"

"네, 괜찮아요."

나는 공무진이 서 있는 창구 쪽을 흘끗 보았다. 그는 창구 직원에게 티켓을 수령하는 중이었다.

“여기 제 명함입니다. 혹시 병원 갈 일이 생기면, 연락 주세요.”

남자가 정말 미안했다는 말을 반복했다. 나는 남자가 건네는 명함을 조심스럽게 받아 들었다. 대한민국 사람이면 누구나 알 만한 대기업 기획실 대리였다.

“어디 불편하시면 꼭 연락 주세요.”

“네, 그런 일 있으면 연락드릴게요.”

남자는 내가 연락한다는 대꾸를 건네자, 안심한 표정을 지었다.

“무슨 일입니까?”

익숙하지만, 낯선 목소리가 불시에 끼어들었다. 나는 평소 그의 어조와는 다른 차가운 목소리가 들린 쪽으로 얼른 고개를 돌렸다. 공무진이 날카로운 눈빛으로 남자를 쏘아보았다.

커다란 손이 내 손목을 부드럽게 움켜잡았다. 손목을 잡은 그의 손이 파르르 떨렸다. 그 떨림이 심장까지 단숨에 다다랐다.

그는 내 앞을 막아서며 남자의 앞으로 위협적으로 다가갔다.

“아까 제가 전철역 출구 앞에서 여자 친구분을 밀친 것 같아서요. 사과드리고, 어디 불편하신 데 없는지 확인하고 있었습니다.”

여자 친구분, 여자 친구분, 여자 친구분, 여자 친구분, 여자 친구분, 여자 친구분, 여자 친구분, 여자 친구분, 여자 친구분, 여자 친구분, 여자 친구분, 여자 친구분, 여자 친구분, 여자 친구분……

남자가 내뱉은 단어가 끊임없이 메아리쳤다.

"사과와 확인은 아까 했어야죠."

"남자 친구분께도 죄송합니다. 제가 아까는 급한 일이 있어서 서두르느라……. 마침 여기 서 계셔서 확인한 것뿐입니다."

남자 친구분, 남자 친구분, 남자 친구분, 남자 친구분, 남자 친구분, 남자 친구분, 남자 친구분, 남자 친구분, 남자 친구분, 남자 친구분, 남자 친구분, 남자 친구분, 남자 친구분, 남자 친구분……

남자가 내뱉은 단어가 또다시 메아리쳤다.

"어디 불편해?"

그가 등 뒤로 고개를 돌리며 물었다.

"괜찮아요. 아까 발목을 삐끗하기는 했는데, 지금은 멀쩡해요. 그냥 구두 신고 걷다가 삐끗한 정도요. 아무렇지도 않아요. 보세요."

나는 구둣발 소리를 내며 걷는 시늉을 했다. 마치 로봇처럼 뚝딱뚝딱.

고개를 비스듬히 돌려서 나를 내려다보던 그의 입가에 열은 웃음기가 고였다. 그는 웃음을 참으려는 듯 아랫입술을 꾹 말아 물었다.

그리고 공무진이 가로막고 서 있는 남자의 얼굴이 언뜻 눈에 들어왔다. 놀고들 있다. 남자의 얼굴은 그렇게 말하고 있었다. 남자는 우리 사이를 완벽하게 오해하고 있는 눈치였다. 이런 식으로 타인의 언어를 통해 관계가 미묘한 기류를 타는 것은 원치 않는다.

"그리고 이분 제 남자 친구 아니에요. 제가 이분 여자 친구도 아니고요. 나중에 정 아프면 연락드릴게요. 신경 써 주셔서 감사합니다. 안녕히 가세요."

나는 마치 고객 응대 서비스라도 하는 사람처럼 허리 숙여 인사했다. 남자의 얼굴에 경련이 일었다. 오늘 내 앞에서 웃음을 참는 남자가 둘이나 된다. 나는 기막힌 순간에 누군가를 웃기는 재주가 있나 보다. 이럴 거면 사회학이 아니라 코미디를 공부할 걸 그랬다.

남자는 이쯤에서 물러서는 게 맞다고 생각했는지, 나처럼 허리 숙여 인사하고는 돌아섰다.

나는 여전히 내 손목을 잡고 있는 남자를 올려다보았다.

"표 받으셨어요?"

"어."

대답에서 차가운 기운이 뚝뚝 묻어난다. 왜 갑자기 온도가 급강하한 것인지 모르겠다. 내가 뚝딱뚝딱 걸어 보일 때만 해도 터져 나오려는 웃음을 참기 위해 애쓰던 남자였는데.

때마침, 연극 시작 15분 전 안내 방송이 나오기 시작했다.

"들어가자."

손목을 잡고 있던 그의 손길이 멀어졌다. 얼마나 세게 움켜쥐고 있었는지, 손목이 얼얼했다.

연극이 막을 내린 시각은 밤 10시였다. 늦은 밤, 극장에서 쏟아져 나온 사람들로 혜화역 앞은 인산인해였다. 이리 밀쳐지고, 저리 밀쳐지려는 순간, 커다란 손이 내 어깨를 붙들었다.

"이리 와."

낮게 속삭이는 음성에 심장이 덜컥거렸다. 그는 내 어깨를 커다란 품으로 당겨 안았다. 기온은 아까보다도 한참이나 떨어진 상태였다. 옷깃 새로 전달되는 그의 체온은 따뜻했다. 그는 내 어깨를 안은 채, 비교적 한산한 골목이 나타날 때까지 걸었다.

"택시 잡을까?"

그가 물었다.

"어디 살아?"

생각해 보니 우리는 서로가 어디에 사는지도 몰랐다.

"중계동이요. 4호선 타고 가서 버스로 갈아타도 되고. 조금 돌아가는 버스 타도 되고요."

"늦었어. 택시 타."

숨이 턱 막힌다. 저런 걱정이 무슨 의미인지 모르겠다.

고백해 볼까. 나도 거절하겠지? 근데 잘해 주잖아.

땅이 꺼질 듯 한숨이 흘러나왔다.

"왜 그래?"

그가 걱정스러운 목소리로 물었다.

"극장이 좀 답답했나 봐요. 저는 좀 걷다가 갈게요. 먼저 들어가세요. 그리고 계좌 번호 알려 주세요. 티켓값 보내 드릴게요. 안녕히 가세요."

걸음을 떼려는 순간, 그가 내 손목을 움켜잡았다.

"어딜 걷겠다는 거야, 이 밤중에."

"그냥 여기 낙산공원도 있고……."

"가자, 가. 같이 가."

그의 말투에는 성가신 기색이 역력했다. 오기가 났다. 지금 이 상황이 대체 뭔지 모르겠다. 그는 이랬다가 저랬다가 사람을 조금 헷갈리게 하는 경향이 있었다. 호감이 있는 것처럼 굴다가도 어느 순간엔 무심했고, 미련을 거둘 만하면 친절해졌다.

우리는 말없이 낙산공원을 걸었다. 수백 년 전 쌓아 올린 성벽 아래로 서울의 야경이 펼쳐졌다. 새 구두에 쓸린 발뒤꿈치가 조금씩 아프기 시작했다. 가슴도 괜히 따끔거렸다. 걸음이 차츰 느려졌다.

"사람은 누구나 가면을 쓴대요."

나는 성벽 아래를 내려다보며 조용히 말했다. 그는 대꾸 없이 듣기만 했다.

"정신병이나 증후군 같은 게 아니라, 생활 속에서 자기도 모르게 가면을 쓰는 경우가 있대요. 공부 잘하는 학생, 가정에 충실한 주부, 일 잘하는 직장인……. 근데 가면 속에 숨겨진 모습이 들킬까 봐 불안해한다고 하더라고요."

"윌리도 가면을 썼지."

윌리는 세일즈맨의 죽음에 나오는 등장인물이었다. 그리고 그의 생각은 나의 견해와 일치했다.

"잘나가는 세일즈맨이라는 가면을 쓰고, 아들에게도 가면을 강요했어. 잘사는 척, 괜찮은 척."

"무능력함이 드러나고, 해고되는 순간, 그 가면이 벗겨져 버려서 죽음을 택한 거고요. 아마 견딜 수 없었을 거예요. 불안이 현실이 되었으니까요."

나 역시도. 불안한 마음이 걷잡을 수 없이 커지는 게 느껴졌다.

"아들 비프도 그랬지. 성실한 아버지의 가면이 벗겨지는 순간부터 비뚤어졌어. 어쩌면 그전에 자신이 잘난 학생이라는 가면이 벗겨진 순간부터 잘못됐는지도 모르고."

"내가 바라는 모습대로 가면을 쓰고 있다가 벗겨지는 순간은 그만큼 두려운 건가 봐요."

나는 잠시 숨을 고르고 말을 이었다.

"그 두려운 일을 제가 지금 해야 할 것 같고요."

"응?"

그가 먼저 걸음을 멈췄다. 나도 따라서 멈춰 섰다. 나를 내려다보는 눈동자는 감정을 읽을 수 없을 만큼 시커멨다.

"저는 그동안 착한 후배라는 가면을 뒤집어쓰고 있었어요. 저 원래 안 착하거든요. 전화번호도 모르는 선배랑 같이 수업 듣는다는 이유로 카페라테 챙기고…… 그런 거 안 해요."

대꾸가 없어서 더 불안해진다. 하지만 이미 내뱉은 말을 주워 담을 수는 없었다.

"저 선배 좋아지는 것 같아요."

말이 떨어지기가 무섭게 그가 한숨을 내쉬었다. 일말의 기대도 없었다면 거짓말이다. 그가 나한테 베푼 호의에 설렜고, 신경 써 주는 말을 할 때마다 가슴이 뛰었다. 그래서 무수한 다른 여자들의 고백과는 다를지도 모른다고 생각했었다.

곤란한 듯 한숨을 내쉬는 그를 보니, 나 역시 아니었던 거다.

"근데 선배는 아닌 것 같아서요. 감정이 더 깊어지면 저만 힘들어질 것 같아서……. 이야기해야 할 것 같았어요."

그는 아니라고 말하지 않았다. 나와 같은 감정이라고 서둘러 대꾸하지도 않았다. 그저 묵묵히 듣기만 했다.

"저랑 같은 감정인 거 아니면, 저한테 이제 잘해 주지 마세요. 저 오해해요."

울컥 감정이 치솟았다. 이런 고백을 묵묵히 듣고만 있는 그가 원망스럽다. 누군가를 좋아하는 감정은 서서히 커지는 게 아닌가 보다. 불과 5주가 조금 넘는 시간 동안, 내 감정은 오븐 속 빵처럼 순식간에 부풀어 올랐다. 아니, 동연 회의에서 처음 본 순간부터 나는 그에게 매료되었었지.

차마 가까이 다가갈 수 없는 존재라고 여겼는데, 몇 주 붙어 있었다고 감정이라는 새끼가 주인 허락도 없이 기고만장해졌나 보다.

"사실 조금 오해했어요. 선배가 친하게 지내는 여자 동기나 선후배는 없다고 들었거든요."

"누가 그래?"

이런 말에는 반응하는 모습이 나를 더욱 하찮게 만들었다. 지금 보니, 그는 자신의 이야기에만 관심을 보이는 듯했다.

"희수라고……. 작년 동연 회장이랑 사귀는 제 친구가요."

"아…… 작년 동연 회장이 경영학과거든."

"그건 저도 알고요."

그따위 중요하지도 않은 정보를 내뱉는 그의 목소리는 평상시와 다를 바가 없었다. 그러니까 지금 이 상황도 그에게는 평소와 같다는 의미였다. 누군가에게 고백받고, 거절하는 상황 말이다.

"그래서 오해했어요. 저한테는 책도 빌려주셨고, 연극도 같이 보고, 김밥 두 줄 먹으라는 잔소리도 하셨고."

김밥 두 줄에서 울음기가 묻어났다.

"미안하다."

봄기운이 역력한 옛 성곽, 낭만적인 밤, 나는 태어나서 처음으로 고백이란 것을 해 봤고, 단칼에 거절당했다. 감정이 걷잡을 수 없이 커지는 게 두려워서, 그의 헷갈리는 태도가 갑갑해서, 도박처럼 베팅을 걸었다.

됐다. 된 거다. 더 아프기 전에 이렇게 하는 게 맞다.

이제부터 언론 고시 빡세게 준비해야지.

이루어지지도 않을 사람과의 연애 감정 따위에 휩쓸려서 허송세월을 보내는 것보다, 매듭짓고 움직이는 편이 수월하다. 나는 손등으로 눈물을 훔치고, 목구멍에 가득 찬 설움을 삼켰다.

"저 사실 이런 옷도 대학 와서 처음 입어 봤어요. 오늘 되게 기대했거든요."

얼마나 더 비참해지고 싶은 건지, 한번 터진 말은 그칠 줄을 몰랐다.

"예쁘다는 말, 듣고 싶었어요."

자존심도 없구나, 오밀희.

첫사랑이다. 태어나서 누군가에게 잘 보이고 싶은 마음이 드는 것도 처음, 그런 감정을 주체할 수 없는 기분도 처음.

이왕 고백한 거, 다 내뱉고 훌훌 털어 버리자고 생각했다.
그리고 이 정도면 예의상 예쁘다고 한번 말해 줄 법도 한데, 그는 입을 꾹 다문 채로 침묵했다.
"하아."
한숨이 흘러나왔다. 착한 후배 가면이 벗겨졌다. 가면이 벗겨진 윌리는 무대에서 사라졌다. 이제는 내가 사라질 차례다.
"저는 이쪽으로 내려갈게요. 안녕히 가세요. 수업 때는 따로 앉아야 할 것 같아요."
빠르게 말을 내뱉고 돌아섰다.
"밀희야."
그가 한숨 섞인 목소리로 내 이름을 불렀다. 그렇게 애틋하게 부르지 말라고 소리치고 싶었지만, 말을 잃은 것처럼 목구멍이 턱 막혔다.
"늦었어. 같이 가. 데려다줄게."
나는 눈물을 삼키며 돌아섰다.
"이런 친절이 저를 헷갈리게 해요. 저 혼자 갈게요."
울음기가 섞인 날카로운 목소리가 흘러나왔다. 그는 어쩔 줄 모르는 표정이었다. 당황한 그의 눈빛을 마주하는 순간, 누군가 뒷덜미에 찬물을 끼얹은 것처럼 정신이 번쩍 들었다. 입장 바꿔서 생각해 보면 난감하기 그지없는 상황일 거다.
그저 학우로서 잘해 줬을 뿐인데, 누군가 그 감정을 오해하고 나에게 고백을 했다고 치자. 이제 잘해 주지 말라며 울고불고한다면?

나는 눈을 질끈 감으며 한숨을 내쉬었다. 서러운 가운데, 이성이 끼어들었다.

"내려가서 택시 탈게요. 가요."

내가 조용히 중얼거리자, 그가 허탈하게 웃었다.

"너는, 참……."

참, 뭐……?

그 뒤에 붙은 말이 뭔지 몹시 궁금했지만, 이제는 자존심을 챙겨야 했다. 나는 손등으로 얼굴을 쓱쓱 문질러 닦았다. 그러고는 힘차게 발걸음을 옮기기 시작했다.

"제가 진상 부렸다고 소문내지 마세요."

그가 뒤에서 웃는 소리가 들려왔다. 발뒤꿈치가 완전히 까졌는지, 가슴보다 그쪽이 더 쓰라렸다.

"잠깐만. 서 봐."

"또 왜요?"

나는 공격적으로 돌아섰다. 그는 뭐 이런 게 다 있나, 하는 표정을 짓고 있었다.

"저 이제 선배 안 좋아할 거거든요. 협조 좀 해 주시죠?"

그가 고개를 절레절레 내젓고는 물었다.

"너 걷는 게 왜 그래? 아까 그 새끼랑 부딪혔을 때, 발목 삐끗해서 그래?"

“아니요. 누구한테 잘 보이려고 새 구두 신고 나왔다가, 발뒤꿈치 다 까져서 그래요.”

그의 시선이 내 구두로 내려갔다. 그가 한숨을 집어삼키며 트레이닝 복 주머니에서 지갑을 꺼냈다.

“치료비 주시게요?”

어이없다는 듯이 웃는 얼굴이 서럽도록 잘생겼다.

“아까 그 사람은 치료비 주겠다고 명함도 줬는데.”

“너 그 새끼 명함도 받았어?”

그가 지갑을 펼치다가 말고 미간을 와락 구긴다.

“그런 거 하지 마시라고요. 질투하세요?”

그는 입술을 가늘게 맞물리며 대답을 피했다. 그러고는 지갑을 열심히 뒤지기 시작했다. 오밤중에 낭만적인 성곽에서 고백한 여자를 찬 남자가 지갑을 뒤적거리고 있다.

이게 대체 뭐 하는 짓일까.

“이거 붙이자.”

그가 지갑에서 꺼낸 물건은 일회용 상처 밴드였다. 그런데 그가 상처 밴드를 꺼낸 순간, 이상한 물건이 바닥으로 뚝 떨어졌다.

정사각형 모양의 포일 포장 안에 둥그렇게 자리 잡은 미지의 물건……. 콘돔이다. 우리 둘의 시선은 전부 바닥을 향해 있었다. 둘 다 그 물건이 뭔지 알아차렸고.

“그런 거 챙겨 다니시는구나.”

피임 도구를 챙겨 다니는 남자는 바람직하다. 그런데 내 고백에 미안하다고 답한 남자는 저걸 나와 쓸 생각이 없다. 머릿속이 띵 울렸다. 첫 고백이 이렇게 최악으로 치달을 수 있나?

"오해하지 마. 나 이런 거 써 본 적 없어. 지갑에 넣고 다니면 돈 붙는다고, 친구들이랑 사서 하나씩 나눠 가진 거야."

"저한테 그런 변명 하실 필요 없어요. 그리고 학생한테 돈이 붙어 봤자, 얼마나 붙는다고……."

나는 꺼져 가는 모닥불처럼 힘없는 목소리로 중얼거렸다.

"진짜야. 한 번도 써 본 적 없다고. 그리고 투르 드 프랑스 통합 우승자 상금이 50만 유로야."

50만 유로의 개념이 와닿지 않아서 당황스러웠고, 저런 말을 진지하게 하는 남자 때문에 또 당황스러웠다.

"6억 7천만 원이라고. 그러니까 이건, 6억 7천만 원에 대한 부적인데, 그게……. 아, 내가 이런 말을 왜 하고 있지? 아무튼, 통합 우승에 대한 부적이었어. 사이클 선수가 돈이 어디서 붙겠어? 상금이나 스폰이지."

그는 콘돔을 주워서 근처 쓰레기통에 던져 버렸다.

"그런 부적을 버리면 어떡해요!"

나는 마치 투르 드 프랑스 통합 우승자 상금이 날아가기라도 한 것처럼 발을 굴렀다.

"아야."

발뒤꿈치가 거칠게 구두에 쓸렸고, 차였다는 아픔은 아무렇지도 않을 만큼 날카로운 통증이 일었다.

"봐 봐."

그가 내 앞에 무릎을 굽히고 앉았다.

"됐어요. 주세요. 제가 붙일게요."

"그런 복장으로 어떻게 붙이려고."

치마를 입고 꼴사납게 다리를 쳐들 수는 없는 노릇이었다.

"어차피 스타킹 신어서."

"스타킹 위에라도 붙여. 집에 가서 스타킹 벗으면, 그때 다시 새 걸로 붙이고."

스타킹 벗는다는 말을 하고 나서, 그는 잠시 머뭇거렸다.

"스타킹 벗으면……. 그런 말을 아무렇지 않게 하시는 거 보니까, 제가 정말 여자로 안 보이나 봐요."

나는 하도 어이가 없어서 웃음이 다 나왔다. 마치 실성이라도 한 사람처럼. 그의 손이 발목에 닿았다. 뜨겁고 강인한 손에서 느껴지는 악력이 단숨에 아랫배를 치고 올라왔다. 나는 눈치 없이 차오르는 열감을 뒤집어쓴 채로 그를 내려다보았다.

그가 내 발뒤꿈치를 살피더니 한숨을 몰아쉰다. 일회용 밴드를 뜯어서 상처에 꼼꼼히 붙이는 그의 표정은 꼭 진료 중인 의사처럼 무감했다. 여자 발목을 붙잡고 있는데도, 아무렇지 않아 보였다.

"구두 신어 봐."

신데렐라라도 된 것처럼 구두에 발을 끼워 넣었다. 구두는 발에 꼭 맞는데, 왕자는 내 차지가 아니다.

"괜찮아?"

그가 고개를 들어 나를 올려다보았다. 치마 길이는 무릎까지 왔다. 치마 입은 여자를 아래에서 올려다보고 있는데도, 그의 표정은 무덤덤하다.

졌다, 공무진. 혹시 여자 안 좋아하냐?

그런 거라면 가슴이 덜 아플까?

발꿈치에 밴드를 붙이고 나니, 가슴 쓰라림이 재발했다. 가슴에도 연고를 바르고, 일회용 밴드를 붙일 수 있으면 좋겠다.

"괜찮아요. 감사합니다."

나는 잘해 주지 말라는 말을 하는 것도 지쳐서 얌전히 감사 인사만 전했다.

우리는 말없이 혜화역까지 걸었다. 그에게 꾸벅 인사를 하고, 택시 뒷좌석에 올랐다. 그런데 그가 택시 조수석 문을 열었다.

"기사님, 중계동이요."

그가 마치 중계동이 제집인 것처럼 떠들었다.

"중계동 어디요?"

기사가 묻자, 그가 뒷좌석에 앉은 나를 돌아보았다.

“은행 사거리요.”

그에게 아파트 이름까지 알려 주고 싶지는 않았다. 차가 밤 도심을 조용히 미끄러져 갔다.

“남자 친구가 여자 친구 집에 데려다주는 거요?”

기사 아저씨가 기특하다는 듯이 그를 흘끗 보며 물었다.

“그게.”

그가 말하려는 순간, 내가 끼어들었다.

“아니요. 대학교 선배님이세요. 같이 과제 하고 집에 가는 길인데, 늦었다고 데려다주시는 거예요.”

오늘로 벌써 두 번째다. 사람들은 우리를 연인이라 오해했고, 나는 두 번이나 반박했다. 오늘이 가기 전에 한 번 더 반박하면 예수님을 부정했던 베드로와 동급인가.

“아가씨 목소리가 똑 부러지네. 아나운서 해도 되겠어.”

기사님이 룸 미러로 나를 흘끗 보고는 말했다. 은행 사거리까지 가는 20여 분, 더 이상의 대화는 없었다. 나는 초록색 간판이 붙은 은행 앞에서 내렸다. 택시비는 당연히 내가 냈다. 함께 타고 온 택시로 돌아갈 줄 알았는데, 그는 나를 따라왔다.

“집에 들어가는 거 보고.”

나는 알겠다며 앞서 걸었다. 그는 대단한 사명감이라도 있는 것처럼 내 뒤를 조용히 따랐다.

혹시 내가 까였다고 먼저 소문낼까 봐 저러는 걸까?

여자들에게 고백받고, 그걸 찼다고 으스대는 성격이 아니었다. 오히려 그런 소문이 나는 걸 꺼리는 눈치였다. 그는 운동으로 주목받고 싶은 사람이지, 다른 게 중요한 사람이 아닌 거다.

그래서 연애도 안 하는 건가.

아파트 입구에 다다른 나는 공무진을 조용히 돌아보았다. 그의 어깨가 평소답지 않게 축 처져 있다. 고백하고 차인 건 이쪽인데, 저쪽이 더 안쓰러워 보이는 이유를 모르겠다.

“소문 안 낼게요.”

“뭐?”

그가 무슨 말인지 짐작조차 하지 못하겠다는 듯이 물었다.

“괜한 소문으로 신경 쓰이는 일 없을 거예요. 저 아무한테도……. 아무 말도 안 할 거예요.”

“희수한테도?”

“희수한테 말하면 관악산 비둘기도 알게 될걸요.”

내 대꾸에 그가 연하게 웃었다.

“희수가…… 너랑 나랑 친한 거 알아?”

“우리가 친하기는 했어요?”

울컥해서 되물었다.

“아니, 아까 희수한테 내가 친하게 지내는 여자 동기나 선후배가 없다는 말을 들었다고 해서.”

“같이 교양 수업 듣는다고 했어요. 연극 같이 본다고 했고요. 그게 다예요. 별거 없어요. 걱정 마세요. 제가 아무 일도 없었다고, 연극만 조용히 봤다고. 심지어 티켓도 겨우 구해서, 자리도 떨어져 앉았다고 할게요."

"그게 아니라, 밀희야."

또 저렇게 애틋하고, 다정하게 이름을 부른다.

"제 이름 부르지 마세요."

스스로 듣기에도 퍽 서늘한 목소리가 흘러나왔다.

"이제 우리 알은체도 하지 말아요. 그냥 모르는 사람처럼 지내요. 그게 좋겠어요."

"어떻게 그래."

"아니면 제 고백은 거절했지만, 제가 선배 계속 좋아하길 바라시는 거예요? 그래서 이러세요? 그거 되게 잔인한 건데요."

"그런 거 아니야."

서툴렀다. 나뿐만 아니라, 그도 이런 상황에 서툴게 대처하고 있었다. 나의 고백은 성급했는지 모르지만, 그의 반응은 지나치게 미적거렸다.

"태어나서 처음으로 누구한테 좋아한단 말, 해 본 거예요. 보시다시피 잘 안 됐고요. 근데 저는…… 나 안 좋다는 사람 앞에서 예전처럼 웃고 떠들 만큼 대인배가 아니라서요. 네, 선배님 말씀대로 저 소심합니다."

그가 실소했다. 나는 지금 심각한데, 그는 웃었다.

"우스우세요?"

그가 씁쓸한 미소를 지으며 고개를 내저었다.

"선배님은 나름의 소신이 있으셔서 고백을 전부 거절하시는 거죠? 물론 누구 좋아하는 감정이 소신으로만 되는 건 아니지만요. 저도 나름대로 소신이 있거든요. 자꾸 선배님이 저 오해하고 설레게 해서, 제 생활이 엉망이 되더라고요. 멍해지고, 집중 안 되고, 계속 생각나고. 그리고 혹시나 선배도 저와 같은 마음일지도 모른다는 기대도 조금 있었고……. 그래서 말한 건데요. 거절해 놓고 예전처럼 지내자고 하시면, 저 힘들어요. 차인 것도 속상한데, 학교생활이 엉망이 되면 안 되잖아요. 그러니까 선배랑 저, 이제 모르는 사람 됐으면 좋겠어요."

그는 아무런 대답도 하지 않았다.

"안녕히 가세요."

나는 그에게 대꾸할 기회도 주지 않고 돌아섰다. 대꾸를 들어 봤자, 승강이만 이어질 뿐이다. 고백에 미안하다고 거절한 남자는 내가 공동 현관에 들어서서 돌아볼 때까지, 아파트 입구에 서 있었다.

누가 보면 내가 찬 줄 알겠다.

걷잡을 수 없는 눈물이 흘러넘쳤다. 설익은 감정을 세련되게 다독이기엔 내가 너무 어리숙하단 생각이 들었다. 그와 헤어지고 혼자 엘리베이터에 오르자, 나의 미성숙이 수치스러웠다. 덜 자란 내 안에서 웃자란 감정이 야속했다.

집에 들어온 나는 식구들에게 눈물범벅인 얼굴을 들키고 싶지 않았지만, 나의 천적인 다섯 살 터울 오빠와 눈이 딱 마주쳐 버렸다.

"너 왜 우냐?"

"연극이 너무 슬펐어."

"남자 친구랑 싸운 거 아니고?"

오빠가 빈정거렸다.

"우리 밀희 남자 친구 생겼어?"

거실 소파에 앉아서 TV를 보던 아빠가 벌떡 일어났다.

"아유, 생길 때도 됐지."

엄마는 별스러울 것도 없다는 듯이 아빠를 다독였다.

"남자 친구 없거든!"

"아까 누가 아파트 입구까지 데려다주던데?"

하필 그걸 오빠가 봤나 보다.

"남자 친구 아니라고!"

"남자 친구도 아니면서 집 앞까지 데려다줘? 그 새끼 너 되게 좋아하나 보다."

내가 좋아하는데? 그 새끼는 나 안 좋아하는데?

이런 폭탄을 터뜨렸다가는 오빠한테 평생 놀림당할 것이다.

"아, 아니라고!"

"아니긴 뭐가 아니야. 남자 새끼가 총 맞았냐? 안 좋아하는 여자를 집 앞까지 데려다주고, 집에 들어갈 때까지 청승맞게 쳐다보고 있게?"

나는 멋대로 떠드는 혈육을 뒤로하고 방 안으로 들어왔다. 침대에 몸을 던지듯 묻은 나는 서럽게 울었다.

오빠 말마따나, 공무진은 총 맞았나 보다. 좋아하지도 않는 여자 집에 데려다주고, 발뒤꿈치에 밴드도 붙여 주고, 연극도 같이 보고, 책도 빌려주고, 커피도 챙겨 주고, 아프냐고 걱정하고, 밥 많이 먹으라고 하고, 가방도 들어 주고, 맨날 웃어 주고…….

공무진은 대가리에 총 맞은 게 분명하다.

침대에 멍하니 누워서 천장을 올려다보았다. 일어나야 하는데, 기운이 하나도 없다. 휴대전화로 시간을 확인한 나는 이불을 뒤집어썼다. 식구들은 모두 출근했고, 나만 혼자 집에 남아 있었다.

오전 10시, 시간표대로라면 전공 수업을 듣고 있어야 했다. 학교에 가기 싫었다. 어쩌다 마주치는 것도 두려웠다.

나는 정말 미성숙한 인간이구나, 생각하면서도 몸을 일으킬 힘이 없다. 기운 없이 누워서 잠이 들락 말락 하고 있는데, 밖에서 인기척이 느껴졌다.

누구야, 이 시간에. 도둑이야?

이불자락을 움켜쥔 나는 112에 신고부터 해야 하나 고민했다. 숫자 1을 두 번 눌렀을 때였다.

"오밀희. 아직 자?"

뜻밖에도 오빠의 목소리였다.

"아니. 왜?"

"문 좀 열어 봐."

오빠의 목소리가 심각했다. 다섯 살 터울 오빠는 평소엔 하찮은 존재였지만, 여동생인 나에게 무슨 일이 생기면 귀신같이 알아차리는 사람이었다.

"왜요."

나는 파자마 차림으로 방문을 열었다. 미간을 잔뜩 구긴 오빠는 조금 무섭다.

"너 왜 학교 안 가?"

언제나 집에서 가장 나중에 나가는 사람이 나였다. 나는 가족들이 퇴근해서 집으로 돌아오기 직전에 밖으로 나가서 시간을 조금 보내다 들어오곤 했다. 벌써 2주째 그러고 있다. 학교에 갔다 온 척을 하고 있었는데, 오빠가 알아차렸나 보다.

"학교를 왜 안 가, 내가? 오늘 오전 수업 휴강이라, 오후에 갈 거야."

“그럼 씻고 나와. 점심 먹고, 오후에 학교 데려다줄게.”

오빠가 고집을 부렸다. 짙은 눈썹을 모으고, 쏘아보는 시선을 피할 길이 없다.

“오후도 휴강이야? 학교 행정실 전화해서 확인해?”

이 인간과 연애하는 여자가 정말이지 불쌍해지려고 한다. 오빠의 성격은 꽤 집요했고, 내가 이상한 낌새를 보이면 공적인 자료를 들먹거리며 겁을 주었다.

“하든지!”

내가 미성숙한 인간인 것을 한 번 더 확인하는 순간이었다.

“너 그날 이후로 학교 안 갔지? 집 앞까지 따라온 새끼가 너 괴롭혔어?”

대답을 피하고 싶어진다.

“오빠 출근 안 했어?”

“휴가 냈어.”

“왜?”

“너 무슨 일 있는 것 같아서. 왜 그러는데?”

나는 아랫입술을 꾹 깨물었다. 갑자기 오빠가 너무 따스워서 눈물이 핑 돌았다.

“내가 고백했다가, 차였어.”

목소리가 기어들어 갔다.

“감히 널 찼어?”

오빠가 나를 부둥부둥 위로해 주기 시작했다.

"그 새끼 진짜 대가리에 총 맞은 거 맞네. 그날 고백한 거야? 그래서 차이고 울고 들어온 거야? 근데 그 새끼는 지가 찬 여자를 집 앞까지 데려다줘? 와! 어장 관리 기술이 동원참치 빰친다?"

나보다 더 화를 내 주는 오빠가 고마워서 울면서 웃었다. 역시 피는 물보다 진하다.

"씻고 나와. 맛있는 거 먹고, 학교 가. 그렇다고 수업을 계속 빠지면 어떡해. 한 번 차였다고 인생 포기할 거야?"

그건 아니라며 고개를 가로저었다.

"힘든 거 알아. 나도 그런 시절 겪어 봤는데, 모르겠냐?"

나는 오빠를 빤히 올려다보았다. 오늘따라 오빠가 무척 어른스러워 보인다.

"오빠는 언제 그렇게 어른이 됐어?"

"오빠도 아직 어른 안 됐어."

가슴이 찡했다.

"얼른 씻고 나오라고."

"나 삼겹살 먹고 싶어. 씻고 고깃집 가면 냄새 밴 채로 학교 가야 하잖아. 먹고 들어와서 씻으면 안 돼?"

오빠가 오늘은 무슨 말이든 들어주겠다는 듯이 웃었다.

"와, 봄이다."

2주 만에 만난 세상은 연초록색 옷을 입었고, 바람도 따스한 기운을 머금고 있었다.

"봄이지."

오빠가 한숨처럼 중얼거렸다. 나는 조수석 창밖을 바라보던 시선을 운전석으로 냉큼 돌렸다. 도로를 응시하는 오빠의 턱이 잔뜩 굳어 있었다.

"오빠도 무슨 일 있구나."

소리 없이 웃는 걸 보니 맞는 것 같다.

"내 핑계 대고 땡땡이친 거구나?"

나는 장난스럽게 물었다.

"응."

오빠는 반박하지 않고 순순히 대꾸했다.

"왜?"

"너랑 비슷한 이유."

봄이 완연한데, 실연의 상처를 똑같이 안은 남매의 꼴은 눈물겨웠다.

"오빠 여자 친구 오래 만났잖아."

당연히 오빠는 그 여자 친구와 결혼할 거라고 생각했다.

"나한테 나쁜 사람이라고 그러더라고. 그래서 너한테 잘해주고, 나는 좋은 사람이라고 확인하고 싶었나 봐."

웃으며 말하고 있었지만, 오빠의 목소리에서 서글픔이 뚝뚝 떨어졌다.

"여기 맞지?"

차는 어느새 사회과학관 앞에서 서행하고 있었다. 오빠는 작년 가을에 이 학교를 조기 졸업했고, 졸업 전에 취업이 되어 남들보다 이르게 자리를 잡았다. 이렇게 잘나고 좋은 오빠인데. 이제 보니, 오빠의 어깨가 축 처져 있는 게 느껴졌다.

"고마워, 오빠. 이제 회사로 가?"

"아니, 오늘은 땡땡이라니까."

"술 많이 마시지 마."

나는 조수석 문고리를 잡은 채로 당부했다.

"술 안 마셔."

"담배도 많이 피우지 말고."

"응."

백팩을 들고 차에서 내리자, 오빠는 얼른 들어가 보라며 손짓했다. 나는 조수석 문을 닫으며, 영화라도 보러 가라고 소리쳤다. 돌아서는 발걸음이 무거웠다. 어릴 때는 다섯 살이나 많은 오빠가 나와 놀아 주지 않아서 속상했고, 사춘기 때는 바락바락 대들었고, 나이를 먹고는 서로 하찮게 여기는 게 일상이었다.

각자의 삶을 찾고 나면, 남매애는 느낄 수 없다는데.

내가 걱정되어서 방문을 두드렸을 오빠의 심정이 이해되었다. 나는 내 처지를 생각하며, 오빠의 마음을 헤아렸고, 오빠의 아픔을 헤아리며, 위안도 얻었다.

"밀희야!"

"응!"

오빠가 운전석에서 내려서 빠른 걸음으로 다가왔다.

"용돈."

5만 원권 넉 장을 건네는 오빠의 후한 인심에 맥없이 웃었다. 민망한지 내 손에 돈을 쥐여 주고는 차로 급히 달아난다.

"오빠!"

나는 운전석에 오르려는 오빠를 불러 세웠다. 오빠가 차 천장 너머로 고개를 쭉 뺐다.

"오빠, 나 오빠 진짜 좋아. 진짜 좋은 사람이야."

"이따 보자."

기분 좋게 웃으며 차에 오르는 모습을 보니, 마음이 한결 나아졌다. 나는 오빠가 준 돈을 바람막이 점퍼 주머니에 찔러 넣으며 돌아섰다.

흐물흐물 녹았던 가슴이 삽시간에 얼어붙었다. 공무진이 무서운 눈으로 나를 쏘아보고 있었다. 차가운 눈빛이 나를 머리부터 발끝까지 훑어 내렸다. 젖은 머리카락을 한 번, 주머니에 넣다 만 돈을 한 번, 그리고 멀어진 그의 시선은 오빠 차의 새빨간 후미등에 달라붙었다.

"누구야?"

촉촉하게 젖은 듯 듣기 좋았던 그의 목소리가 스산하게 갈라졌다. 나는 대꾸 없이 그를 바라보았다. 그의 복장은 검은색 트레이닝 복이 아니었다. 청바지에 하얀색 스웨트 셔츠를 입은 그는 완전히 다른 사람처럼 보였다. 나는 여전히 검은색 캔버스화를 신었고.

역시 아무렇지 않을 수는 없나 보다. 가슴이 아려서 숨이 턱 막혔다.

"누구냐고?"

공무진에게 그걸 물을 자격은 없다. 그리고 어떤 오해를 했는지 모르겠지만, 그에 대해 화를 낼 자격도 없는 건 마찬가지다.

"아는 오빠요."

거짓말은 아니었다. 그런데 그의 심기를 거스르기에, 충분한 진실이었다. 그는 숨을 크게 들이쉬며 차츰 분노하는 듯 보였다. 그의 대단한 정의감과 높은 도덕의식으로는 지금의 상황이 이해 가지 않나 보다.

어디선가 막 씻고 나온 듯 젖은 머리카락, 남자에게 받은 돈.

달갑지 않은 오해인데, 그걸 걸고넘어지는 공무진이 괘씸해서 오해를 풀어 주고 싶지가 않았다. 그리고 공무진은 저런 오해를 했다고 해서 학내에 떠들고 다닐 인물도 아니었다.

혼자 화를 내든지, 말든지.

그렇게 생각하면서도 가슴은 쿡쿡 쑤셨다. 나는 고개를 한 번 까딱하고는 공무진을 지나치려고 했다. 그가 내 백팩을 붙잡기 전까지는 말이다.

"왜 이러세요?"

"너 방금 저 남자한테 받은 거 뭐야?"

그가 거친 숨을 몰아쉬며 물었다.

"이거요?"

주머니에서 돈을 꺼내서 보여 줬다.

"용돈이요."

"뭐?"

그가 미간을 와락 찌푸렸다.

"아는 오빠라는 사람이 너한테 그 돈을 왜 주는데?"

"제가 위로 좀 해 줬거든요."

너무 막 나가고 있는 것 같아서, 말을 내뱉고도 멈칫했다.

"남자한테…… 위로해 주고, 용돈을 받는다고?"

누가 들을세라 그가 목소리를 한껏 낮추었다.

"우리 서로 모른 척하기로 했잖아요."

나는 백팩을 움켜쥐고 있는 그의 손을 '탁' 쳐 내고는 돌아섰다.

내가 왜 그랬을까?

후회해도 이미 늦었다. 친오빠라고 설명하고, 수업 가느냐고 묻고, 왜 2주 동안 수업에 들어가지 않았는지 설명하고…….

평상시와 같은 대화는 불가능했다. 말하다 보면 또 마음이 약해져서 나는 공무진한테 질질 끌려다닐 것 같았고, 다시 헛된 마음을 일으킬 것 같았고, 그래서 또 정신 못 차리게 될 게 뻔했다.

차라리 이렇게 정을 뗐으면 좋겠다. 나를 오해하고 아예 무시하는 공무진을 본다면, 마음이 수월하게 접힐 것 같다. 나는 어리숙할 뿐만 아니라, 이기적이다. 하긴 어리숙해서 이기적일 수도 있다.

하지만 공무진도 이기적이기는 마찬가지다. 내가 무슨 짓을 하든, 마음이 없으면 그런 분노도 보여서는 안 된다.

내 마음을 추스를 사람은 나 자신밖에 없다.

수업이 끝나고 강의실 문 앞에서 나를 기다리고 있는 사람은 뜻밖에도 희수였다.

"야, 오밀희."

희수가 팔짱을 끼며 울상을 지었다.

"너 내 전화도 안 받고. 메시지도 다 씹고."

"미안."

"어디 아팠어? 안 그래도 마른 애가 살이 더 빠졌네."

내 안색을 살피는 희수의 얼굴에 진심 어린 걱정이 배었다.

"그냥, 몸살 기운도 있고."

"요즘 몸살감기 유행이라고는 하더라."

희수는 뭔가 할 말이 있는 눈치였다.

"나한테 뭐 할 말 있어?"

"있잖아. 나 말 돌리고 그런 거 못 하거든."

희수가 그런 성격이라는 것을 잘 알기에 나는 연하게 웃었다.

"너 공무진이랑 무슨 일 있었어?"

여기서 왜 그 이름이 튀어나오는지 모르겠다. 순간 가슴이 덜컥 내려앉았다.

아까 단과대 건물 앞에서 벌인 승강이를 혹시 희수한테 말했나 싶어서 가슴이 떨린다. 만약 이상한 소문이 퍼진 거라면 어떻게 수습해야 하나, 난감하다. 이런 걱정을 참 빨리도 한다.

"아니."

나는 어설프게 고개를 내저었다.

"공무진이 나한테 여러 번 전화했어. 너랑 연락 안 된다고. 수업도 안 들어오는데, 무슨 일인지 혹시 아냐고."

"그랬구나. 같이 과제 해서 그랬나 보다. 내가 나중에 연락해 볼게."

이 정도로 마무리하려고 했다.

"야, 오밀희."

희수가 서운하다는 듯이 내 이름을 툭 내뱉었다.
"왜……."
"내가 그렇게 힌트를 줬는데."
"무슨 힌트."
내 팔에 팔짱을 낀 희수는 빈 강의실로 나를 몰아넣었다.
"공무진, 너 좋아해."
일곱 글자가 늑골 아래를 파고들어서 심장을 꽉 조이는 듯 아팠다. 갑갑해서 천장을 한번 올려다보았다. 한숨이 훅 터져 나왔다.
"아니거든."
"아니긴 뭐가 아니야. 너랑 같이 수업 들으려고 시간표도 바꿨는데."
"무슨 소린지 모르겠다."
심장이 달갑지 않게 날뛰었다.
"동시대 연극의 이해. 너 그거 듣는다고 해서, 공무진 시간표 바꿨다고."
"네가 그걸 어떻게 알아?"
희수가 아랫입술을 꾹 깨물었다가 놓고는 혼잣말처럼 중얼거렸다.
"아, 씨. 말하지 말랬는데. 공무진이 나 죽이려고 들 텐데."
"이미 말하고 있잖아. 그냥 말해."
"공무진이랑 나랑 사촌이야."

둘이 혈연관계라는 소리를 들었을 뿐인데, 나는 발가벗은 듯한 기분이 들었다. 수강 신청 기간에 희수와 시간표를 공유했던 기억이 났다. 희수가 나에 대해 얼마나 전했을지 헤아리는 것만으로 머리가 지끈거렸다.

"나 본가가 대전인 거 알지? 지금 공무진 집에서 지내거든. 근데 너랑 연락 안 된다고 나를 아주, 잡아먹으려고 들잖아."

실소가 터졌다. 어떤 반응을 보여야 할지 난감하다.

"있잖아. 희수야."

"응."

"너네 사촌 오빠 성격 되게 이상하다."

"공무진 착해. 안 이상해."

또다시 숨이 턱 막혀 왔다. 나는 겨우 어깻숨을 내쉬며 말했다.

"좀 자존심 상하는데, 너한테 말 안 하겠다고 했는데……. 나 실은 공무진한테 고백했다가 차였어."

희수가 커다란 눈을 깜빡거렸다. 우리는 아무 말도 없이 딴 곳을 바라보았다.

"나 좋아하는 게 아니라, 그냥……. 그날 이후로 내가 학교에 안 나와서 신경 쓰였나 보다."

"공무진이 아무한테나 신경 쓰는 성격은 아니야!"

분위기 파악을 못 하고 사촌 오빠 역성을 드는 희수도 안

쓰럽다.

"너네 사촌 오빠 착하다며."

고개를 빠르게 내저은 희수가 반박했다.

"착한 거랑 그거랑은 다르지. 아무리 착해도 이제껏 오빠가 찬 여자한테 신경 쓴 적 없었어. 그리고 너랑 같이 수업 듣겠다고, 시간표 바꾼 것도 맞고. 너랑 같이 수업 듣고 그러면서……. 오빠가 예전처럼 기운 차린 것 같아서 보기 좋았는데."

"진짜 나는……. 무슨 말인지 하나도 모르겠다."

"동연 회의 때, 너 처음 본 거 아니래. 나랑 같이 다니는 거 몇 번 봤댔어."

이제 소용없는 이야기다. 고백 전에 들었다면, 밤새 잠을 못 잤을 사연이지만.

"그래서 너네 사촌 오빠가 기운 차린 것 같아서, 계속 같이 다녀 주라고?"

"그게 아니라. 나는 둘이 잘되고 있는 줄 알았어. 사귀다가 잠깐 싸웠나 보다, 했지."

지나가던 남자도, 택시 기사도, 우리 오빠도, 희수도……. 우리가 특별한 사이라고 착각했다. 나도 우리가 특별한 줄 알았다. 그런데 공무진은 아니라고 사과했다. 그러니 소용없는 이야기다.

"왜 그렇게 생각했어? 그런 거 아닌데……."

그러면서도 궁금했다.

"내가 그랬잖아. 오빠는 친하게 지내는 여자 없다고. 너랑은 수업도 같이 듣고, 아무리 과제라고 해도 연극도 같이 보러 가고. 계속 나한테 네 이야기 물어보고. 내가 네 얘기 하면 오빠 표정이 어떤 줄 알아?"

"어떤데?"

"사실, 오빠 되게 예민한 성격이야. 꼭 성공해야 한다는 강박감이 좀 있어……. 그래서 연애도 안 했고, 공부만 하고, 운동만 했어. 근데 네 얘기만 하면 부드러워져. 사람이 연해져. 오빠가 너 말고 다른 사람한테는 얼마나 차가운지 모르지?"

나는 맥없이 웃었다.

"그래서 내 얘길, 뭘 어떻게 얼마나 했는데?"

"그냥 별로 한 것도 없어. 따뜻한 카페라테 좋아한다. 좀 적게 먹는 편이다. 그런 거."

수업 시간에 그가 사 들고 왔던 카페라테 두 잔이 생각났다. 궁금하지만, 그래서 더 듣고 싶지만, 여기까지만 듣기로 하자.

"이제 내 얘기 하지 마, 희수야. 무진 선배는 나 안 좋아해. 내가 좋아한다고 하니까, 미안하다고 하더라고. 그냥 이 얘기는 여기서 끝내자."

희수가 고개를 끄덕거렸다.

“그리고 이 책 좀 선배한테 전해 줄래? 내가 빌려 본 거거든.”

‘세일즈맨의 죽음’을 내미는 내 손끝이 파르르 떨렸다. 언젠가 미칠 것 같은 순간이 오면, 이 책을 빌미로 말을 걸어 보자고…… 학교 오는 길에 생각했었다. 그런데 뜻밖의 오해가 깊어졌고, 이젠 돌이킬 수 없게 되었다.

일부러 강의실에 늦게 들어갔다. 내가 강의실 문을 열었을 때는, 교수님이 막 출석을 부르려던 참이었다. 빠르게 강의실 안을 훑자, 맨 뒷줄 같은 자리에 앉아 있는 그의 얼굴이 눈에 들어왔다.

며칠 전 그런 일을 겪어 놓고도 그의 잘생긴 얼굴에 반가워하는 기색이 어렸다. 그는 내가 당연히 그 자리로 갈 거라고 생각하는 눈치였다. 나는 그의 기대를 저버리듯 제일 앞줄 빈자리에 얼른 앉아 버렸다.

오늘 수업할 연극은 안톤 체호프의 ‘갈매기’였다. 배우로 성공하고 싶은 여자 니나가 늙은 소설가 트리고린을 택하고 남자 주인공 트레플료프를 떠나는 장면에서 가슴이 콕콕 쑤셨다. 니나를 사랑했던 트레플료프는 그녀가 떠난 후에도 그녀를 변함없이 사랑한다.

떠나갔던 니나가 잠시 돌아왔을 때, 니나는 트레플료프에게 말한다. 빛나는 명예보다 삶을 견뎌 내는 능력이 더 중요하다고.

"안톤 체호프의 갈매기는 비극입니다. 등장인물은 각기 다른 신념을 가지고 있습니다. 성공을 바란 니나의 신념도 옳고, 사랑을 갈구하는 트레플료프의 신념도 옳아요. 어느 것 하나 그르다고 볼 수 없는 것들의 충돌로 빚어내는 갈등이 바로 비극입니다."

공무진과 나의 관계도 비극이다.

깊은 사연을 알 수 없지만, 성공에 대한 강박으로 연애를 하지 않는 공무진의 신념을 비난할 수는 없다. 그리고 나를 뒤흔드는 남자에게서 스스로를 보호하고 싶은 나의 신념도 존중받아야 한다.

절대 공존할 수 없는 신념이 부딪치니, 비극이 될 수밖에. 그리고 왜 주인공들은 죄다 죽는 건지, 수업을 마치고 나자 기분이 한껏 가라앉아 버렸다. 나는 교수님이 강의실 밖으로 나가기도 전에 서둘러 백팩을 챙겨 들고 나와 버렸다.

봄이 완연한 교정을 혼자 청승맞게 걸었다. 니나의 말처럼 나는 잔인한 봄을 견뎌 내야만 했다.

"밀희야."

나의 비극은 아직 끝날 생각이 없는지, 그의 목소리가 등 뒤에서 들려왔다. 나는 천천히 걸음을 멈췄다. 그는 어느새 내 앞에 서 있었다.

"나랑 잠깐 이야기 좀 하자."

"누구세요?"

시치미를 뚝 떼고 물었다. 그의 등 뒤로 연둣빛 잔디가 싱그럽게 펼쳐졌다. 향수 냄새는 여전히 상큼했다. 그리고 그는 다시 검은색 트레이닝 복 차림이었다.

"학교는 왜 안 나왔던 거야? 어디, 아팠어? 전화도 계속 안 되고."

그의 아래턱이 바들바들 떨렸다. 오빠와 나를 보고 화낼 때는 언제고, 이제 와서 다른 말을 하는 그를 어떻게 대해야 할지 모르겠다. 피하고 싶다.

"안녕히 가세요."

비켜 가려는데, 그가 얼른 걸음을 옮기며 막아섰다. 견뎌 내는 능력이 조금씩 소진되는 게 느껴졌다.

"할 얘기 있어."

"저는 없어요, 이제."

"들어 줘. 부탁이야."

버텨야 하는데, 여기서 휩쓸리면 안 되는데……. 애원하는 그의 갈라진 목소리가 내 마음에도 틈을 만들어 냈다.

"해요."

"여기서 말고. 일단 밥부터 먹자."

고백하기 전에는 같이 밥을 먹자고 했을 때 시간이 없다며 거절했던 남자였다. 그런데 밥부터 먹자고 한다.

"싫어요. 여기서 이야기해요."

"너 안색이……. 꼭 쓰러질 것 같아."

그가 한숨을 한 번 내쉬고는 말을 이었다.

"걱정 좀 그만 시키고. 응?"

나는 눈을 치뜨며 그를 쏘아보았다. 내가 언제 걱정해 달라고 졸랐느냐고 되묻고 싶었는데, 파리한 그의 얼굴을 마주하자 뾰족해졌던 가슴이 무뎌졌다.

"알았어요. 밥, 먹어요."

그가 눈에 띄게 어깻숨을 내쉬며 고개를 끄덕거렸다. 멀리 가고 싶지 않았다. 학교 밖에서 그와 마주 앉았던 흔적을 남기고 싶지는 않아서 학생 식당으로 가고 싶었다. 그런데 그는 굳이 학교 밖에 있는 식당으로 나를 데리고 갔다.

밥을 먹는 둥 마는 둥 했다. 반의반 공기를 겨우 비우고, 숟가락을 내려놓자 그가 내 앞에 놓인 밥공기를 물끄러미 바라본다.

"다 먹은 거야?"

"소화가 잘 안 돼서요."

그가 지나가는 식당 이모님을 붙들었다.

"이모, 달걀찜이요. 파 같은 거 넣지 말고, 달걀만 넣고 해주세요."

자주 오는 식당인지, 이모님은 그의 부탁에 흔쾌히 고개를 끄덕거렸다. 달걀찜이 나오자, 그는 내 밥공기를 가져다가, 깨끗한 앞접시에 달걀찜과 밥을 넣고 비볐다.

"이거, 딱 세 숟가락만 더 먹어."

내가 아무런 대꾸도 없이 망설이자, 그가 부드럽게 물었다.

"먹여 줄까?"

나는 기가 막혀서 웃었다. 고개를 절레절레 내젓고는 숟가락을 들었다. 그가 말한 대로 세 숟가락을 더 먹었다.

"이제 말해요."

그는 한참 전에 식사를 끝낸 상태였다.

"일단 나가자."

마치 나에게 밥을 먹이는 게 목적이었다는 듯이 그가 자리에서 일어났다.

이봐, 이런 식으로 휩쓸린다니까.

식당을 나서자, 하늘이 어둑어둑했다. 우리는 한참을 말없이 걷기만 했다. 다리가 아팠고, 답답했다. 그런데 한편으로는 이렇게 걷는 게 좋다는 멍청한 생각이 들었다. 마치 아무 일도 없었던 것처럼, 나란히 걷는 기분이 묘하게 좋았다.

이렇게나 공무진이 좋은 거구나.

새삼 내 마음속에 공무진이 얼마나 커다랗게 자리하고 있는지 깨달았다. 그의 걸음이 점점 느려졌다.

"잠깐 들어갈래?"

조심스러운 목소리를 따라 고개를 돌린 곳에는 작은 놀이터가 있었다. 어둠이 내린 놀이터는 인적이 끊긴 채 고요했다. 나는 가만히 고개를 끄덕거렸다.

우리는 놀이터 입구로 들어가 절반을 걸어서 정자 앞에 다다랐다. 연보라색 꽃망울이 터지기 시작한 등나무에 뒤덮인 정자였다.

사방에 놓인 의자를 두고, 나란히 앉았다. 내 허벅지와 그의 허벅지 사이의 거리는 한 뼘밖에 되지 않았다.

"밀희야, 나는."

심장이 덜컥거리기 시작했다. 아주 잠깐의 산책, 헛꿈을 깰 것처럼 그가 입을 열었다. 머뭇거리는 그를 독려하듯 대꾸했다.

"네, 말씀하세요."

무슨 이야기든 빨리 끝내고 싶기도 했고, 그 반대이기도 했다.

"나는…… 알다시피 운동을 업으로 삼은 사람이야. 그것도 외국을 많이 돌아다녀야 하는 운동. 대회가 한번 시작되면 한 달 넘게 외국에 있어야 하고, 훈련도 마찬가지고. 한국에 붙어 있는 시간이 많지 않을 수도 있어. 내가 잘되려면, 그렇게 되는 게 맞거든."

아직 국제 대회 경험이 없는 선수였다. 그렇게 되기 위해서 노력하고 있다는 의미였다.

"근데 미치겠더라고. 네가 눈앞에 안 보이고, 연락도 안 되니까……."

그의 시선이 내 뺨에 닿았다. 나는 이끌리듯 그에게 고개를 돌렸다.

"나랑 연락이 잘 안 될 수도 있어. 경기 준비 시작하면, 얼굴 못 보는 날도 많을 거야."

심장이 걷잡을 수 없이 빠르게 뛰었다. 그는 초조한 듯 두 손을 꽉 움켜쥐고 있었다. 커다란 어깨가 가느다랗게 떨리는 것도 같았다. 단단한 몸이 연약해 보였다. 낮게 젖은 그의 목소리가 조심스럽게 울렸다.

"내가 너한테 상처 주는 일……. 분명히 있을 거야. 그래도 그 고백, 유효해?"

눈물이 왈칵 치솟아서 눈가가 따끔거렸다. 숨이 턱 막혀서 말이 나오질 않았다.

"유효하지 않은 거면……."

그의 입가가 경련이 일듯 파르르 떨렸다. 눈시울이 조금 젖은 것처럼 보였다.

"내가 고백하고."

뜨겁게 벅차올라서 꽉 막힌 목을 쥐어 짜냈다.

"유효해요."

"하아."

그가 한숨을 내쉬며 등나무를 올려다보았다.

"내가……. 내가 진짜……."

커다란 손이 내 어깨를 당겨 안았다. 단단하고 커다란 몸이라고 생각했지만, 이렇게 폭 안길 수 있을 줄은 몰랐다. 가쁘게 내뱉는 그의 숨결이 목덜미에 닿았다. 커다란 손이 어깨를 꽉 그러쥐었다. 숨이 막힐 정도로 꽉 끌어안았다.

"너 내가 얼마나 걱정했는지 알아?"

향긋하고 보드라운 귤 향에 취해서 머릿속이 멍해졌다.

"약속 하나만 해 줘."

나는 그의 두꺼운 팔뚝을 잡은 채로 고개를 끄덕거렸다.

"그 아는 오빠라는 남자, 그만 만날 수 있지?"

조심스러운 질문에서 서글픔이 뚝뚝 묻어났다. 그가 나를 더욱 꽉 끌어안았다. 한번 터진 감정을 추스르기 어려운 듯, 어깨를 어루만지는 손길이 애틋하게 떨렸다.

"그 사람……. 그냥 아는 오빠 아니고요."

그의 몸이 긴장감으로 바짝 굳었다.

"우리 오빠예요."

"뭐?"

그가 내 어깨와 목 경계에 묻었던 얼굴을 들어 올리며 혼란스러운 눈으로 나를 바라보았다.

"친오빠요. 내가 학교 안 가고 집에 처박혀 있는 거 알고, 끌고 나온 거고요."

"아는…… 오빠라며?"

"아는 오빠 맞죠."

"친오빠라고 했어야지!"

그가 억울하다는 듯이 외쳤다.

"그렇게 하면 선배가……. 나한테 정떨어져서……."

그 생각을 하니 서러워서 울음이 왈칵 치솟았다.

"나 알은체 안 할 줄 알았어요."

"아아!"

나를 품에서 떼 놓은 그가 두 손으로 머리통을 감싸며 상체를 숙였다. 무릎 사이에 얼굴을 묻은 그가 절규하듯 말했다.

"나는 그것도 모르고…… 네가…… 아오……."

그가 갑자기 고개를 바짝 들어 올리더니 묻는다.

"그럼 그 돈은 오빠가 준 용돈?"

"제가 용돈이라고 했잖아요."

"아오. 너는 어떻게 그런 오해를 하게 해!"

그가 분하다는 듯이 눈을 부릅떴다.

"선배는 나 더 서럽게 했잖아요. 그리고 오해한 건 선배 몫이죠. 나는 아는 오빠다. 용돈이다. 했을 뿐이고……."

분한데 오해가 풀려서 기분이 좋은지 허탈하게 웃는 모습이 근사하다. 이제 맘껏 잘생기고, 한껏 근사해도 되는 공무진이다.

나는 고개를 쭉 빼고 그의 뺨에 얼른 입을 맞췄다. 그가 놀라서 눈을 커다랗게 떴다. 나는 아랫입술을 말아 물며 웃었다.

뜨겁고 단단한 손이 내 뺨과 옆머리까지 감쌌다. 그의 얼굴이 가까이 다가왔다. 무슨 일이 벌어지고 있는 건지 깨닫기도 전에 입술이 보드랍게 맞닿았다. 뜨겁고 마른 입술로 내 입술을 꾹 누르며 그가 숨을 멈췄다.

심장이 입 밖으로 튀어나올 것처럼 뛰었다. 귓속이 둥둥 울렸고, 검은색 캔버스화 안에서 발가락이 말려 들어갔다. 맞닿았던 입술이 슬쩍 떨어졌다. 숨결이 섞여서 선정적인 내음을 풍겼다.

"나도 그렇게 불러 줘."

그가 조용히 속삭였다.

"오빠라고?"

나도 타들어 가는 듯한 목소리로 겨우 물었다.

"응."

"나한테 오빠는 혈육인데요."

"혈육 아니어도 오빠라고 할 수 있잖아."

며칠 동안 꽤 억울했는지, 그가 귀엽게 고집을 부렸다. 나는 손을 뻗어 그의 단단한 등을 꼭 끌어안았다. 어깨에 이마를 대고, 그의 가슴께에 입술을 묻으며 중얼거렸다.

"알았어요. 혈육 아닌 유일한 오빠."

유일한 나의 공무진. 그가 고개를 내려 내 입술을 한 번 더 머금었다. 손가락을 벌려 깍지를 끼듯 입술이 맞물렸다. 아까보다 깊었지만, 지나치게 야하지 않은 키스는 이제 막 피어나기 시작한 등나무꽃 향기처럼 황홀했다.

3화.

또다시, 공무진?

"이제 한국에서 활동할 생각인 것 같다고 하더라고요."

"그래서 이미지 쇄신하는 의미로 찍는 건가? 워낙 스캔들이 많았어야지."

프로그램 담당 작가 중 한 명과 촬영감독이 나누는 대화에 나도 모르게 귀를 기울였다.

"아니거든요, 감독님! 그 스캔들 다 가짜뉴스거든요!"

"그걸 박 작이 어떻게 알아? 증거 있어?"

"진짜라는 증거도 없죠!"

어딜 가든 있는 언쟁인데, 그 화제의 중심에 서 있는 이는 공무진이었다.

"증거 사진이 이렇게 많은데?"

촬영감독이 포털 사이트에서 공무진 스캔들을 검색해서 박 작가의 눈앞에 들이밀었다.

“이거 하나하나 다 반박 가능해요. 이건 세계 3대 자전거 대회 공식 후원사인 시계 회사 리셉션에 참석했던 사진이에요. 거기서 시계 모델이랑 같이 찍은 거고요. 이건 프랑스 관광청 사진. 이건 라 가제타 델로 스포르트, 이탈리아 신문사 주관 연말 파티 사진인데요. 여기 옆에 서 있는 모델이요. 오른쪽에 남편이 서 있어요. 근데 우리나라 언론에서 자극적으로 보도하려고 사진 자른 거라고요.”

촬영감독이 회심의 미소를 지으며 휴대전화 화면을 몇 번 스와이프 하더니 박 작가의 얼굴에 다시 들이밀었다.

“그럼 이건?”

박 작가가 멈칫거렸다. 나는 흥미로운 시선으로 두 사람을 바라보고 있었다.

“거긴 공무진 선수가 타는 자전거 만드는 회사 대표가.”

“그 대표가 공무진보다 열두 살 많은 여자라며?”

더러운 가십이 쏟아지기 직전이었다.

“감독님.”

둘의 승강이를 가만히 지켜보고 있던 내가 조용히 목소리를 냈다. 회의실에서 자기들만 있는 것처럼 떠들던 두 사람이 흠칫 놀라서 나를 보았다.

“피사체를 향한 애정을 가져 달라는 부탁은 안 드릴게요.

근데 편견은 없으면 해요. 그거 시청자들은 기가 막히게 눈치채거든요."

촬영감독이 헛기침을 하며 고개를 돌렸다.

"오 PD, 나 프로야. 나랑 일 안 해 본 사람처럼 왜 그래?"

그는 멋쩍은 듯이 시선을 피한 채 대꾸했다. 촬영감독은 내가 AD로 구르던 시절에 두어 개의 프로그램에서 함께 일한 전력이 있었다.

"네, 알아요. 박 작가님은 공무진 선수에 대해 잘 아시네요?"

껄끄러운 대화를 원하지 않는 것 같은 촬영감독을 패스하고, 박 작가를 향해 물었다.

"이 정도 조사는 해야지. 그리고 공무진이 어디 보통 선순가? 10분 후에 오는 거 맞죠? 와, 나 공무진 선수 실물은 처음이거든."

드라마와 예능을 넘나들며 작품 활동을 하는 박 작가는 나보다 두 살이 많았다.

이 바닥에 일찍 들어온 그녀는 능력도 좋았고, 운도 좋았다. '박 작'이라는 호칭답게 대박작을 몰고 다녔다. 공무진을 주인공으로 한 교양 버라이어티가 될 거라는 말에 그녀는 흔쾌히 팀에 합류했다.

"내가 우리나라에서 잘생겼다는 배우랑 아이돌은 다 만나봤잖아? 근데 공무진은 얼굴도 잘생겼고, 본업도 잘생겼고,

성격도 잘생겼고, 머릿속도 잘생겼고."
나는 박 작가의 표현에 그저 웃기만 했다.
"오 PD는 공무진 선수 봤다고?"
"네."
"몇 번이나?"
공적으로 물을 수 있는 말인데, 괜히 찔린다.
"두 번이요."
헤어지고 나서 두 번. 두 번 모두 한 PD가 동행했다.
"어때? 잘생겼지? 성격은?"
"잘생겼더라고요. 성격은……."
나는 티 나지 않게 숨을 한번 고르고는 말을 이었다.
"자기 관리 철저한 선수답게 조금 깐깐한 면이 있는데요. 타협점을 못 찾을 만큼 꽉 막힌 성격은 아닌 것 같아요."
나는 PD의 관점에서 판단을 내렸다.
"내가 들은 거하고 다른데? 한 PD가 꽤 애먹었다고 했는데, 회의 때마다 퇴짜 먹어서."
"저하고 회의할 때는, 안 그랬거든요."
사실을 말하는데도 왜 그렇게 거슬리는지 모르겠다. 목에 생선 가시가 콱 박힌 것처럼 불편하다.
"혹시 공무진이가 오 PD한테 관심 있는 거 아냐? 오 PD 합류하고, 일이 술술 풀린다고. 한 PD가 그러던데?"
"그건 제 능력이 좋은 탓이죠."

나는 능청스럽게 웃었다.

"맨날 죽상이었던 AD가……. 많이 컸다, 오 PD."

촬영감독도 흐뭇하게 웃었다.

"근데 우리 오 PD가 능력이 좋은 것도 맞지만, 예쁜 것도 맞지. 근데 오 PD, 혹시 EBC 그만두고 쉬는 동안, 스킨부스터 같은 거 맞았어?"

"스킨부스터? 그게 뭐예요?"

"얼굴에 맞는 거. 피부가 왜 이렇게 좋아? 막 광이 나네."

"스킨부스터 아니고, 퇴직부스터요."

내 대답에 박 작가는 손뼉을 쳐 대며 웃었다.

"맞아. 퇴직이 최고 시술이지! 나도 일 안 할 때는 피부가 반들반들해."

"뭐가 반들반들해요?"

한 PD가 회의실로 들어서며 물었다.

"우리 오 PD 얼굴 말이야. EBC에 있을 때만 해도 얼굴이 말이 아니었는데, 지금은 확 폈잖아. 그리고 그거 알아? 오 PD 눈동자 말이야, 되게 크다? 남들은 커 보이려고 렌즈도 끼는데, 오 PD는 그냥 까맣고, 커. 나는 이런 눈이 너무 예쁘더라."

촬영감독이 고개를 비스듬히 기울이며 나를 보았다.

"아, 오 PD 인상이 인형처럼 또렷해 보이는 게, 눈동자가 커서 그런 거구나."

"콧날 봐요. 콧날도 버선코처럼 예쁘잖아요. 입술도 빨갛고."

한 PD가 나를 뜯어보고 있었다. 나는 앞에 놓인 A4용지로 얼굴을 가리며 앓는 소리를 냈다.

"박 작가님, 그만하세요. 아무리 아부하셔도 일정 빡센 건, 제가 어떻게 못 해요."

"눈치는 빨라서."

박 작가가 새침하게 종알거렸다.

"예쁜 사람한테 예쁘다고 아부하면 안 통하죠. 다른 걸 공략해야지."

비 오는 날 연주하는 콘트라베이스 같은 목소리가 불시에 회의실을 울렸다.

"안녕하세요, 공무진 선수! 반가워요. 저는 프로그램 메인 작가 박세린이에요."

박 작가가 넉살 좋게 인사를 건넸다.

"안녕하세요, 작가님. 공무진입니다. 잘 부탁드립니다."

"이쪽은 촬영감독님."

나는 얼굴을 가리고 있던 A4용지를 천천히 내렸다. 촬영감독이 공무진을 향해 손을 한번 들어 보였다.

"이쪽은 예뻐서 아부 안 통하는 오밀희 PD. 아시죠?"

능청스러운 박 작가의 소개에 그가 왼쪽 뺨에 보조개를 드러내며 웃었다.

"네, 알죠. 예뻐서 아부 안 통하는 오밀희 PD님."

공무진은 나를 똑바로 응시하며 고개를 까딱거렸다. 심장이 미약하게 날뛰기 시작했다. 공무진은 언제나 나를 휩쓰는 바람 같은 남자였다. 그것도 젖은 바람. 젖은 바람 뒤에는 반드시 비가 내린다. 비가 내릴 것을 알면서도 무방비하게 휩쓸리고 흠뻑 젖은 뒤에 후회하지.

"회의 시작할까요?"

한 PD가 타이밍 좋게 끼어들었다. 프로그램의 콘셉트와 로케이션 매니저가 사전 답사한 곳이 공개되었다.

"바다가 보이는 7번 국도 구간이랑 강원도 삼척 업힐(Up-hill)구간이 하이라이트가 될 것 같아요. 삼척은 해발고도 1000m가 넘는 구간이고요, 7번 국도는 속초 구간. 속초에 속초 아이라고 이번에 새로 생긴 대관람차가 있어요. 거긴 꼭 넣어 달라는 게 지자체 요청이고요."

"공무진 선수 고소공포증 있는데요?"

리스트를 살피던 나는 말을 내뱉고 나서야 이상한 것을 깨달았다. 모두의 시선이 나를 향해 있었다. 물론 묘한 미소를 짓고 있는 공무진의 시선도 포함해서.

"공무진 선수, 고소공포증 있어요?"

박 작가가 나를 바라보던 눈길을 느릿하게 끌어가며 공무진에게 물었다.

"아니요."

공무진이 고개를 내저으며 웃었다.

그럴 리가? 내가 기억하는 한 공무진은 분명히 고소공포증이 있었다.

"그래요? 제가 잘못 알았나 보네요."

모두들 사전 조사가 잘못됐을 수도 있다며 쉽게 넘어가는 분위기였다. 하지만 고개를 숙인 채 눈을 치뜨고 나를 응시하는 공무진의 시커먼 눈동자는 그냥 넘길 수 없을 정도로 거슬렸다.

"7번 국도 구간은 로드바이크로 빠르게 달리는 것보다, 하이브리드 자전거로 캐주얼하게 타는 게 어떨까요?"

공무진이 나를 집요하게 바라보던 시선을 거둬 가며 한 PD를 향해 물었다.

"특별한 이유가 있을까요?"

"경기에만 집중하다 보면 내가 어떤 풍경을 달리고 있는지 모를 때가 많아요. 좋은 시절이 너무 빠르게 지나가 버려서 인지하기 어려운 것과 같은 느낌이랄까요?"

회의실을 둘러보던 그가 내 얼굴에서 시선을 멈췄다.

"그런 적 없으세요? 지나고 보니, 좋았더라…… 싶은 시절."

심박동이 의지와 상관없이 빨라지기 시작했다.

"생각해 보면 있겠죠."

나는 그의 시선을 피하는 게 아니라는 듯이 자연스럽게 고개를 내려 기획안을 뒤적거렸다.

"하이브리드 자전거면, 산악자전거랑 로드바이크의 특성을 합쳐 놓은 자전거를 말씀하시는 거죠? 요즘 자전거로 출퇴근하는 사람들이 많이 타는 거요."

사전 조사에 충실했다는 듯이 물었다.

"자전거에 대해 잘 아시네요. 자전거 잘 타세요?"

거들먹거리는 말투는 아니었지만, 나를 건드리기에는 충분한 공무진의 물음이었다. 나에게 자전거 타는 법을 가르쳐 준 사람이 바로 공무진이다.

"못 타요."

나는 고개를 바짝 들어 올리고는 대꾸했다. 아까 고소공포증에 대한 소심한 복수인지도 모르겠다. 그가 눈썹을 추켜올리며 의심의 눈초리를 빛냈다.

"오 PD 자전거 못 타?"

박 작가가 신기하다는 듯이 물었다.

"언제더라? 우리 여름에 같이 MT 갔을 때, 웨이크보드는 엄청 잘 탔잖아? 근데 진짜 자전거는 못 타? 운동신경 좋았던 거로 기억하는데."

"자전거에 대한 안 좋은 추억이 있어서요."

능청스럽게 웃으며 대꾸하자, 듣기 좋은 목소리가 따라붙는다.

"크게 넘어지기라도 했어요?"

이제껏 기 싸움을 하자고 덤비던 것과 달리 진지한 공무진의 물음이다. 그의 표정은 속을 알 수 없게 무감했다.

"넘어진 건 아니고요."

뜻하지 않게 감상적인 목소리가 흘러나왔다.

"진짜 못 타요."

나는 수습하듯 빠르게 덧붙이고는 숨을 고르며 기획안을 다시 뒤적거렸다.

"어? 그거 되게 좋다! 자전거 못 타는 담당 PD가 공무진 선수한테 자전거 타는 법을 배우는 거예요."

박 작가가 아이디어를 냈다. 그 PD가 내가 아니라면 상당히 좋은 콘셉트였다.

"좋은데요?"

한 PD가 동의하듯 고개를 끄덕이며, 공무진을 바라보았다.

"저도 좋네요."

그리고 도미노처럼 공무진의 시선이 나에게 떠밀려 왔다. 나도 좋다고 말해야 하는 타이밍이었다.

"흥미로운 아이디어이기는 하네요."

나는 좋다는 말은 차마 하지 못하고 버텼다.

"흥미로운 정도가 아니라 그림 잘 나올 것 같은데, 오 PD."

촬영감독도 동의하고 나섰다.

"제일 먼저 찍어서 티저로 풀어도 재미있을 것 같아요. 오 PD가 하면 진짜 재밌을 것 같아. 아예 이참에 자전거 배워서, 업힐 구간도 한번 올라 보는 건 어때? 일반인이 하면 이렇게 힘들다고 보여 주는 거지."

박 작가가 신이 나서 떠들어 댔다. 회의실 분위기는 나만 빼고 좋았다.

"그럼, 배우 한 명 캐스팅하는 거로 하죠."

죽어도 그 자리에 내가 끼어 들어가기는 싫다.

구남친 올려치기 하는 장면에 전 여친이 쓰이는 건 너무 가혹하지 않나?

"배우는 카메라 앞에 서면 본능적으로 연기를 하게 돼. 카메라 앞에 페르소나가 없는 사람이 들어가는 게 좋을 것 같은데."

한 PD가 진지한 목소리를 냈다.

"그럼, 선배가 하실래요?"

나는 만면에 미소를 띠며 물었다.

"선배……."

공무진이 조용히 중얼거렸다. 그의 시선은 회의실 테이블 어딘가를 향해 있었다. 아무도 그걸 이상하게 여기지 않는 눈치였지만, 나는 그가 '선배'라는 호칭에 신경 쓰고 있다는 것을 어렴풋이 느꼈다. 그도 나에게는 한때 선배였으니까.

"나는 자전거 잘 타서 안 돼. 카메라 앞에서 못 타는 연기를 해야 하는데, 연기는 더더욱 못하고."

나도 연기에는 소질이 없다. 그리고 나도 자전거를 매우 잘 탄다.

내 체력이 저질이라며 매일같이 나를 한강으로 끌고 나가서 데이트를 핑계로 자전거를 타게 했던 공무진이었다. 자전거를 타면 탈수록 코어 힘이 강해졌고, 그 덕에 나는 침대 위에서…… 아니, 생각이 왜 거기까지 가?

"……하자고. 오 PD?"

또 코어 힘으로 치면 공무진을 따라갈 자가 없었다. 3주간 3500km를 질주하기 위해 훈련을 하는 그의 허벅지에서 폭발하는 힘은 어마어마했다. 훈련이 없을 때는 남는 힘을 어디에다가 썼겠어? 나한테 침대 위에서, 아니 어디서든……. 아, 그만 생각하자.

"야, 오밀희!"

"네?"

딴생각을 매우 심각하고 야하게 하고 있던 나는 화들짝 놀라서 한 PD를 바라보았다.

"그렇게 한다?"

"못 들었어요. 뭐라고 하셨어요?"

"어이가 없어서 웃음도 안 나오네."

하지만 한 PD의 얼굴에는 웃음기가 잔뜩 고여 있었다.

"아이, 선배님. 못 들었을 수도 있죠. 뭐라고 하셨어요?"

나는 눈을 반달 모양으로 만들며 웃었다.
"그렇게 한다고."
"그러니까 그 전에요."
"내가 시키는 대로 하라고."
"그건 근로 계약서에 없었던 것 같은데요?"
박 작가가 키득거리며 웃었다.
"둘이 꼭 남매 같다. PD끼리 사이가 좋아 보여서, 내가 마음이 놓이네."
"박 작가님. 우리 오빠 진짜 잘생겼거든요? 한 PD님하고는 비교도 안 돼요."
"진짜? 공무진 선수보다 더?"
공무진이 고개를 비스듬히 기울이며 한쪽 눈썹을 들어 올렸다. 공무진은 우리 오빠가 어떻게 생겼는지 매우 잘 안다. 그런데 뻔뻔하게 궁금한 척하는 모습이 기가 막힌다.
"아, 박 작가. 너무하네. 나는 그럼 못생겼다는 말인가?"
한 PD의 신소리를 뭉개듯 내가 대꾸했다.
"우리 오빠가 세상에서 제일 잘생겼어요."
그가 소리 없이 웃었다.
"야, 걔가 잘생기긴 했어도, 세상에서 제일 잘생긴 건 아니지."
공무진이 웃으며 물었다.
"두 분이 정말 친하신가 보네요?"

"EBC에서 제 밑에 있었거든요. 질질 울던 AD부터 거둬 키웠는데, 이렇게 바락바락 대드네요."

한 PD가 공무진을 향해 웃으며 대꾸했다.

"아, 그러시구나. AD 때부터면……. 5년도 넘게 알고 지냈겠어요."

"5년? 6년?"

손가락셈을 하는 한 PD를 공무진이 차갑게 바라보았다.

"근데 우리 공무진 선수, 방송에 대해 좀 아시나 보다. AD부터 PD 되기까지 대충 계산이 되시네요."

박 작가가 상냥하게 웃었다.

"예전에…… 누구한테 들은 기억이 나서요."

그 누구는 아마도…… 나?

그 시절 나는 막연하게 방송사에 들어가고 싶어 하는 언론고시생이었다. 실내 훈련에서 다큐멘터리를 즐겨 본다는 남자 때문에 교양 PD가 되기로 마음먹었었지. 그런데 교양국이 아닌 교양 버라이어티를 빙자한 예능 프로그램에서 그 남자와 다시 엮일 줄은 꿈에도 몰랐다.

이후 회의 분위기는 우려했던 것보다 훨씬 좋았고, 그래서 더 엿같았다. 결국, 나는 공무진에게 자전거를 배우는 PD로 투입될 운명에 처했다.

그냥 시원하게 한 PD한테 까 버릴까, 공무진이 내 전 남친이라고?

회의를 마치고 방송사 2층 로비 카페로 향했다. 따뜻한 카페라테 대신 잘게 부순 얼음이 잔뜩 들어간 달짝지근한 음료가 절실했다. 망고를 갈아 넣은 차가운 주스를 손에 들고, 인적이 드문 발코니를 향해 걸었다.

건물 설계를 잘못한 건지, 아니면 나처럼 불쌍한 회사원을 배려한 것인지, 막다른 골목 같은 발코니 앞은 죽은 공간이어서 오가는 사람이 없었다. 입사하고 제일 먼저 한 짓이, 흥분할 때 숨을 수 있는 공간을 찾는 거였다. 편집실에서 눈물을 훔치는 건 어리숙한 AD 때나 하는 짓이다. 누군가에게 들키기 딱 좋으니까.

망고 주스를 한꺼번에 들이켜서 머리가 띵했다. 눈을 질끈 감는 순간 인기척이 느껴졌다.

하긴 나 말고 여길 발견한 사람이 또 있을 수도 있지.

"오밀희 PD님."

그게 미네르바 소속 직원이 아니라는 사실이 놀라울 따름이다. 나는 목소리가 들려온 쪽으로 천천히 돌아섰다. 복도 안쪽에 자리한 발코니는 매우 좁았다. 두 사람이 나란히 서 있기도 힘들 만큼.

그곳으로 공무진이 지체 없이 성큼성큼 들어왔다. 그의 풍모는 사람을 압도하는 경향이 있다. 그걸 잘 알면서도 나는 맥이 풀리는 걸 막을 수 없었다.

발치까지 그가 다가왔다. 검은색 캔버스화 코와 그의 구둣

발 사이의 거리는 겨우 반걸음 정도밖에 되지 않았다.

나는 고집스러운 시선으로 그를 올려다보았다. 입안에 망고 주스를 물고 있었던 탓에 그가 풍기는 귤 내음이 묻혔다. 다행이었다. 향기에 어린 기억만큼 사람 마음을 쉽게 뒤흔드는 게 또 없다.

의도를 파악할 수 없을 정도로 무감한 눈동자가 나를 훑어보았다. 침묵이 흘렀다. 침묵을 못 견디는 내 성격을 이용한 그의 도발인 듯했다. 심박동이 묵직하게 치솟았다. 살갗을 타고 뜻 모를 소름이 끼쳤다.

뛰는 가슴만큼이나 숨이 가빠졌다. 얕고도 빠르게 내뱉는 숨소리를 그가 알아차리지 않기를 바랐다. 혼자 긴장하는 것은 억울하다. 하는 수 없이 나는 숨을 잠시 멈추었다.

"오밀희, PD님?"

그는 내 이름을 음미하듯 천천히 부르고 나서, PD라는 호칭을 조용히 덧붙였다. 나는 흔들리지 않는 눈빛으로 그를 올려다보았다.

"저한테 따로 할 말 있어요?"

그가 비스듬히 웃으며 고개를 내렸다. 그의 입술이 귓가에 닿을락 말락 했다. 굵직한 목덜미에서 풍기는 풋귤 향이 진해졌다. 숨을 집어삼킬 수도 없을 만큼 목구멍 안이 빳빳했다.

"잘 부탁드립니다."

그는 한 음절마다 숨결을 실어서 천천히 발음했다. 그의 입술과 입안의 속살, 축축하게 젖은 혀가 마찰하는 선정적인 소음이 고스란히 귓속으로 흘러들었다. 말을 끝마쳤음에도 그의 얼굴은 여전히 가까운 곳에 있었다.

"대답은요?"

그가 턱을 살짝 틀었고, 숨결이 아래턱까지 밀려왔다.

"제 일인데요. 이렇게 부탁 안 하셔도 잘 할 겁니다."

그냥 그러겠다고 대답해도 되는데, 짧은 대꾸는 지는 것 같은 기분이 들어서 싫었다.

"그 말은, 일 외적인 부분을 걱정해야 한다는 뜻인가요?"

나는 그가 지껄이는 쪽으로 고개를 돌렸다. 얼굴과 얼굴 사이의 거리가 한 뼘도 되지 않았다.

"일 외적인 부분에서 얽히는 일은, 없을 겁니다."

그의 어깨를 거세게 밀치고, 숨 막히는 발코니를 빠져나왔다. 발걸음을 옮길 때마다, 속옷이 흠뻑 젖은 게 느껴졌다. 짜증이 치솟았다.

왜 하필 또 공무진인지, 왜 나는 잘 다니던 회사를 그만두고 이직했는지, 왜 한 PD가 나에게 이직을 권했는지, 왜 나는 부장을 들이받고 나와서 돌아갈 수도 없어졌는지, 왜 나는 PD가 되었는지. 왜 태어났는지에 관한 존재론적 물음으로 치닫기 전에 화장실로 향했다.

차가운 물을 얼굴에 끼얹고, 거친 숨을 골랐다.

나만 그가 거슬리는 건 분명히 아닐 거다. 나도 그에게 거슬리는 존재가 될 수 있었다.

그래서 혹시 연출부에서 빠지라고 겁이라도 주려고 내 뒤를 밟았을까?

문득 그와 함께 들었던 '동시대 연극의 이해' 수업이 생각났다. 안톤 체호프의 희곡 갈매기 속 등장인물 니나가 그랬다.

인생에서 중요한 것은 견뎌 내는 거라고.

"컷!"

한 PD의 목소리가 신경질적으로 울렸다. 나는 핸들을 잡고 있던 손을 풀고, 허리를 곧추세웠다. 진짜 못 해 먹겠다. 동영상 사이트에 올릴 티저로 쓰면 좋겠다는 박 작가의 의견이 수렴되었다. 그래서 첫 촬영은 한강공원에서 공무진에게 자전거를 배우는 PD와의 에피소드였다.

"야, 너 이거 말아먹고 싶어?"

한 PD가 버럭 소리를 질렀다. 웃는 상인 한 PD가 이 정도로 화를 내고 있다는 것은 내가 지금 꽤 못하고 있다는 뜻이었다.

"그러니까 배우 캐스팅하자고."

“됐고, 지나간 이야기 다시 해서 뭐 해? 다시 갑니다.”
주변을 정렬하는 한 PD의 목소리에 힘이 들어갔다.
“공무진 선수, 오 PD가 카메라 앞에 서는 연기자는 아니라서, 좀 어색한가 봅니다. 계속 끊어 가서 미안해요.”
한 PD의 심심한 사과에 공무진은 괜찮다며 어깨를 으쓱했다. 한 PD가 자리로 돌아가며 어금니를 꾹 물고는 중얼거렸다.
“잘해라. 응? 잘해.”
내가 힘없이 고개를 끄덕거릴 때였다.
“한 PD님!”
공무진의 부름에 한 PD가 돌아보았다.
“잠깐 마이크 빼고, 오 PD님이랑 이야기 좀 나눠도 될까요? 많이 긴장하신 것 같아서요.”
이건 또 생각지도 못한 전개다. 스태프들이 전부 보는 앞에서, 마이크 빼고 단둘이 할 이야기가 대체 뭐지? 잘 걷던 심장이 돌부리에 걸린 것처럼 덜컥거렸다.
“그러시죠.”
눈치 빠른 AD들이 달려와 공무진의 마이크를 신속하게 제거했다. 물론 나는 마이크를 스스로 풀었다.
“잠깐, 저쪽으로?”
공무진이 고갯짓을 까딱하며 물었다. 나는 알았다며 고개를 끄덕거렸다. 연기자도 아닌 사람이 자전거 못 타는 척을

하려니, 행동이 영 어설펐다. 그리고 그 상대가 하필 공무진이어서 나는 계속 버벅대고 있었다.

누구보다도 이 촬영을 한 번에 끝내고 싶은 사람은 나였다.

스태프들이 점처럼 작아질 때까지 걸었다. 공무진은 아무 말도 하지 않았고, 나 역시 마찬가지였다. 조금 걷고 나니, 아까의 긴장과 불편이 옅게 희석되었다. 강변에서 불어오는 4월 초의 바람은 조금 서늘했지만, 연둣빛이 돋아나기 시작한 잔디와 멀리 도롯가에 보이는 벚꽃의 조화가 싱그러웠다.

봄이다. 봄이 오고 있었다. 나는 혼자 혼돈 속에 빠져 있을지언정, 자연은 부지런히 봄을 그리고 있었다.

"자전거 탈 줄 알죠?"

그가 시치미를 뚝 떼고 물었다.

이 남자 혹시 부분 기억상실증이라도 걸린 걸까?

나는 불시에 한 대 얻어맞은 듯한 기분으로 멈춰 서서 그의 옆얼굴을 올려다보았다. 그가 한 걸음 더 움직여 내 앞에 마주 섰다.

그는 이제 막 넘어가는 해를 등지고 서 있었다. 낮의 길이가 길어지면서 하늘을 물들일 여유가 생긴 해는 하늘을 주홍빛으로 색칠하고 있었다. 그의 머리 뒤로 지나가는 구름은 노을 한 줄기를 품고 연분홍빛 솜사탕처럼 넘실거렸다.

"탈 줄 알아요."

대답을 짧게 내뱉자, 그가 고개를 끄덕거렸다.

"이렇게 합시다. 자전거에 타서 핸들만 보고 타는 거예요. 그러다 넘어지는 척 페달에서 한 발을 떼고. 그다음부터는 내가 시키는 대로 하는 척하다가, 타던 대로 타요."

단둘이 이야기하자는 말에 이제 알은체를 할 줄 알았다. 그런데 그는 아무런 내색도 하지 않았다. 그는 진심으로 나와 엮이고 싶지 않은 눈치였다. 심각한 이야기를 할 것처럼 마이크를 빼놓고 이러는 걸 보면.

"굳이 마이크까지 빼고 할 이야기는 아니었던 것 같네요."

"PD 신뢰 문제잖아요. 제작진이 저렇게 많은데, 고깝게 생각하는 사람이 나올 수도 있죠."

나를 배려했다는 뜻이다. 공무진은 늘 이런 식이었다. 사람을 헷갈리게 만드는 재주는 여전하다.

"감사합니다."

서늘하게 인사하자, 그가 고개를 끄덕거리며 주홍빛 윤슬이 맺힌 강물로 시선을 돌렸다.

"자세를 고쳐 주면서, 어깨나 턱에 손을 댈 수도 있을 것 같은데. 괜찮습니까?"

속에서 뜨거운 기운이 울컥 치솟았다. 갑자기 몸집을 부풀린 심장 때문에, 가슴에 머금고 있기엔 비좁다는 듯이 울컥. 내 살갗에 얼굴을 묻고 어쩔 줄 몰라 하던 그의 모습이 떠올라 가슴이 꽉 조인다.

또 발코니까지 따라와서 몰아붙일 때는 언제고, 오락가락 하는 남자의 속을 모르겠다.

"네, 괜찮습니다."

다시 아무렇지 않은 척 대답했다. 그는 알겠다며 고개를 끄덕거렸다. 우리는 말없이 스태프들이 대기 중인 곳으로 복귀했다.

"죄송합니다. 다시 가겠습니다."

제작진을 향해 허리 숙여 인사하자, AD들이 달려들었다. 공무진에게 마이크를 채워 주고, 나는 이번에도 혼자서 마이크를 찼다.

슬레이트 치는 소리와 함께 나는 자전거에 올랐다. 공무진이 말했던 대로 자전거 핸들만 보며 탔다. 시선을 코앞에 둔 탓인지, 핸들이 흔들거리고, 중심이 잡히지 않았다. 나는 자연스럽게 페달에서 발을 뗐다.

"겁먹고 움츠러들지 말고, 시선을 멀리 보세요. 운전할 줄 알아요?"

"네."

그는 가만히 고개를 끄덕거렸다. 우리가 연인이었던 시절, 나는 면허증이 없었다.

"운전할 때 핸들 보면서 운전하지는 않잖아요. 멀리 도로 앞을 보고 하죠? 멀리 봐요. 길을 보지 않으면, 어디로 가야 할지 정할 수 없어요."

나와 공무진은 지금 어떤 길을 걷고 있는 걸까. 두 사람 앞에 놓인 길이 보이지 않아서 캄캄하고, 막막하다.

"네."

나는 시선만 간신히 들어서 앞을 살폈다. 그러자 공무진의 손이 내 등허리 중간을 부드럽게 눌렀다.

"등은 펴고요."

커다란 손이 동그란 어깨를 감싸 쥐고는 부드럽게 펼쳤다.

"어깨 말지 말고요. 겁먹지 말아요. 내가 뒤에서 붙잡고 있을 거니까."

심장이 무방비하게 두근거렸다. 셀 수 없을 만큼 많이 맞닿았던 손길인데, 이별로도 이 남자를 향한 면역력은 생기지 않았나 보다. 나는 고개만 끄덕거렸다.

"앞에 보고요. 페달 밟아요."

그가 뒤에서 자전거를 미는 힘이 느껴졌다.

"내가 먼저 놓는 일은 없을 테니까, 안심하고 밟아요."

가슴이 쿵 울린 순간, 중심을 잃은 자전거가 휘청거렸다. 나는 왼발을 떼어서 바닥을 디뎠다. 수년 전 그가 같은 장소에서 했던 말이었다.

'내가 먼저 놓는 일 없어. 잘 잡고 있을 테니까, 겁내지 마. 응?'

어릴 적 응석받이였던 나는 자전거 타는 법을 배우는 일조차 겁냈다. 친오빠가 자전거 타는 법을 알려 주던 중, 내가 넘어진 일이 있었다. 무릎이 조금 까졌을 뿐인데, 아빠는 불같이 화를 냈었다. 그날 이후 나는 자전거를 탈 기회가 없었고, 공무진에게 자전거를 배우기 전까지는 탈 생각도 하지 않았다.

"안 놓을게요."

나직한 목소리가 심장을 쿡쿡 찔렀다.

"네."

나는 간신히 대꾸하고는 페달에 발을 올렸다. 조심스럽게 밟았다.

잘 타던 자전거였는데, 조금 전까지만 해도 못 타는 척 연기하는 게 어려웠는데……. 등 뒤에서 내가 탄 자전거를 붙잡고 달리는 남자가 신경 쓰여서 뒷무릎에 힘이 다 빠져 버렸다. 자전거는 흔들거렸고, 나도 사정없이 흔들리고 있었다.

"좋아요. 잘하고 있어요. 더 멀리 봐요."

그의 목소리에 힘이 실렸다.

"저, 계속 붙잡고 있는 거죠?"

머리를 거치지 않은 질문이 툭 튀어나왔다. 무슨 생각으로 건넨 질문인지 모르겠다. 맞바람에 눈시울이 따끔거렸다.

"놓은 적 없어요."

그가 멀리서 소리치는 듯했다. 목소리에서 느껴지는 거리감에 심장이 덜컥 내려앉았다. 나는 자전거를 멈추고 천천히 돌아보았다. 멀리 서 있는 그가 연한 미소를 머금고 있었다.

"거짓말!"

자전거도 놓고, 나도 놓아 버렸으면서.

물색없는 서러움이 울컥 밀려들려는 순간이었다.

"컷!"

한 PD의 기분 좋은 목소리가 저 멀리서 울렸다. 나는 자전거에서 내려서 핸들과 안장을 잡고 걸었다.

"와, 대박! 나 완전 설렜잖아! 놓은 적 없어요. 거짓말!"

박 작가가 공무진의 감미로운 어조와 나의 억울한 외침을 흉내 내며 손뼉을 쳐 댔다.

"그림 확실히 나온 것 같은데?"

촬영감독도 웃었다. 나는 처분을 기다리듯 한 PD를 바라보았다.

"선배는 어때요?"

"응……?"

"좋았어! 티저 풀면 난리 나겠다! 너 공무진 팬덤 감당할 수 있겠어?"

다른 사람은 못 들은 듯했지만, 나는 분명히 들었다. 내가 '선배는 어때요?'라고 물었을 때, 공무진이 '응?' 하고 당황스럽게 되묻는 소리를.

나는 못 들은 척 한 PD를 향해 말했다.

"선배가 좋으면 됐어요."

시선 끝에 공무진이 걸려 있었다. 그의 표정은 무감했다. 아무것도 담지 않아서 외려 바라보는 이를 더욱 서글프게 만들었다. 습관처럼 내 질문에 답했던 목소리를 나는 조용히 마음속에서 지워 냈다. 알은체할 수 없는 가혹한 반응이었으므로.

"오늘 고생 많으셨어요, 공무진 선수. 우리 오 PD 때문에 촬영이 지체돼서 죄송합니다."

"죄송합니다."

나는 한 PD가 사과하는 목소리를 따라서, 공무진을 향해 허리 숙여 사과했다.

"아닙니다."

그는 타고 남은 검불이 바스락거리는 것처럼 건조한 목소리로 대꾸했다.

"PD님, 저녁 식사는 예정대로 하실 거죠? 혹시 몰라서 식당 예약 30분 늦췄거든요."

대면식에 참석하지 못했던 스태프도 있어서, 첫 촬영 날 저녁에 회식이 잡혀 있었다. 세부 일정 관리를 맡은 AD가 한 PD의 대답을 기다렸다.

"공무진 선수, 같이 가실 거죠?"

"그래야죠."

한 PD는 출연자들 사이에서 인기가 좋은 PD였다. 늘 출연자 중심으로 움직여서 캐스팅력이 훌륭했다. 공무진의 대답에 AD는 한 PD의 대답을 들을 필요도 없다는 듯이 스태프들을 향해 외쳤다.

"7시에 곳간에서 모이겠습니다! 빠짐없이 참석 부탁드립니다! 길 못 찾으시면, 저한테 전화 주세요! 주차 정보는 SNS에 공지 올리겠습니다. 확인해 주세요!"

똑 부러지는 AD의 외침을 뒤로하고 한 PD와 촬영분을 복기했다. 공무진은 알아서 잘 찍었을 거라며 먼저 자리를 떴다.

작은 모니터에서 자전거를 탄 나와 자전거를 밀고 있는 공무진의 뒷모습이 잡힌다. 일부러 연기한 게 아닌데도 진짜 자전거를 처음 타는 사람처럼 거북해하는 내 모습, 언뜻 얼굴이 잡히기는 했지만, 편집 때 잘라 내면 그만이다.

자전거가 수월하게 구르기 시작한 순간, 공무진이 천천히 손을 놓았다.

-저 계속 붙잡고 있는 거죠?

현장에서 녹음된 목소리가 낯설다. 잔뜩 얼어붙어서 떨리는 음성은 꼭 남의 목소리 같았다.

-놓은 적 없어요.

공무진이 대답했다. 진중하고 부드럽게.

다른 앵글에서 찍은 영상을 연달아 보았다. 바스트 숏으로 바짝 당겨서 공무진을 클로즈업한 화면이었다. 잘생긴 얼굴에 연한 미소가 걸려 있다. 왼쪽 뺨에 팬 보조개와 그의 얼굴 옆으로 보이는 여백에 깔린 노을이 자아내는 분위기가 가슴 벅차다.

-놓은 적 없어요.

먼 곳을 바라보는 공무진의 시선, 괜히 먹먹해져서 나는 목을 한 번 흠 가다듬었다.

-거짓말!

억울한 외침에 공무진이 얼굴을 약간 허물어뜨리며 웃었다. 찰나의 웃음이었다.

"야, 누가 찍었는지 기가 막히지?"

촬영감독이 너스레를 떨었다. 한 PD도 마음에 든다며 고개를 끄덕거렸다.

뒤이어 청춘 드라마에 나오는 와이드 앵글 숏을 모니터링 했다. 화면 바닥은 길과 수평을 이루었고, 나와 공무진은 마치 레고 인형처럼 작았다. 우리 뒤로 보이는 노을빛을 머금은 한강과 높은 빌딩의 조화가 언제인지 모를 시절의 노스탤지어를 자아낸다.

살면서 자전거를 처음 탔던 시절, 누군가를 그리워했을 시절을 떠올리는 레트로빛 색감이 화면 가득 담겼다. 공무진이 내 자전거를 붙잡은 채로 달렸다. 우리 둘은 화면을 3x3으로 분할했을 때, 하단 오른쪽에 있었다.

공무진은 그곳에 서서 나를 바라보았다. 내가 탄 자전거는 느릿느릿 앞으로 나아갔다. 내가 탄 자전거가 하단 왼쪽까지 움직였을 때도, 공무진은 같은 자리에 서 있었다. 나를 물끄러미 바라보면서.

-저 계속 붙잡고 있는 거죠?

내가 물었고,

-놓은 적 없어요.

공무진이 대답했다.

그리고 돌아본 나는 억울함 가득한 목소리로 외쳤다.

-거짓말!

가운데 여백을 두고 마주 선 두 사람은 청춘 드라마의 한 장면처럼 아련했다.

"거짓말!"

박 작가가 내 말투를 또 따라 하며 까르륵 웃었다.

"아, 작가니임."

나는 박 작가에게 그만하라며 얼굴을 붉혔다. 하지만 예능국 사람들이 이런 재미를 쉽게 버릴 리가 없다.

"우리 오 PD 은근히 귀여워. 봐 봐. 공무진 선수도 웃잖아."

공무진이 보여 준 찰나의 웃음에서 화면이 멈췄다. 순식간에 세월을 거스른 듯한 착각이 인다. 그의 웃는 얼굴을 보고 맘껏 기뻐할 수 있었던 시절이 사무친다.

"원래 대사 없이 화면만 가져다가 쓰려고 했는데, 이거 그대로 써도 되겠다. 괜찮지?”

한 PD의 질문은 허락을 구하는 의미가 아니었다. 나는 맥없이 고개를 끄덕거렸다. 이걸 희수나, 내 혈육인 오빠가 보면 얼마나 놀려 댈까. 벌써 눈앞이 캄캄하다.

“내 차 타고 가자.”

촬영장 철수가 마무리되어 갈 무렵, 한 PD가 먼저 식당으로 가자며 제안했다. 나는 대꾸 없이 고개만 끄덕거리고는, 한 PD의 뒤를 따랐다.

차가 여의도 고등학교 앞을 지나갈 즈음, 한 PD가 평상시와 같은 목소리로 물었다.

“너 왜 이렇게 말이 없어?”

내가 침묵을 못 견디는 성격이라는 것을 한 PD는 알고 있었다.

“그냥, 지쳐서요.”

한 PD는 약간 미안한 듯이 웃으며 고개를 끄덕거렸다.

“수고해 줘서 고마워.”

“고맙기는요. 제 프로그램이기도 한데요.”

“그래도 카메라 앞에 서는 게 쉬운 일은 아니잖아.”

시청자를 붙드는 그림을 만들기 위해 가련한 PD를 카메라 앞에 몰아세워 놓을 땐 언제고, 이제 와 미안한가 보다.

“공무진 선수 너희 대학 다니다가 중퇴했더라. 알고 있었어? 학교 다닐 때, 꽤 유명했던 것 같던데. 학교에서 본 적 없어?"

"재적 학생 수가 2만 명이 넘어요. 같은 과도 아닌데 어떻게 알아요."

나는 조마조마한 마음으로 대답하고는 운전석을 흘끗거렸다. 눈치 빠른 한 PD가 벌써 냄새를 맡은 건가.

"하긴 공무진이 학교 다닐 때만 해도 유명한 선수는 아니었으니까. 그럴 수도 있지."

한 PD는 나보다 다섯 살이나 많았다. 그리고 오빠의 초등학교 동창이기도 했다. 내가 어릴 적에 얼마나 응석받이로 자랐는지 다 안다는 뜻이다.

한우 정식을 전문으로 하는 식당에 도착하자, 미리 도착한 스태프들이 술잔을 기울이고 있었다.

나는 PD라는 이유로 공무진과 같은 테이블에 앉았다. 하필 공무진 맞은편이다. 내 왼쪽에는 한 PD가 앉았고, 오른쪽에는 박 작가가 앉았다. 그리고 공무진의 옆에는 촬영감독과 조명 감독이 각각 자리했다.

"공무진 선수 술 해요?"

소문난 말술인 촬영감독이 물었다.

"네, 합니다."

내가 아는 한 공무진은 술을 거의 입에 대지 않았다. 맥주 한 잔이 알코올 섭취량의 전부이던 시절이 있었다. 그런데 그는 촬영감독과 조명 감독, 한 PD가 건네는 소주를 연거푸 석 잔이나 들이켰다.

"어휴, 천천히들 드세요. 그거 초록 소주보다 독해. 25도나 된다고요."

"이럴 때 아니면 이런 비싼 소주를 언제 마셔?"

촬영감독이 공무진 앞에 놓인 술잔을 가득 채웠다.

"우리 오 PD도 받아."

술잔 회전율이 높아서 나도 덩달아 연거푸 석 잔을 비운 상태였다. 눈앞이 어질어질했다.

"아시면서 그러신다. 우리 오밀희, 술 취하면 개 되는 거."

"선배!"

한 PD의 장난기 어린 말에 나는 발끈했다. 박 작가가 또 손뼉을 쳐 대며 웃었다.

"맞다. 우리 오 PD 예전에 소주 한 병 마시고 취해서 고깃집 계단 네 발로 내려갔었잖아. 작가님! 요기 계단이 너무 가팔라요! 조심하세요! 하면서."

"이제 안 그래요! 그건 만성 수면 부족이었던 AD 시절이고요."

"그래. 이제 PD님인데, 이 정도는 괜찮지?"

촬영감독이 내 역성을 들며 잔을 가득 채웠을 때였다. 공무진이 내 앞으로 손을 쭉 뻗더니, 맑고 투명한 술이 찰랑거리는 내 소주잔을 자기 앞으로 가져갔다.

"뭐 하시는…… 거예요?"

나는 소주잔을 한 번, 공무진의 얼굴을 한 번 번갈아 보았다. 공무진은 나를 응시한 채로 중지와 약지 사이에 제 소주잔을 끼우고는 단숨에 들이켰다. 고개를 꺾으면서도 나에게 박힌 시선을 거두지 않았다.

다 마시고 빈 잔을 내려놓은 그는 방금 가져간 내 잔을 똑같이 들어 올렸다.

"이거 마시면."

지금 여기서 '나랑 사귀는 거다.'와 같은 영화 대사를 내뱉을 건 아닐 거다. 그가 말을 잇지 않고 내 입술이 닿았던 잔에 담긴 소주를 단숨에 들이켰다.

"우와!"

박 작가가 두 손으로 입을 가리며 꺅꺅 소리를 질러 댔다. 그러면서 내 등허리를 손바닥으로 퍽퍽 휘갈겼다.

"아! 아파요."

나는 한 PD 쪽으로 붙어 앉으며, 박 작가의 손목을 붙잡아 저지했다. 공무진의 시선이 기울어진 내 몸으로 향했다가 얼른 술잔으로 돌아간다. 테이블 위에 감도는 기류가 묘하게 변해 갔다. 술기운이 오른 탓인지 더욱 붉어진 그의 입술이 선정적이다.

"오 PD님 제 소원 하나 들어주시죠?"

방송사 놈들의 눈들이 초롱초롱해지기 시작했다. 뺨이 홧홧했다. 순식간에 마신 술 때문에 취기가 오른 탓인지, 아니면 나를 뚫어져라 응시하는 남자의 타는 듯한 시선과 붉은 입술 때문인지 모르겠다.

“겨우 술 한 잔에요?”

대차게 물은 나는 공무진 앞에 놓인 소주잔 두 개를 내 앞으로 가져왔다. 촬영감독 손에서 술병을 빼앗아 와서 잔 두 개를 가득 채웠다. 탁, 소리가 나도록 테이블 위에 소주병을 내려놓았다.

모두가 흥미진진한 얼굴로 나를 응시했다. 물론 공무진도 마찬가지였다.

나는 공무진이 그랬던 것처럼 연거푸 소주잔을 비워 냈다. 그리고 그가 쓰던 잔을 한 번 더 채웠다. 또 마셨다. 목 넘김이 거북했다. 이제 그만 마셔야 하는 순간임을 깨달았다. 그리고 결론적으로 나는 공무진보다 한 잔 더 마신 셈이 된다.

“이러면 제 소원 들어주실 건가요?”

내 물음에 촬영감독이 ‘와하하하’ 웃음을 터뜨렸다.

“진짜 넌 못 말리겠다. 자, 안주.”

한 PD가 내 입에 고기 한 점을 넣어 주었다. 아무렇지 않게 고기를 받아먹는 나를 공무진이 물끄러미 바라보았다.

“저 잠깐 바람 좀 쐴게요.”

술기운이 확 올라오다 못해서 속이 역했다. 비틀거리며 자리에서 일어났다. 한 PD가 웃으며 담뱃갑을 손에 들고 테이블에 모여 앉은 이들에게 중얼거렸다.

"저는 담배 한 대 태우고 들어올게요."
"그래, 그래."
어느새, 테이블 위의 화제는 다른 곳으로 옮겨붙어 있었다. 공무진은 사람들이 묻는 말에 심상한 대꾸를 하는 중이었다.
식당 밖으로 나오자 도심의 매연이 가라앉은 밤공기가 얼굴에 훅 끼친다.
"후우."
한숨을 훅 내쉬자, 한 PD가 담배 한 대를 물며 웃기 시작했다.
"야, 너 성질 좀 죽여라. 아까 그냥 적당히 웃으면서 넘기면 될걸. 25도나 되는 소주를 석 잔이나 연속으로 마시냐? 그러다 몸 버려요."
"후우."
술기운이 올라오면 생각은 빠르게 돌아가는데, 말은 느리게 나온다. 나를 탱커로 키운 건 너다! 라고 말하고 싶은데, 혀가 안 돌아간다.
"한 대 줄까?"
나는 고개를 절레절레 내저었다. 술은 마셔도, 담배는 배우지 않았다. 사회생활에서 가장 중요한 게 혈연, 학연, 지연 말고 흡연이라는 말도 있지만…… 개소리지.
제일 중요한 건 인연이다. 인연.

"……인연."

"너 욕했냐? 이년?"

"아니요오."

나는 말을 길게 늘이며 식당 앞 흡연석에 놓인 의자에 주저앉았다.

"한 PD님! 안 들어오세요?"

한 PD가 담배를 문 채로 나를 내려다보았다. 내 걱정 하지 말고 들어가 보라는 의미로 손을 휘휘 저었다.

"너 말없이 집에 가지 말고, 갈 거면 말하고 가라. 걱정되니까. 향숙이 불러 줄까?"

향숙이는 우리 오빠 별명이었다. 예쁘장하게 생겨서, 향나무 밀 자를 쓰는 동생이 있다고 누군가 동네에서 향숙이라고 부르던 말이 여태 붙어 다녔다.

"됐거든요. 내가 애도 아니고."

"너 이러고 혼자 들여보내면, 향숙이가 나 죽일 거다."

나는 신경 끄라며 다시 손을 내저었다.

"암튼 집에 갈 거면 말해. 택시 잡아 줄게."

무릎 사이로 고개를 숙인 채로 끄덕거렸다. 한 PD가 식당 안으로 들어가는가 싶더니 도로 나왔다.

"아, 도망 안 간다고요. 갈 때 말한다니까요?"

고개를 쳐들었을 때, 한 PD가 서 있어야 할 자리에 종이컵을 들고 있는 공무진이 보였다. 나는 잠시 할 말을 잃고 두

눈만 껌뻑거렸다.

“이거 마셔요.”

공무진이 건네는 커다란 종이컵에는 얼음물이 가득 담겨 있었다. 마침 목이 말랐기에 나는 순순히 컵을 받아서 물을 꿀꺽꿀꺽 마셨다.

“아으.”

갑자기 차가운 물을 들이켰더니, 머리가 찡 울렸다.

“고맙습니다.”

나는 미간을 찡그린 채로 중얼거렸다. 그러는 사이 공무진이 내 옆에 털썩 앉았다. 검은 슬랙스를 입은 공무진의 허벅지와 청바지를 입은 내 허벅지 사이의 거리는 한 뼘 정도였다.

하필 흡연석은 네모난 정자 모양이었다. 사방에 기다란 의자가 있었고, 가운데 재떨이 겸 쓰레기통이 자리했다. 싱그러운 등나무 꽃향기가 가득했던 정자가 생각났지만, 향기 대신 담배 찌든 냄새가 났다.

그런데도 그 밤의 기억이 머릿속에 선명하게 되살아났다. 나를 끌어안고 어쩔 줄 모르던 남자의 커다란 품과 숨을 참고 입을 맞추던 순수함과 조금씩 깊어지던 키스의 기억이 나를 압도했다. 연한 풋귤 향이 늑골 사이사이로 스며들어서 심장을 건드렸다.

나는 이끌리듯 그의 옆얼굴을 바라보았다. 그는 정면을 응시한 채로 가만히 있었다.

"우리."

술기운에 말이 느려질 때도 있지만, 뇌를 거치지 않은 말은 빨리 튀어나오는 법이다.

"한번 잘까?"

내 물음에 공무진의 고개가 느릿하게 움직였다. 그는 경멸 어린 눈빛으로 나를 노려보았다. 그의 눈동자에 담긴 차디찬 분노가 뭘 의미하는지 모르겠다.

"그게 소원이야?"

그가 물었다. 그깟 소주 한 잔으로 객기 부리며 얻은 소원권을 저렴하게 이용할 생각이냐는 듯이 오만한 어조였다.

"소원은 무슨."

나는 비소를 흘리며 자리에서 일어났다.

"다른 데서 알아봐야겠다."

내 평생 다리 벌려 받아 준 남자는 공무진이 유일했다. 그런데 나는 천박하게 내뱉으며 아무렇지 않은 척했다. 가슴이 쿡쿡 쑤셨다. 무엇을 바라고 이러는 건지, 스스로도 이해가 되지 않았다.

박 작가의 말대로 16.5도짜리 소주 한 병이 내 한계치였다. 소주 한 병은 일곱 잔 반이지. 내가 마신 소주는 25도짜리 여섯 잔, 그것도 단시간에 빠르게 넘겼다. 지금의 사태를 내일이 되면 기억하지 못할 수도 있다는 뜻이다.

"오밀희."

그가 매혹적인 목소리로 내 이름을 부르며 뜨거운 손으로 내 손목을 움켜잡았다.

"너 집에 가라."

악력에 이끌린 나는 정자 밑 의자에 도로 주저앉았다.

눈을 꾹 감았다가 떴는데, 택시 안이다. 조수석에 누군가 앉아 있었다.

"아, 선배. 안 데려다줘도 된다니까요. 나 혼자 갈 수 있다니까."

주절주절 떠들고 있을 때였다.

"입 다물어, 오밀희."

조수석에서 들려온 목소리는 한 PD가 아니었다. 그 시절, 중계동 은행 사거리까지 동행했던 남자였다.

다시 눈을 감았다가 떴을 때, 아파트 안이었다. 나를 부축하는 공무진을 밀치고 공동 현관으로 걸었다. 네 발로 기지 않으니 다행이었다.

연애할 때도 공동 현관까지만 데려다주던 남자가 엘리베이터에 같이 올랐다. 그는 내가 현관문 앞에 서서 도어록에 지문을 인식하고 문고리를 잡아 여는 것을 본 후에 엘리베이터 문을 닫았다.

"어우, 술 냄새!"

나의 혈육, 향숙이가 치를 떨었다.

"너 술독에 빠졌다가 나왔냐?"

술독이 아니라, 사람 독에 감염되었다. 공무진은 독이 있다. 아주 맹독성이다. 한번 해독했다고 생각했는데도, 면역력이 생기지 않았다.

"이거 먹어."

오빠가 술 깨는 약을 내 손에 쥐여 준다. 나는 홍삼 스틱처럼 생긴 물건을 손에 쥐고 침대 위로 쓰러졌다.

내일 일은 내일 생각하자. 술 마시고 저지른 일은, 술이 깨면 잊어버리자. 이건 다 술이 저지른 일이지, 내가 저지른 일이 아니다. 술꾼의 마지막 바람이었다.

[선배가 나 집까지 데려다줬어요?]

문자를 보내고 나서 반나절이 지나서야 답이 왔다. 주말에 촬영이 예정되어 있어서, 평일이지만 오늘이 휴무였다.

[아, 죽겠다. 나도 지금 일어났네. 너 공무진 선수가 택시 태워서 보냈다고 들었어.]

침대 위에서 생수병을 끌어안고 뒹굴던 나는 화들짝 놀라서 눈을 떴다. 공무진, 이름 석 자가 강력한 숙취 해소제가 되어 정신이 번쩍 들게 했다. 목덜미에 기분 나쁜 열기가 덕

지덕지 달라붙었다.

[아, 그랬어요? 어제 기억이 잘 안 나는데, 집에 무사히 들어온 것 같아서요. 선배가 데려다줬나 했어요. 나중에 공무진 선수한테 고맙다는 말 해야겠네요.]

메시지를 보내자마자, 노랗고 동그란 얼굴이 음흉하게 웃는 이모티콘이 날아온다.

내가 어제 공무진한테 무슨 추태를 부렸나, 혹시?

나는 노랗고 동그란 얼굴이 입을 꾹 다물고 있는 무표정한 이모티콘을 보냈다.

[너 제법 잘 컸어. 내가 아주 잘 키웠다. 출연자 기선 제압하는 솜씨가 아주.]

손바닥 두 개가 겹쳐진 박수 이모티콘이 도배된다. 어제 공무진이 내 술잔을 빼앗아 가서는 두 잔을 연거푸 마시고 소원을 들어줄 거냐고 물었던 장면이 떠오른다. 그리고 내가 석 잔을 더 마시고, 이러면 내 소원 들어줄 거냐고 객기를 부렸었다.

그 기 싸움을 출연자 다루는 능력으로 승화하는 한 PD는 천생 PD이거나, 남녀 관계에는 눈치가 없는 편이거나, 둘 중

하나다.

[거기서 네가 소원 들어준다고 하면 어쩌나 난감했다. 공무진 선수가 그럴 것 같지는 않지만, 그걸로 촬영하면서 연출팀 괴롭힐까 봐 걱정했어. 잘했다만, 몸은 사려라. 적당히 말로 해도 될걸. 술을 그렇게 마셔 대냐.]

한 PD 말마따나 공무진은 그렇게 비열한 성격이 아니다.
근데 나는 어제 좀 비열했던 것 같은데……. 뭘까.

[내가 어제 뭐 실수한 건 없죠?]
[혼자 미친 듯이 달리고, 조용히 사라지셨습니다. 실수는 안 했어.]

그 점은 정말이지 다행스러웠다. 매너 좋은 공무진이 택시를 불러 줬겠지, 생각할 뿐이었다.

분명히 그랬다. 속초로 향하는 길, 휴게소에서 흡연 구역으로 향하는 한 PD의 뒷모습을 발견한 순간, 나는 무릎에서 힘이 풀리는 듯했다. 하마터면 소떡소떡을 손에 든 채로 주차장 아스팔트 위에 주저앉을 뻔했다.

'우리, 한번 잘까?'

내가 분명히 그렇게 지껄였다.

그러고 나서 공무진이 나한테 뭐라고 했지? 그다음은요? 뇌님아! 예고편이라도 내놔요!

더는 저장해 놓은 짤을 방출할 수 없다는 듯이 뇌 속 해마가 파업을 선언했다. 나는 최애가 출연할 예정인 프로그램의 아주 흥미진진한 티저를 보고, 본편 제작은 망해서 프로그램이 나오지 않는다는 소식을 접한 기분이었다.

뭐야, 공무진이 분명히 뭐라고 했는데…….

"뭐야, 오 PD. 소떡소떡 양손에 들고 서서 뭐 해?"

박 작가가 편의점 봉투를 손에 들고 걸어오며 웃는다.

"아, 이거 하나, 박 작가님 드리려고요."

"나 요즘 다이어트 해. 소떡소떡은 칼로리가 너어무 높다."

"그 과자는 다 뭔데요?"

편의점 봉투를 가리키며 물었다.

"과자 없이는 대본 못 쓰지. 이건 못 끊어."

박 작가의 선별적 다이어트에 웃음이 픽 나왔다.

"아, 선배! 이거 드실래요?"

버스에 오르려는 한 PD를 붙잡았다.

"됐다. 나 임플란트 치료 중이라 떡은 못 먹어."

두 개는 다 못 먹을 것 같다며 울상을 짓는데, 커다란 손이 불쑥 다가와 소떡소떡 꼬치 아랫부분을 낚아채 갔다.
"제가 먹을게요."
공무진이다.
"둘이 많이 친해졌나 봐요. 그날 회식하고 택시 태워 줬다더니."
박 작가는 그저 사실을 말했을 뿐이지만, 나는 소떡소떡을 먹기도 전에 체한 듯했다.

휴게소를 벗어난 버스는 저녁 무렵이 되어서야 속초에 도착했다. 오전에 방송사에서 마무리 콘셉트 회의를 하고 출발한 탓에 도착이 늦었다.
내일부터 7번 국도를 배경으로 본격적인 촬영이 시작된다. 도로 촬영이 꽤 있어서 지자체의 협조를 얻어 내는 데 공을 많이 들여야 했다.
그런데 어제까지는 된다고 했으면서, 오늘 저녁이 되어서야 갑자기 안 된다는 연락이 왔다. 상수도관이 터지면서 작은 싱크홀이 생겨서 긴급 복구에 들어갔다는 것이다.
"공무진 선수 방에 있지? 오 PD가 가서 변경 사항 전달하고 와. 혹시 주행에 문제 되는 구간이 있을 것 같으면, 말해 달라고 하고."
"지금요?"
밤 11시가 넘었다. 한 PD는 촬영감독, 작가와 함께 회의를 더 이어 가야 했다. 그리고 AD한테 맡기기에는 사안이 중대했다.

"그럼 지금 가야지. 내일 촬영 직전에 말할래?"

한 PD가 어이없다는 듯이 웃었다. 나는 알겠다며 고개를 끄덕거리고는 한 PD의 방을 나섰다. 이래서 나는 리얼리티 예능이 정말 싫다. 말로는 교양 버라이어티를 찍을 거라고 했으면서, 진행은 리얼 예능식이다.

나는 하는 수 없이 공무진의 방 앞에 섰다.

"무슨 일입니까?"

등 뒤에서 호텔 객실 문이 닫히는 소리가 둔중하게 울렸다. 별로 크지 않은 소리에도 나는 까무러칠 뻔했다.

나는 공무진의 방 앞에서 한참을 망설이다가 초인종을 눌렀고, 문을 열고 나온 그와 들어가서 이야기를 하니 마니 되도 않는 승강이를 벌이다가 결국 공무진의 방에 발을 들여놓고 말았다. 이렇게 될 줄 알았으면 뻗대지 말고 그냥 처음부터 들어와서 이야기할 걸 그랬다는 후회마저 들었다.

공무진이 머무는 객실은 스태프들이 머무는 일반실과는 차원이 달랐다. 코너 창의 한쪽에는 동해의 기다란 해안선이 내려다보였고, 반대편에는 망망대해가 자리했다. 속초의 새로운 랜드마크가 되었다는 속초 아이가 동화 속 장난감처럼 낭만적으로 보였다.

“촬영 예정지였던 도로에 문제가 생겼어요. 구간 수정이 있어야 할 것 같아서요.”

그가 원형 탁자를 턱짓으로 가리켰다. 나는 테이블 위에 태블릿 PC를 올려놓고, 수정된 구간을 보여 주었다.

“여기, 상수도관이 터져서 긴급 복구 중이래요. 내일은 촬영이 어렵겠어요. 그래서 이쪽으로 도로를 변경했는데요, 괜찮으실까요?”

그가 내 옆으로 다가서며 태블릿 PC를 내려다보았다.

“상관없을 것 같은데요.”

“그리고 내일 속초 아이 탑승하셔야 하거든요.”

공무진은 분명히 고소공포증이 있다고 했었다. 나는 그때를 상기하며 물었다.

“그래서요?”

시치미를 뚝 떼고 물은 그가 미니바에서 와인을 한 병 집어 들었다. 그는 능숙하게 코르크 마개를 따고 투명한 보르도 잔에 적색 액체를 반쯤 채웠다.

“줄까요?”

예의상 묻는 듯했다. 나는 고개를 가로저었다.

“어설프게 마시면 수면에 방해가 되더라고요.”

이유가 있어서 거절한 거라고 변명했지만, 그는 다른 해석을 내놓았다.

“그럼, 독주?”

"아니요. 쓴 술은 마시고 싶지 않네요."

내 대답에도 아랑곳하지 않고, 그가 미니바에서 노란색 액체가 담긴 술을 한 병 꺼냈다.

"이건 내가 프랑스에서 가져온 술이에요. 한국에서 이만한 거 구하기 어렵거든요."

그가 꺼낸 술은 칼바도스였다. 사과를 증류해서 만든 브랜디로 한국에서는 인지도가 낮았지만, 프랑스에서는 포도주만큼 인기 있는 주종이었다. 또 알코올 함량 40%가 넘는 독주이기도 했다.

그는 크리스털 스트레이트 잔에 칼바도스를 가득 채웠다. 능숙하고 우아하게 술을 따르는 남자는 내가 모르는 사람이었다.

"이거 한 잔이면 잠이 잘 올 겁니다."

크리스털 잔이 내 앞에 놓였다.

'그게 소원이야?'

한번 자자는 내 물음에 대꾸했던 그의 말이 머릿속에 두둥실 떠올랐다. 나는 칼바도스가 담긴 잔을 물끄러미 내려다보았다.

아주 먼 옛날, '가장 아름다운 여신에게' 라고 새겨진 사과를 두고 헤라와 아테나, 아프로디테가 기 싸움을 벌였다. 세

여신의 미움을 사기 싫었던 제우스는 훗날 트로이 전쟁의 당사자가 된 파리스를 심판장으로 지목한다. 가장 잘생기고, 가장 어린 파리스가 심판을 봐야 한다는 이유에서였다.

세 여인은 인간 파리스에게 각기 다른 제안을 한다. 헤라는 권력과 부를 약속했고, 아테나는 지략과 무운(武運)을 약속했다. 그리고 마지막으로 아프로디테는 '세상에서 가장 아름다운 여인의 사랑'을 약속했다.

잘생긴 청년 파리스가 누구를 선택했을까?

황금 사과의 주인은 아프로디테가 되었다.

나는 내가 아는 세상에서 가장 아름다운 남자가 건네는 사과주를 물끄러미 내려다보았다. 그리고 손을 뻗었다. '세상에서 가장 잘생긴 남자의 사랑', 아프로디테의 약속이 있었던 것도 아닌데, 독주를 단숨에 털어 넣었다.

그리고 목구멍을 타고 내려가는 찌르르한 통증을 느끼며 생각했다. 파리스는 '세상에서 가장 아름다운 여인' 헬레나를 사랑했고, 유부녀인 그녀를 납치한 까닭으로 그 유명한 트로이 전쟁이 일어났으며, 끝내 트로이는 멸망했다.

탁, 소리가 나도록 탁자 위에 잔을 내려놓았다. 그는 어느새 내 곁으로 성큼 다가와 있었다.

"내일 내가 뭘 타야 한다고요?"

달짝지근한 와인 내음이 섞인 숨결이 관자놀이로 부서져 내렸다. 관자놀이 맥박이 팔딱팔딱 뛰어 댔다. 여신들 앞에 던져진 사과는 불화의 여신 에리스가 던진 거였다. 불길한 예고인 듯 사과로 만든 독주를 나는 겁도 없이 집어삼켰다.

"대관람차요."

거리가 충분히 가까운데도, 그가 더욱 바짝 붙어 섰다. 이제는 그의 숨결뿐 아니라 커다란 몸에서 뿜어져 나오는 열기마저 느껴졌다.

"알잖아. 나 높은 데 못 올라가는 거."

조용히 읊조린 말이 뺨을 타고 내려와 목덜미를 지나 티셔츠 안으로 흘러 들어갔다. 살갗을 어루만지듯 야한 음성에 숨이 가빠 왔다.

"오밀희 씨가, 나랑 같이 타 줄 겁니까?"

고개가 의지와 상관없이 홱 돌아갔다. 왜 이렇게 분한지 모르겠다. 주도권을 잡은 것처럼 사람 속을 뒤흔드는 남자 때문에 머리끝까지 열이 뻗쳤다. 하긴 언제 어디서든 핸들을 잡는 것은 공무진이었다. 그런데 이번에는 방향을 내가 정하고 싶어진다.

나는 손을 뻗어 그의 단단한 목덜미를 움켜잡고는 힘주어 당겼다. 원하는 대로 해 주겠다는 듯이 그의 얼굴이 가까이 다가왔다. 서로의 숨결이 뺨 언저리를 더듬은 것도 잠시, 입술이 맞물렸다. 입안에서 향긋한 포도주와 사과 증류주 맛이 뒤섞였다. 하지만 미뢰를 간질이는 가장 달콤한 액체는 입에 고인 서로의 타액이었다.

수년을 헤매다가 겨우 물을 발견한 것처럼 그의 입안을 들이마셨다. 오돌토돌한 혓바닥이 거칠게 비벼졌다. 단단한 손바닥이 허벅지 아래를 받쳐 들었다. 압박해 오는 몸에 밀려 한 발 뒤로 물러나려는데, 테이블 위에 엉덩이가 걸쳐졌다.

자연스레 테이블 위에 앉은 꼴이 되었다. 고개가 한계까지 꺾였다. 그가 몸을 숙이며 입안을 더욱 깊숙이 파고들었다. 벌어진 다리 사이로 그가 들어섰다. 무섭게 일어난 물건이 허벅지 안쪽과 배를 쿡쿡 찔러 댔다.

“우움.”

그의 두툼한 혀와 입술을 입에 가득 문 채 신음했다. 목덜미를 끌어당겼던 손은 그의 팔뚝을 절박하게 움켜잡고 있었다. 열기가 온몸으로 퍼져서, 감은 눈꺼풀까지 홧홧했다. 잠시 입술이 떨어진 사이 크게 숨을 들이켰다.

어깨가 들썩이도록 한숨을 내쉰 그가 다시금 입술을 맞대 왔다. 몸이 완전히 뒤로 넘어갔다. 차가운 테이블이 목덜미에 닿자 소름이 와락 끼쳤다. 어깨를 흠칫 떨자, 그가 왼손으로 내 목덜미를 받쳐 주었다. 늑골 안쪽이 뻐근하게 조였다. 그는 내가 무엇을 불편해하고, 또 무엇을 원하는지 정확히 안다는 듯이 행동했다.

티셔츠 밑단을 훑고 들어온 뜨거운 손길이 브래지어를 밀어내며 아픈 심장을 어루만지듯 왼쪽 가슴을 부드럽게 움켜잡았다. 그의 손길이 닿지 않은 살갗은 따끔거리다 못해 욱신거렸다. 그가 주무르고, 어루만져 줄 때마다 얼마나 황홀했는지 다 기억한다는 듯이 온몸이 욕구로 가득 찬 비명을 지르는 것만 같았다.

"하아."

떨어져 나간 입술이 뺨을 스치고 내려가 귓불을 빨고, 귀밑에 묻혔다. 숨결이 닿는 곳마다 얼음이 녹듯 흐물흐물해졌다. 그와 반대로 성적 긴장감으로 고조된 허벅지 사이는 파르르 경련이 일 정도였다.

"그만!"

가까스로 낸 목소리는 내가 듣기에도 퍽 안타까웠다. 그의 입술이 목 안쪽에서 멈췄다. 가슴을 어루만지던 손이 티셔츠 밖으로 쑥 빠져나가자, 아쉬움에 전신이 바르르 떨렸다. 그가 상체를 일으켰다.

눈가가 젖은 탓에 연노란색 조명이 야릇하게 번져 있었다. 나는 손등으로 눈가를 훔치고, 옷을 정리하며 몸을 일으켰다.

"내일 촬영장에서 뵙겠습니다."

인사를 꾸벅하고, 없었던 일처럼 돌아서려고 했다.

"사과는 선악과라고들 해."

그가 탁하게 가라앉은 목소리로 읊조렸다. 성경에 나오는 선악과는 사과라는 설도 있었고, 복숭아라는 설도 있었다.

나는 돌아서려던 걸음을 멈추고 그를 바라보았다. 젖은 머리는 흐트러졌고, 배스 가운 앞섶은 아까보다 더 아슬아슬하게 벌어져 판판한 흉근이 여실히 드러났다. 허벅지 사이가 불쑥 솟은 채로 서 있는 남자는 당장 올라타고 싶을 만큼 자극적이다.

"신이 선악과를 만든 이유는, 운명을 결정할 자유 의지를 줬다는 뜻이야. 새 삶을 개척할 기회를 줬다는 뜻이고."

선악과에 관한 논란은 언제나 뜨겁다. 사람들은 같은 현상을 두고도 시대에 따라 다른 결론을 내린다. 지금 나와 공무진이 속한 세상에서 사과로 만든 술은 '운명을 결정할 자유 의지'가 되었다. 그리고 나는 그 술을 마시고 공무진에게 키스했다.

그 키스가 내 운명을 결정할 자유 의지의 시작인가?

"새 삶."

나는 그가 내뱉은 단어 하나를 가볍게 중얼거렸다. 그는 내가 어떤 말을 이어 나갈지 주목하고 있었다.

"새 삶을 헌 사람과 개척하는 건, 운명을 결정할 자유 의지를 준 신을 모독하는 행위 같네요. 인간은 미련하다는 증거 같고요. 미안합니다. 실수했어요."

당장 그에게 달려들고 싶은 욕구를 꾸역꾸역 밀어 넣으며 객실 문고리를 잡았다.

"고소공포증, 오밀희 PD만 압니다."

이제 완전히 업무적인 관계로 돌아왔다는 듯이 그가 마른 음색으로 중얼거렸다.

"내일 다른 제작진 없이, 오밀희 PD와 단둘이 대관람차에 탑승하면 좋겠습니다."

세상에 제 치부를 알리고 싶지 않다는 듯이 정중한 부탁이었다.

"네, 제가 조율하겠습니다."

눈인사를 하고는 객실을 빠져나왔다. 독주에 취한 것인지, 남자에게 취한 것인지. 머릿속이 엉망진창이다.

4화.

사랑했던, 공무진

책상 밑으로 그의 왼손이 내려갔다. 나는 눈치껏 오른손을 내렸다. 굵직한 손가락이 가느다란 손가락 사이를 파고든다. 손깍지가 끼워졌다. 악력을 더할 새도 없이 그가 힘주어 작은 손을 움켰다. 틈 하나 없이 맞닿은 순간, 나는 가만히 숨을 멈추었다.

"눈뜨는 봄은 독일의 표현주의 연극입니다. 사춘기 성 충동과 기존 사회의 충돌을 그린 극은 1890년경에 쓰였지만, 1912년에서야 무대에 오릅니다. 성인이 되면서 성적 욕구가 생기는 것은 자연스러운 일입니다. 하지만 자식을 향한 부모 세대의 걱정도 당연합니다. 나중 세대는 언제나 지난 세대를 앞서갑니다. 앞서 나가는 세대를 향한 두려움 또한 당연합니다. 구태의연한 세대를 향한 비난도 이해합니다. 당연한 것들의 갈등으로 이루어진 극, 눈뜨는 봄 역시 비극입니다."

Frühlings Erwachen, 눈뜨는 봄이라는 제목을 지은 프랑크 베데킨트는 첫사랑의 욕구가 얼마나 명확하고, 위험하고, 당연한지 말하는 듯했다.

나는 교수님의 목소리를 한 귀로 듣고 한 귀로 흘리며 손끝에서 피어나는 봄을 느끼고, 새로운 시절을 선사한 남자에게 눈을 뜨고 있었다.

그 역시 마찬가지인지 내 손을 잡고 안절부절못했다. 꽉 움켜잡았다가, 느슨하게 풀었다가, 손가락으로 손등을 간질였다가, 맞닿은 손바닥 사이에 엄지를 밀어 넣었다가, 손을 가지고 할 수 있는 온갖 야한 행위를 다 하는 것처럼 느껴졌다.

그가 굵직한 엄지로 손바닥을 긁어 댈 때마다 허벅지 안쪽이 움찔거렸다. 나는 허벅지를 딱 붙이고 앉아서 아랫입술을 꾹 깨물었다. 손가락 사이 연한 살이 스치면 어깨가 흠칫, 떨렸다. 내가 격정에 휩쓸려 여러 번 자세를 바꿀 때마다, 그도 입술을 가늘게 맞물리며 연한 웃음을 참았다.

눈을 뜨는 것은 이다지도 위험한 일이다. 그저 미소 지을 뿐인데, 야해 보인다.

"기말고사는 눈뜨는 봄에 관한 비평문으로 대신하겠습니다. 제출 양식은 전과 동일합니다."

마지막 수업이 끝났다. 전공 시험은 전부 본 터라, 이제 종강이다. 그는 이번 주 금요일에 전공 시험 하나를 남겨 두고 있었다. 체육은 몸만 쓰는 줄 알았는데, 그가 공부하는 근육 해부학 책을 보고 기겁할 뻔했다.

"근육 해부학 시험이 금요일이라고 했죠?"

나는 그에게 대단히 신경 쓰고 있다는 듯이 물었다.

"응. 이번 주 금요일 3교시. 죽겠다. 안 외워져."

앓는 소리를 하는 게 귀엽다.

"내가 외우는 거 도와줄까요?"

그가 고개를 갸웃하며 웃었다.

"책 표지만 보고 기절하려고 했으면서?"

"참아 볼게요!"

내 머리를 쓰다듬는 커다란 손이 전해 주는 감각이 좋아서 눈이 저절로 감겼다. 나는 순한 양처럼 눈을 가늘게 뜨고 웃었다.

"진짜 도와주려고?"

고개를 세차게 끄덕거렸다. 그는 닫았던 노트북을 다시 열고, 학교 포털 시스템에 접속했다. 아쉽게도 중앙도서관 세미나실은 예약이 불가했다. 시험 기간에 여석이 남아 있을 리 없었다.

"훈련실이 아마 비어 있을 거야. 시험 기간이라."

"좋아요!"

그가 훈련을 받는 실내 공간이 어떻게 생겼을지 궁금했다. 물론 나는 지금 그의 모든 것을 궁금해하는 중이다.

강의실을 빠져나온 우리는 손을 꼭 잡은 채, 체육관 방향으로 걸었다. 혼자 걸으면 그렇게 넓게 느껴지던 캠퍼스가 그와 함께 있으면 한없이 작아지는 듯했다.

"안 덥냐? 손에 땀띠는 안 났냐?"

작년 동연 회장이었던 김대환이었다. 삐딱한 목소리가 등 뒤에서 들려오자마자, 그가 잡은 손을 놓았다. 아쉬움에 심장이 덜컥 내려앉은 순간, 단단한 팔뚝이 내 어깨를 당겨 안았다. 판판한 가슴에 오른쪽 어깨가 완전히 묻혔다. 얼굴이 순식간에 달아올랐다.

"야, 내가 오밀희 잡아먹냐? 눈에 힘 좀 빼."

김대환이 치가 떨린다며 고개를 절레절레 내저었다.

"너 희수랑 싸웠지? 왜 시비야?"

나는 고개를 비스듬히 들어서 내 남자 친구라는 사람을 올려다보았다. 날렵하면서 진한 턱선이 제일 먼저 보이고, 붉고 도톰한 입술, 가파르게 치솟은 콧날이 차례로 보인다. 김대환을 보고 나니, 새삼 더 잘생겨 보이는 남자를 말끄러미 응시했다.

"응?"

시선을 느낀 그가 선한 눈으로 나를 내려다보았다. 눈에 힘 좀 빼라는 김대환의 말이 무슨 말인지 모르겠다. 그의 눈은 선하디선했다. 그가 불시에 고개를 내려 내 이마에 쪽 소리가 나도록 입을 맞췄다.

"아, 재수 없어. 시발 새끼."

김대환이 욕지거리를 씹어뱉었다.

"너 우리 집에 와서……."

"야!"

그의 말에 김대환이 펄쩍 뛰었다.

"희수 밤새 못 자는 것 같더라. 전화해 봐. 바로 받을걸?"

그 말이 듣고 싶었다는 듯이 김대환은 순순히 고개를 끄덕거렸다. 그리고 그는 내 어깨를 잡은 채로 돌아섰다.

"대환 선배가 오빠 집에 가서 뭐 했는데요?"

나는 순진하게 물었다. 그의 품에 안긴 채 얼굴을 붉히고 있으면서 다른 커플의 야한 짓거리는 상상조차 하지 못했다. 여전히 나는 어리숙했다.

"그냥."

그는 다시 한번 고개를 내리고는 내 관자놀이에 입을 맞췄다.

여름이 다가오는지 녹음이 짙었다. 진녹색으로 변하기 전의 푸르름은 사랑을 앓기 전의 청춘을 닮은 듯했다. 뜨겁게 녹는점을 향해 온몸으로 달려가는 계절, 그런 의미에서 우리의 관계는 6월과 비슷하다.

훈련실은 내가 생각했던 것과는 달리 횅했다. 벽 한쪽에 두꺼운 매트가 쌓여 있었고, 한쪽 벽은 전면이 거울이었다. 운동기구가 많기는 했지만, 금속성 가득한 물질만 있어서 그런지 휑한 느낌이 들었다.

그는 개인 매트를 들고 와서 바닥에 깔고는 제균 티슈로 꼼꼼히 닦았다. 제균 티슈에서 나는 소독약 냄새 때문에 괜한 소름이 끼쳤다.

"앉아."

고개를 끄덕이고 매트 끝에 걸터앉았다. 요가 매트보다 한참이나 두꺼운 매트는 폭신폭신했다. 그는 나와 마주 보며 자리를 잡았다. 그러고는 가방에서 근육 해부학 책을 꺼냈다. 붉은 근육 줄기가 넘실거리는 책 표지를 보고 나는 또다시 흠칫했다.

"그러면서 공부를 어떻게 도와주겠다는 거야."

그가 유쾌하게 웃었다. 나는 그의 손에서 책을 빼앗았다. 그러고는 그가 달달 외워야 한다고 했던 페이지를 펼쳤다.

"상완이두근?"

근육 명칭을 읊조리는 내 목소리가 훈련실을 바르르 울렸다. 그 떨림에 그의 눈동자도 엷게 움직였다.

"여기."

그가 내 오른쪽 팔뚝 안쪽을 손으로 부드럽게 움켜쥐며 말했다. 제 몸을 가리킬 거라고 생각했는데, 뜻밖의 접촉에 심장이 벌렁거렸다. 하지만 이미 새로운 시간에 눈을 뜬 나는 어떤 근육에 그의 손이 닿으면 좋을지 생각하며 해부도를 살폈다. 징그러운 해부도가 갑자기 로맨틱해진다.

"흉쇄유돌근."

이번에는 그가 내 몸이 아닌 제 어깨 어딘가를 짚었다. 실망이다, 공무진. 나는 아랫입술을 말아 물며 미간을 모았다.

"외복사근."

마주 앉은 그가 내 쪽으로 손을 뻗었다. 커다란 손이 내 허리선 위 옆구리를 부드럽게 움켜쥐었다. 나는 숨을 멈추고 배에 힘을 주었다. 그가 고개를 살짝 내저으며 웃었다.

좀 대범하게 가 볼까?

"대내전근."

그가 천장을 올려다보며 웃더니, 제 허벅지 안쪽을 가리킨다. 땡! 틀렸어, 공무진! 거기 아니야! 라고 말해 주고 싶은 것을 꾹 참았다. 근육 위치는 정확했다. 다만 내 근육이 아니라는 데 문제가 있다.

"목 널판근."

나는 다소 딱딱해진 목소리로 중얼거렸다. 그러자 두어 명이 앉을 수 있는 거리만큼 떨어져 있던 그가 바짝 다가왔다. 옆으로 흘러내린 머리카락을 그가 두 손으로 잡아서 어깨 뒤로 넘겼다.

그의 고개가 천천히 기울어졌다. 귀밑 예민한 살갗에 그의 숨결이 닿는가 싶더니, 입술이 부드럽게 닿았다가 떨어진다.

나는 숨을 멈추고 어깨를 살짝 움츠렸다.
“여기.”
입술이 목 뒤쪽으로 조금 움직였다.
“머리 널판근.”
숨을 들이마실 수가 없다. 그의 숨결이 어디로 움직이는지 가늠할 수조차 없다.
“견갑 거근.”
그는 목덜미에 입술을 묻은 채, 근육 이름을 중얼거렸다.
“그리고 여기는 구각하제근. 입꼬리내림근이라고도 불러”
그의 입술이 내 입술 바로 아래에 닿았다. 고개를 돌려 그의 입술을 머금으려는데, 그가 내 목덜미를 움켜쥔 탓에 옴짝달싹하기가 어려웠다.
“소근. 입꼬리당김근이라고도 해.”
입술 끝을 당기는 근육에 입을 맞춘 그가 윗입술 바로 위를 혀로 핥았다.
“여긴 교근. 깨물근이라고도 하지.”
그러고는 윗입술을 부드럽게 빨아들였다.
“으응.”
나도 모르게 앓는 소리가 흘러나왔다. 나는 혀를 내밀어 그의 아랫입술을 슬쩍 핥았다.
“이건 아마 혀 가로근.”
그가 내 혀에 제 혀를 맞대며 입술을 삼켜 물었다.

"으으음."

목덜미를 부드럽게 주무르는 악력에 긴장감이 풀리고 몸이 노곤해지기 시작했다. 입안으로 밀려 들어온 혀는 뜨거웠다. 혀 돌기가 쓸리는 아찔한 감각에 숨이 벅차올랐다.

내가 그를 받아 내는 힘보다, 그가 나를 밀어내는 힘이 더 강했다. 상체가 점점 뒤로 기울었다. 근육 해부학 전공서가 가슴을 짓누르듯 했다. 가뜩이나 숨이 찬데, 너무 무거웠다. 책을 빼내려고 안간힘을 쓰자, 입술이 부드럽게 떨어졌다.

숨결이 섞일 만한 거리에서 그가 검게 물든 눈으로 나를 내려다보았다. 얼굴을 샅샅이 훑은 그의 시선이 아래로 향했다. 그는 내 가슴을 가리고 있던 책을 옆으로 조용히 빼냈다. 얇은 반팔 티셔츠가 말려 올라갔다.

"흐으응. 복직근?"

신음하며 그의 손이 스치고 있는 근육 이름을 댔다. 그의 손은 납작한 배 위를 거슬러 올라가고 있었다. 그가 웃으며 뾰족한 콧날을 내 뺨에 비볐다. 달아오른 뺨 위로 부서지는 숨결에 눈이 저절로 감겼다.

"아……."

브래지어가 밀려 올라갔다. 내가 오늘 무슨 속옷을 입었는지 떠올리기도 전에 그의 얼굴이 아래로 내려갔다. 가슴 끝이 축축한 입안으로 빨려 들어갔다. 가슴이 가파르게 오르내릴 정도로 숨이 차올랐다.

너무 벅차서 고개를 돌리자, 거울에 비친 두 사람의 모습이 적나라하게 보였다. 그는 한쪽 팔로 매트 위를 짚고, 다른 팔로는 내 등허리를 받친 채 가슴을 빨고 있었다. 그의 귀와 목 언저리가 붉은 게 거울로 보였다. 그리고 얇은 티셔츠가 내려앉은 등 근육이 파르르 떨리는 것도.

손을 뻗어 그의 뒷머리를 쓸어 올리려던 순간이었다. 훈련실 바깥 문이 덜컹거리는 소리가 들려왔다. 누가 먼저랄 것도 없이 일어나 앉았다. 아무 일도 없었던 것처럼 순식간에 옷을 정리하고, 근육 해부학책을 집어 들었다. 심장 근육이 땅길 정도로 심박동이 빨랐다.

발걸음 소리가 훈련실 앞을 지나, 어디론가 멀어졌다. 우리는 누군가의 발소리가 들리지 않을 때까지 숨을 죽였다.

그러다 웃음이 터졌다. 내가 먼저 웃었는지, 그가 먼저 웃었는지 모르겠다.

훈련실 천장에 붙다시피 나 있는 작은 창으로 수양버들이 보였다. 바람에 한들한들, 흔들리는 초록색 이파리만큼이나 싱그럽고 설레는 웃음이었다.

온 세상 예쁜 장미는 전부 모아 놓은 것 같은 정원이었다. 빨간색, 분홍색, 흰색, 노란색, 주황색, 노란색 장미가 말 그

대로 흐드러지게 피어 있었다. 유럽의 건물과 정원을 본떠 만든 놀이동산에는 장미 축제가 한창이었다.

6월 30일, 우리가 함께하는 그의 첫 번째 생일이다. 뭐가 하고 싶냐는 물음에 그는 놀이동산에 가고 싶다고 했다. 덩치는 산만 하고, 무섭게 생겼다는 소리를 듣고 산다는 남자의 소원은 천진했다.

"하나도 안 무서운데."

나는 그를 올려다보며 웃었다.

"그러니까, 나 하나도 안 무서운데."

희수는 처음에 그의 성격이 예민하고, 까탈스럽고 공격적이라고 했었다. 하지만 내가 겪은 그는 부드럽고, 연하고, 야들야들했다.

'오빠 안 그래. 되게 순해.'

내 말에 희수도 자기가 잘못 생각했던 것 같다며 말을 바꿨다.

본격적인 여름으로 가는 계절, 햇살이 눈부셨다. 그는 하늘색 피케 셔츠에 베이지색 면바지를 입었고, 하얀색 테니스 운동화를 신고 있었다. 나는 그가 뭘 입을지 미리 물어본 뒤, 색이 비슷한 옷과 신발을 골랐다. 아이보리색 원피스에 연한 하늘색 카디건을 입고, 하얀색 캔버스화를 신었다.

"운동화가 까만색이 아니네?"
그는 내 운동화를 보고 웃었다.
"오빠도 검은색 옷 아니잖아."
그의 뉘앙스를 똑같이 따라 하자, 그도 나를 따라서 웃었다. 뭐가 그렇게 좋은지 웃음만 나왔다.
"여기서 사진 찍자."
가벽 전체가 장미로 뒤덮인 곳이었다. 그는 나를 벽 앞에 세우고는 예닐곱 발자국쯤 떨어진 곳에 섰다. 그의 손에는 필름 카메라가 들려 있었다. 어릴 적 친부가 쓰던 물건이라는 카메라의 고전적인 모양새는 세련된 그의 외모와 묘하게 잘 어울렸다.
"핸드폰으로 안 찍고?"
"핸드폰으로 찍은 사진은 관리가 안 돼. 필름 카메라로 찍어서 인화할 거야."
물리적인 사진을 간직하고 싶다는 그의 말이 낭만적으로 들려서 나는 연한 미소를 머금었다. 찰칵, 소리가 울렸다.
"나도 오빠 사진 찍어 줄게."
내가 손을 뻗으며 걸음을 떼려고 움직인 순간이었다.
"어?"
그가 놀라서 눈을 휘둥그렇게 떴다.
"왜?"
나도 덩달아 놀라서 물었다.

"가만히 있어. 움직이지 마. 벌 있어."
"진짜?"
나는 어깨가 귀밑에 붙은 채로 굳어 버렸다.
"갔어?"
떨리는 목소리가 새어 나왔다.
"아니."
그가 고개를 절레절레 저으며 다가왔다.
"오지 마! 가만히 있어야 가지."
"내가 쫓을게."
"그러다 쏘이면 어떡해!"
잔뜩 겁에 질린 목소리로 외친 순간, 그가 한걸음에 다가와 내 입술에 쪽, 소리가 나도록 입을 맞췄다. 휘둥그렇게 뜬 눈으로 그를 올려다보자마자, 옆에서 셔터 눌리는 소음이 났다.
"벌 갔다. 우리도 가자."
커다란 손으로 내 어깨를 휘감은 그가 경쾌하게 걸음을 옮겼다.
"벌 원래 없었던 거 아냐?"
"있었어. 내가 그런 거짓말을 왜 해."
그가 미간을 찌푸리며 웃었다. 속은 것 같은 기분이 드는데, 아니라고 하니 더 따져 물을 수도 없다.
"사진, 나도 뽑아서 줘야 해."

"응, 필름도 스캔해서 파일로 줄게."
"그렇게도 할 수 있어?"
그가 고개를 끄덕이자, 하늘에서 물방울 하나가 날렵한 콧잔등으로 똑 떨어졌다.
"어? 비 온다!"
오늘 비 온다는 소리는 없었는데, 갑자기 하늘이 어둑어둑해졌다. 낮게 깔린 먹구름이 머리 위에만 몰려 있는 것을 보니 소나기인 것 같았다.
"뛰자!"
"아니! 오빠, 어디로 뛰려고! 저거 타자!"
나는 대관람차가 있는 곳을 가리켰다.
"저걸?"
"저거 타면 비 피할 수 있잖아."
나는 손 우산을 만들어 이마에 대고 대관람차 방향으로 달렸다. 머뭇거리던 그가 와락 달려와서 내 어깨를 감싸고는 함께 뛰기 시작했다. 어느새 땅을 적신 물기가 종아리에 참방참방 튀었다.
갑작스럽게 내린 비에 사람들은 뿔뿔이 흩어졌고, 대관람차 앞에 도착하자마자 탑승할 수 있었다. 우리가 탄 대관람차는 잘 익은 사과처럼 빨간색이었다. 동그란 기구가 흔들거리며 천천히 하늘로 상승했다.
"밀희야."

"응?"
"웃지 말고 들어."
나는 고개를 끄덕거렸다.
"있잖아. 오빠가…… 고소공포증이 있어."
심각하게 미간을 찌푸리는 모습에 심장이 덜컥 내려앉는다.
"아까 말하지, 그랬어!"
"말할 겨를이 없었어. 그리고 더 젖으면 너……."
그의 시선이 내 가슴께로 향했다. 비에 젖은 아이보리색 원피스 너머로 속옷 실루엣이 희미하게 비쳤다.
"왁."
나는 놀라서 팔을 엑스 자로 만들며 가렸다.
"가리기는. 다 봤는데."
열흘 전 체육관에서 딱 한 번 봤을 뿐이다. 그런데 그는 미묘하게 웃으며 놀려 댔다.
"놀리지 마. 나도 오빠 고소공포증으로 안 놀렸잖아."
순간 기구가 덜컹했다. 그가 놀랄 새도 없이, 내가 더 놀랐다. 그와 마주 앉아 있던 나는 얼른 그의 옆으로 자리를 옮겼다.
"괜찮아?"
빗물에 젖은 그의 손을 꼭 붙잡고 물었다.
"좀 무섭네."

창밖을 한번 흘끗거린 그의 시선이 내게로 옮겨붙었다. 그의 얼굴도 빗물에 젖은 것은 마찬가지였다. 손가락 등으로 그의 뺨에 맺힌 빗물을 천천히 쓸어내렸다. 손가락이 내려가는 속도에 맞춰 그의 얼굴이 기울어졌다.

차갑게 젖은 입술이 맞닿고, 뜨거운 혀가 얽혔다. 물기 때문인지 다른 날의 키스보다 더욱 관능적으로 느껴졌다. 물기를 머금은 옷이 열기를 품은 살갗에 달라붙었다. 뺨을 쓸어내렸던 손을 뻗어 그의 목덜미를 끌어안았다.

더운 공기가 차올랐다. 대관람차에 난 창문이 조금 열려 있기는 했지만, 달아오른 공기를 빼내기엔 역부족이었다. 서로를 향해 꿈결처럼 부서지는 숨결이 공기 중으로 나른하게 흩어졌다.

등허리를 꽉 끌어안는 그의 단단한 팔에 힘이 바짝 들어갔다.

"흐음."

몸이 녹아내리는 소음인 듯, 더운 신음이 흘러나왔다. 턱 끝을 움켜쥔 그의 손이 파르르 떨렸다. 대관람차는 가장 높은 곳을 향해 올라가고 있었다. 그의 떨림이 공포에 기인하는 것인지, 아니면 나 때문인지 모르겠다.

만약 두려움 때문이라면, 그를 더욱 꽉 안아 주고 싶었다. 나는 자리에서 살짝 일어나 그의 허벅지 위에 앉았다. 그가 내 허리를 바짝 당겨 안았다. 나도 그의 목을 꽉 안았다.

고개가 비틀리고 입안이 더 깊숙이 맞닿았다. 목구멍에 닿을 듯이 혀가 미끄러져 들어와서 음식을 집어삼키는 여린 살을 훑았다. 지금껏 맛보았던 그 어떤 음식보다 그의 혀가 더 달콤했다. 나는 그의 혀를 거세게 빨아 삼켰다. 그의 몸이 움찔했다.

입술이 잠시 떨어졌다.

"아파. 혀 뽑히겠어."

그가 조용조용 중얼거렸다. 나는 웃음을 참지 못하고 키득거렸다. 덜컹, 밖에서 대관람차 문을 여는 소리가 들렸다. 우리는 달아나듯 놀이기구에서 뛰어내렸다. 어느새 소나기는 그쳤고, 대관람차 탑승을 위해 기다리는 사람은 없었다.

"밀희야."

"응?"

그가 동그랗고 커다란 대관람차를 등지고 서서 물었다.

"한 번 더 탈래?"

고소공포증이 있는 남자가 대관람차를 가리키며 수줍게 웃었다. 백 번이라도 더 탈 수 있을 것만 같았다.

서울로 돌아오는 버스 안, 우리는 사람이 드문 뒷좌석에 나란히 앉았다. 사람들이 하나둘씩 좌석 버스에 오를 때마다 나는 속으로 주문을 외웠다.

오지 마, 오지 마, 뒤로 오지 마. 제발 뒤로 오지 마!

평일의 놀이동산은 비교적 한산했고, 15분에 한 대씩 다닌다는 버스도 여유로웠다. 서너 명을 더 태운 버스는 승객을 꽉 채우지 않았는데도, 별 미련이 없다는 듯이 놀이동산 앞 정류장을 유유히 떠났다.

버스가 마성 IC를 통과하자, 실내등이 꺼졌다. 나는 창가 쪽에 앉아서 복도 쪽에 앉은 그의 어깨에 머리를 기대고 있었다. 우리는 꼭 맞잡은 손을 천천히 조몰락거렸다. 깍지를 꼈다가, 풀었다가, 손바닥 안쪽 말랑한 살을 비볐다가, 주물렀다가. 그가 내 손목을 잡고 조심스럽게 들어 올려서 손바닥에 소리 없이 입을 맞췄다.

손바닥에서 시작된 간지러움 때문에 머릿속이 어질어질했다. 속옷이 젖는 느낌이 났다. 이제 흥분하면 속옷이 젖고, 허벅지 사이에 움찔하는 감각이 여실했다. 그게 싫지 않았다. 아니, 이보다 더 좋은 기분을 내 것으로 만들고 싶어서 안달이 났다.

내가 먼저 턱을 내밀었다. 그가 고개를 쭉 빼고 복도 쪽을 살피고는 내 입술을 부드럽게 머금었다. 버스의 엔진 소음, 타이어가 고속도로에 마찰하는 소리에 우리의 키스가 묻히길 바랐다.

입안을 휘젓는 그의 움직임은 어느 때보다 감미로웠다. 신음 소리를 낼 수도 없는데, 거센 자극이 이어져서 숨이 막혔다. 나는 고개를 뒤로 물리며 입술을 뗐다. 그가 가까이 다가

오며 입술을 오물거렸다. 더 머금고 싶어서 파르르 떨리는 입술 끝을 손가락으로 조심스럽게 쓸어 보았다.

"너 너무 부드러워."

그가 내 손가락에 조용히 읊조리는 말에 나도 모르게 입술이 벌어졌다. 더운 숨이 속절없이 새어 나왔다. 그의 입술이 귀밑에 묻혔다.

"여기도 너무 부드러워."

타오르는 불길 위로 아른아른 일렁거리는 열기처럼 그의 목소리가 위태롭게 흔들렸다. 그의 손이 내 허리를 조심스럽게 붙들었다. 등받이에 옆으로 기댄 그의 몸이 내 쪽으로 완전히 쏠려 있었다.

"너무 부드러워서, 자꾸 입술을 대고 싶어져."

그가 쇄골 근처에 더운 숨을 흘리며 속삭였다.

"이 안은 얼마나 더 부드러울까."

혼잣말 같은 중얼거림에 나는 두 눈을 질끈 감았다. 감당할 수 없는 열기가 차올랐다. 버스가 서울 톨게이트를 지날 때까지 우리는 꼼짝도 하지 않고, 서로의 몸을 부둥켜안고 있었다. 양재IC 부근을 지날 무렵 복도 등이 반짝 들어왔다.

누가 지켜보고 있는 것도 아닌데, 우리는 화들짝 놀라서 제자리에 정자세로 앉았다. 잔뜩 굳은 그의 얼굴을 보니 또 웃음이 났다. 왜 이렇게 웃음이 많아진 건지. 호들갑스럽게 웃음을 달고 살았던 적은 없는 나는 이 남자로 인해 성격이 조금씩 바뀌는 것을 경험하는 중이다.

"우리."

내가 조용히 입을 뗐다.

"응?"

굳어 있던 그가 놀라서 되물었다.

"방학 때 여행 갈까?"

수가 뻔히 읽히는 질문이었다.

"나 하계 훈련 들어가면, 어떻게 될지 몰라."

얼굴 보기 힘들어지는 일이 생길 수도 있다던 그의 경고가 떠올랐다.

"그럼 오빠 한가할 때."

그가 싫다는 의미로 거절한 것도 아닌데, 기분이 몹시 가라앉았다. 어릴 적 내가 잘 놀다가도 급작스럽게 토라질 때면 외할머니가 그런 말씀을 하시곤 하셨다. 우리 밀희 성질머리는 장날 팥죽 끓듯이 변덕스럽다고. 뻔히 알면서도 심통이 나려고 해서, 애써 한숨을 몰아쉬었다.

나는 창밖으로 고개를 돌린 채 반대편에서 획획 지나가는 차만 바라보았다.

"이 주말은 괜찮을 것 같아. 아마 이때는 코치님도 휴가일 거야."

그가 휴대전화 캘린더를 보여 주며, 광복절이 낀 주말을 손끝으로 가리켰다.

"정말?"

언제 굳었냐는 듯이 가슴 한구석이 사르륵 녹아내렸다.

"응. 이때 시간 내 볼게."

"좋아."

나는 사특하게도 머릿속으로 생리 예정일을 계산하기 시작했다. 28일 주기로 계산하면 생리 예정일에서 완전히 벗어났다.

좋아서 죽겠다, 아주.

"어디 가고 싶은 곳 있어?"

"나는 속초!"

그가 한쪽 입꼬리를 들어 올리며 웃었다.

"속초는 너무 멀어. 1박 2일 갈 건데, 운전만 하다가 끝날 거야."

"오빠 운전도 할 줄 알아?"

버스를 타고 놀이동산에 온 탓에 그가 운전을 할 수 있을 거라고는 생각하지 못했다.

"응. 너는 운전 못해?"

"응. 나는 운전 못해. 사실 나는 바퀴 달린 거하고는 전부 안 친해. 자전거도 못 타."

"뭐?"

그의 목소리가 갑작스럽게 튀어 올랐다.

"자전거를 못 타?"

"조용히 해."

나는 그의 입을 손으로 막으며 고개를 쭉 빼고 다른 승객을 살폈다. 다행히 이쪽을 돌아보는 사람은 없었다.

"어떻게 로드 사이클 선수 여자 친구가 자전거를 못 타!"

어떻게 사회학 전공자의 남자 친구가 사회 현상을 모르냐고 맞받아칠 수가 없었다. 억울하게도 그는 나보다 더 똑똑했다. 나도 중계동 은행 사거리 학원들이 모셔 가려고 다투던 인재였거늘.

"나한테 배워. 내가 가르쳐 줄게."

"오빠 그러다가 우리 아빠한테 혼나."

그의 얼굴에 긴장감이 감돌았다.

"친오빠가 나 자전거 타는 법 알려 주려다가, 내가 넘어졌었거든. 그때 우리 오빠 뒤지게 혼났어."

"혼날 만했네! 지금도 넘어지면 부러질 것 같은데, 어렸을 때 넘어뜨렸으면 아버님이 얼마나 걱정하셨겠어! 걱정 마. 나는 너 안 넘어뜨려. 절대로. 너 안 아프게 해."

로드 사이클리스트가 자전거 타는 법 알려 주겠다며 호언장담하는 꼴이 귀여워서 웃음이 났다.

"그건 오빠가 잘못한 거야. 잘 봐줬어야지."

"오빠."

"응."

나는 겁을 주듯 중얼거렸다.

"우리 오빠, 우리 학교 경영학과 나왔어."
그가 눈을 커다랗게 뜨며 나를 들여다보았다.
"그때 그 용돈 준 오빠?"
"응, 혈육인 오빠는 그 오빠 하나니까."
"이름이 뭔데?"
"오현호."
이번에는 그의 입이 떡 벌어졌다.
"오현호? 작년에 경영학과 수석으로 졸업한 그 오현호?"
"혹시 서로 알아?"
그는 고개를 살짝 내저었다.
"인사한 적은 있어."
경영학은 복수 전공자가 많은 학과였다.
"지금 친오빠 욕하지 말라고, 학교 선배라고 일부러 알려 준 거야?"
그가 포인트를 딱 짚어 내며 미간을 찡그렸다.
"응."
"너도 참."
그가 내 앞머리를 헝클이며 웃었다. 나는 그의 두꺼운 팔뚝을 꼭 끌어안았다.
"네가 오빠 이야기할 때마다 질투 나. 이제 그만해."
솔직한 공무진이 참 좋다.
"나도 희수가 오빠 이야기할 때 그래."

그의 커다란 몸에 힘이 들어가는 게 느껴졌다. 안 그래도 단단한 몸이 더욱 딴딴해졌다.

"희수가…… 내 이야기를 했어?"

"응."

"어떤, 이야기?"

"그냥 이런저런."

탁 집어서 이야기할 만한 것은 없었다.

"그랬구나."

그는 아무렇지 않게 중얼거렸다.

"여행 장소는 내가 정해도 돼?"

이내 밝아진 목소리로 그가 물었다.

"응."

사실 장소가 어디든 그리 중요하지 않았다. 중요한 것은 생리 예정일에서 벗어난 날짜라는 것이고, 1박 2일이라는 기간이며, 내내 그와 붙어 있을 수 있다는 사실뿐이었다.

몰랐는데, 나는 참 사특한 여자였다.

5화.

나의 보드라운 향나무

아침에 눈 뜨는 게 죽도록 싫은 날이 계속되었다. 침대 옆 간이 테이블에 올려 둔 휴대전화가 끈질기게 울렸다. 알람인 줄 알고 무시하려고 했는데, 끊기자마자 이윽고 다시 울리는 것을 보면 누군가 전화를 걸고 있는 듯했다.

손을 뻗어 휴대전화를 집어 들었다. 벽에 던져 버릴까. 잠시 고민하다가 발신인을 확인했다.

[어머니]

어서 정신 차리고 몸을 일으키라는 경고처럼 모친의 안쓰러운 존재감이 정신을 일깨운다.

"네."

나는 짧은 응대로 전화를 받았다.

– 무진아, 자는 걸 깨웠니?

엄마의 물음에는 미안한 기색이 역력했다. 하나밖에 없는 아들한테 뭐가 그렇게 미안한지 모르겠다.

"이제 일어나려고요."

– 수업 가야지?

"네."

더 긴 대답을 바랐는지, 휴대전화 너머에서 침묵이 흐른다.

– 아버지가 언제 내려올 수 있냐고 물어보라셔서.

아버지라는 단어를 내뱉는 모친의 목소리가 어색하기 그지없다.

나는 한 번도 그 남자를 아버지라고 불러 본 적이 없다. 불행한 어머니의 삶을 구원해 준 것은 감사하다. 하지만 나는 그쪽 가족에 속한 사람이 아니었다. 그러니 아버지라고 부르기도 이상했다.

"무슨 일 있어요?"

– 아버지 생신이셔. 모처럼 가족이 다 같이 모였으면 좋겠다고 하시네. 이번 주말에 올 수 있니?

숨이 턱 막힌다. 그 집에 내려가서 아버지 아닌 아버지와 그의 아들 하나와 나와 피가 절반쯤은 같은 여동생과 둘러앉아서 식사할 생각을 하니 벌써 체할 것 같다.

"훈련 있어요."

감정을 담지 않은 목소리로 대답했다. 모친이 나를 두고 다른 남자에게 시집간 그때부터 나는 감정을 지우는 법을 연습했다.

사람들은 내가 웃으면 안쓰럽다고 생각했고, 울면 불쌍한 눈으로 바라보았고, 화내면 부모 탓에 성격이 비뚤어졌다고 했고, 즐거워하면 철이 없다고 떠들었다.

희로애락을 지우고 나니, 사람들의 개소리도 잦아들었다.

- 그렇구나.

모친의 목소리가 미세하게 가라앉았다. 그쪽으로 시집간 지도 벌써 여러 해다. 이부 여동생 나이가 열다섯이니까, 15년도 넘었다. 그런데도 모친은 가끔 나에게서 당신의 뿌리를 찾으려는 듯이 굴었다.

모친은 폭력을 행사하는 친부와 이혼하고 외가에서 나를 홀로 키웠다. 외조모는 당신 딸이 회사에 가 있는 동안 어린 나를 키워 주었다. 내가 두 살 때 부모가 이혼했으니, 외조모가 나를 다 키웠다고 해도 과언이 아니다. 나에게는 돌아가신 외조모의 흔적이 남아 있었다.

외조모는 내가 훈련소에 있을 때 돌아가셨다. 숨이 끊어지기 직전까지 '무진아, 내 새끼. 우리 무진이' 하고 중얼거리셨다고, 이모가 말해 주었다.

어머니는 모친으로 일컬어졌지만, 이모는 이모라고 불렀

다. 특히 나와 열두 살 터울이 진 막내 이모는 고단한 외조모를 도와서 나를 함께 키웠다. 모친보다 이모가 더 가까웠다. 그리고 왕래가 뜸했던 큰이모조차도 외조모가 돌아가신 후에 나와 가까워졌다.

– 코치한테 말해서, 내려올 수는 없겠니?

모친의 목소리에 옅은 애원이 묻어났다. 여전히 모친은 나에게 어려운 존재다. 어쩌면 나는 그 시절 어린 아들을 버리고 먼 곳으로 시집간 모친에게 서운한 것인지도 모르겠다.

"말은 해 볼게요."

– 꼭 와, 무진아. 응? 엄마…….

말끝을 흐리는 모친의 목소리가 파르르 떨렸다.

– 엄마 너 보고 싶어.

그렇게 보고 싶어 했는데 그때는 나타나지도 않았으면서, 피 한 방울 섞이지 않은 그 남자 아들 뒷바라지를 하느라 바빴으면서……. 나이 들어 가는 것을 핑계로 약한 소리를 하는 것은 비겁하다.

"네, 저도요."

마음에도 없는 소리를 지껄였다. 정이 없는 사람이 보고 싶을 리 없다.

– 그래, 아들. 좋은 하루 보내.

교과서에 나오는 인사처럼 정갈한 문장이었다. 나는 어머니도 좋은 하루 보내시라는 인사를 하고는 통화를 마쳤다.

잠이 달아난 탓에 억지로 몸을 일으켰다. 오물을 뒤집어쓰기라도 한 것처럼 역겨운 기분이 들었다.

결국, 주말에 모친이 사는 바닷가 도시로 향했다. 억센 사투리와 바다가 어우러진 풍경은 몇 번을 와도 익숙해지지 않는다.

"우리 무진이 왔구나. 어서 와. 배고프지? 엄마가 맛있는 거 많이 했어."

일부러 밝은 목소리를 내는 엄마는 재연 프로그램 속 연기력이 부족한 배우처럼 어색했다.

"무진이 왔니?"

한집에서 잠 한 번 잔 적 없는 남자를 아버지라고 불러야 하는 상황이 기가 막혔다.

"네, 건강하시죠?"

예의 바른 인사를 건넸다. 아버지라는 남자의 인상은 투박했다. 눈썹은 중구난방으로 삐죽삐죽했고, 툭 튀어나온 눈은 부리부리했다. 네모진 턱선은 고집스러워 보였고, 두꺼비처럼 두툼하고 색이 어두운 입술을 보면 숨이 막혔다. 썩 잘난 얼굴은 아니었다.

그에 비해 모친은 여전히 수선화처럼 고왔다. 식사를 제대로 하기는 하는 건지, 비쩍 마른 몸이 신경 쓰였다. 통통한 남자의 몸에 비해 모친은 너무 연약해 보였다. 그런데도 남자는 물 한 잔 제 손으로 떠다 마시는 법이 없었다.

"왔냐?"

제 아버지를 똑 닮은, 호적상 형이 나를 알은체했다.

"네."

나보다 열 살이나 많은 형은 아버지가 운영하는 작은 건축 사무실에서 일했다.

"어? 무진 오빠 왔어? 왜 나는 안 불러, 엄마!"

그나마 이 집에서 가장 솔직한 얼굴로 나를 반기는 사람은 여동생 지우였다. 지우는 수선화 같은 엄마와 곰 같은 아버지를 반씩 섞어 놓은 것처럼 생겼다. 지우는 내 팔뚝을 붙들고 웃었다.

"우리 지우는 무진 오빠가 제일 좋지?"

모친이 모처럼 환하게 웃으며 물었다.

"응. 나는 무진 오빠가 제일 좋아. 무진 오빠가 제일 잘생겼으니까."

지우의 말에 아버지와 형의 미간이 살짝 일그러졌다. 달갑지 않은 자격지심이다.

"오빠, 월요일까지 있다가 가면 안 돼? 내 친구 놀러 오라고 할 건데, 오빠가 대학 얘기도 해 주고. 응?"

지우가 내 손을 붙들고 앞뒤로 흔들어 대며 아양을 떨었다.

"오빠 내일부터 훈련 들어가야 해. 오늘도 겨우 나온 거야."

조용한 대꾸에도 아버지와 형이 미묘하게 반응하는 게 느껴졌다. 부모 없이 자라면 키보다, 눈치가 더 빨리 자란다.

"히잉. 그래도……."

지우가 울상을 짓자, 형이 나무랐다.

"대학 정보는 인터넷으로 찾아봐. 인터넷에 다 있어."

"큰오빠가 그걸 어떻게 알아! 인터넷에 있는 건, 찾기 쉬운 정보만 있는 거야. 진짜 정보는 그런 데 없어!"

형은 공고를 졸업하자마자 아버지와 일을 시작했다고 들었다. 나중에 전문대에 들어가기는 했지만, 공부에 뜻이 없어서 졸업은 하지 않았다고. 그때가 엄마가 한창 뒷바라지를 하던 때였을 것이다.

"으흠."

아버지가 듣기 불편하다는 듯이 헛기침을 했다. 제 아들보다 내가 더 잘났다는 사실을 아버지는 번번이 못마땅해하는 눈치였다. 성숙한 어른은 그걸 숨길 테지만, 아버지는 그런 기색을 보란 듯이 드러냈다.

4인용 식탁에 다섯 명이 앉을 수는 없어서 거실에 커다란 교자상이 펼쳐져 있었다. 상 위에는 모친 혼자 고생해서 차렸을 음식이 가득했다. 식탁 의자 수도 나를 반기지 않았고, 모친 혼자 고생해서 차렸을 상도 반갑지 않았다.

지우가 생글생글 웃으며 내 옆에 붙어 앉았다.

"오빠, 이번 학기에는 무슨 수업 들어? 경영학 복수 전공

이랬지? 나도 경영학과 가고 싶어."

지우가 입에 밥을 한가득 물고 떠들어 댔다.

"입에 있는 거 다 씹고. 응?"

나는 지우를 조용히 달래며 어서 밥을 먹으라고 눈치를 주었다. 그러자 아버지가 숟가락을 탁 내려놓으며 나를 응시했다.

"집에 전화 한 통 안 하면서……. 동생이 궁금한 것 좀 물었다고, 눈치를 줘?"

서로 안부를 궁금해할 만큼 관심 있는 사이는 아니지 않냐고 묻고 싶었다. 어린아이에게서 엄마를 빼앗아 간 남자는 마치 엄마를 구원해 준 것에 감사하라는 듯이 뻔뻔했다. 제 자식은 데리고 살면서, 결혼한 여자의 자식은 키울 수 없다는 심보에서부터 성격이 드러났다.

그 시절, 모친은 이런 남자를 골라야 했을 만큼 절박했던 걸까.

"아유, 누가 눈치를 줬다고 그래요. 오빠가 그런 말 할 수도 있지."

모친이 내 역성을 들고 나섰다.

"오빠면 오빠 노릇을 해야지! 당신도 그러는 거 아니야. 아들을 왜 그렇게 끼고돌아? 그러니까 저놈이 부모 무서운 줄을 모르지. 안하무인이야. 내력은 무시 못 해. 내가 단속 잘하라고 했잖아."

식사를 시작하자마자 연거푸 소주 반병을 비운 아버지는 나의 친부를 걸고넘어지려고 시동을 거는 듯했다. 언젠가 친부가 재가한 엄마 앞에 나타나 행패를 부린 적이 있었나 보다. 나는 안타깝게도 친부의 외모를 빼다 박았다. 모친의 두 번째 남편은 나에게서 첫 번째 남편의 흔적을 발견하는 듯했다.

이래서 내려오고 싶지 않았다. 나만 없으면 화목할 가정에 불화의 원인이 되는 것은 아무리 감정을 지운 나라도 힘든 일이다. 하지만 모친은 나에게 가족이 되기를 바랐다. 어렵다. 사는 게 어렵고, 견디는 게 어렵다.

나는 아버지에게 죄송하다고 사과하고 묵묵히 식사했다. 서슬 퍼런 아버지의 기세에 형과 여동생도 조용했다.

식사를 마치자마자, 서둘러 그곳을 빠져나왔다. 모친이 아파트 입구까지 나를 배웅했다.

"네 아버지가 다 너 걱정해서 하시는 말씀이야. 그리고…… 평소에는 안 저러셔. 엄마한테 얼마나 잘하는데."

이모들도 그런 말을 했다. 산적처럼 생겨서 사람 속이 정말 좋다고. 역시 사람들은 나에게만 이상 반응을 보인다.

"알아요. 괜한 걱정 하지 마시고 들어가세요."

나는 아무렇지 않은 척 돌아섰다. 서울로 향하는 KTX에 몸을 싣기 전, 아득한 생각이 머릿속을 휘저었다. 이대로 달리는 열차에 몸을 콱 부딪치면 어떨까. 전신에 소름이 돋아났다. 발을 내딛기 직전, 주머니 속에 넣어 둔 휴대전화가 짧게 진동했다.

큰이모의 딸 희수가 보낸 문자메시지였다.

[오빠, 오늘 이모 보러 갔었어? 혹시 무슨 일 있었어? 이모가 엄마한테 전화해서 막 우나 봐.]

희수에게 곧장 전화를 걸었다.

– 오빠, 괜찮아? 지금 어디야?

불안하면 떠들어야 하는 아이였다. 악의 없는 성격이었다.

"역이야. 이제 KTX 탔어. 생신이라 내려왔었어. 왜? 무슨 일인데?"

서늘하게 물었다. 희수가 울먹거렸다.

– 오빠 대학 그만두고 내려와서 일 도우라고 그랬나 봐. 그 아저씨 오빠 등록금 한 푼 대 준 적 없잖아. 왜 그러는 거야, 도대체?

희수도 그 남자를 이모부라고 부르지 않았다. 꾹꾹 눌러 담았던 분노가 스멀스멀 기어 나왔다.

– 우리 엄마가 오빠 절대 그렇게 되게 두지 말라고, 신신당부하고 있어. 앞길 창창한 애 꺾지 말라고.

큰이모도 아는 사실을 모친은 모르나 보다. 어쩌면 내가 숙이고 들어가서 아버지와 형의 비위를 맞춰 주길 바라는지도. 그래야 당신 인생이 편하다고 생각하는 걸까. 아들을 버리고 남의 자식 키우러 간 여자다운 발상이라는 생각이 들었다.

"오빠 학교 안 그만둬. 걱정 마, 희수야."

아버지의 억지도, 형의 도발도 넘길 수 있었다. 하지만 아들을 향한 모친의 무지는 견디기 힘들다.

결국, 친모를 향한 분노가 나를 살게 했다.

이튿날, 대전 본가에 내려갔던 희수가 꼭두새벽부터 서울로 올라왔다. 외할머니가 살던 집을 막내 이모가 물려받았고, 그 아파트에서 막내 이모와 나, 희수가 함께 살았다. 주말과 방학에는 희수가 본가에 내려갔고, 일에 파묻혀 사는 막내 이모의 얼굴은 같이 살아도 보기 힘들었다.

"오빠!"

희수가 아파트 현관문을 열고 들어서자마자 바락 소리를 질렀다.

"시끄럽다."

거실 소파에 누워서 논문을 읽고 있던 나는 여기 있다는 의미로 대꾸해 주었다.

"오빠 나랑 나가자."

일요일에 훈련이 있다고 했던 건 거짓말이었다. 나는 소파에 파묻혀서 구조인류학자인 레비 스트로스의 논문 '친족의 기본 구조'을 읽으며 시간을 보내려고 했다. 사회 현상과 시대 정신의 고찰은 나의 근원적 분노를 이해하는 도구였다.

"어딜 나가?"

"그냥 아무 데나. 막 돌아다니자! 응? 밥도 먹고, PC방도 가고, 술도 마시고. 응? 맨날 자전거만 타지 말고!"

시끄러운 희수는 내가 움직이지 않으면 종일 옆에서 떠들어 댈 것 같았다. 저런 에너지는 대체 어디서 나오는지.

하는 수 없이 희수를 따라 집을 나섰다. 희수는 나를 데리고 반포에 자리한 백화점으로 향했다.

"내가 오늘 이모한테 카드를 받았거든. 엄카보다 좋은 이카!"

천진하게 웃는 희수의 운동화를 골라 주고 막 매장을 나설 때였다.

"어? 재 내 친군데?"

반대편 매장 앞을 지나는 여자를 희수가 가리켰다.

"오밀……."

크게 소리치려는 희수의 어깨를 툭 쳤다.

"여기서 부르면 들리겠어?"

서울에 올라와서 사귄 유일한 친구라며 희수는 맞은편에서 걸어가는 여자를 가리켰다. 파란색과 흰색이 섞인 스트라이프 티셔츠에 청치마를 입고 에코백을 든 여자가 어디론가 바삐 걸었다. 선이 가느다랬다. 명필인 화가가 가볍게 그린 스케치가 걸어 다니는 느낌이었다.

뒤통수에 올려 묶은 긴 머리가 찰랑찰랑 흔들렸다.

"걔가 걔지?"

눈도 못 뜨고 식탁 앞에 앉은 희수에게 물었다. 어제 동연 회의에서 네 옆자리에 앉아 있던 여자가 몇 개월 전 백화점에서 지나쳤던 그 친구가 아니냐고.

"백화점? 언제?"

희수는 기억나지 않는다는 듯이 고개를 절레절레 내저었다.

"됐다."

가방을 챙겨 들고 희수보다 먼저 학교로 향했다. 중도 입구에 다다랐을 때, 한 여자가 눈에 들어왔다.

맞다, 어제 향수가 뭐냐고 물었던 그 여자.

그리고 백화점에서 봤던 희수의 친구. 또 가끔 도서관 서가에서 마주쳤던 여자. 항상 어디론가 열심히 걸어가는 여자. 저러다 넘어지지는 않을까, 싶을 만큼 가느다란 여자. 피부색이 기이하리만큼 투명한 여자. 꽉 쥐면 붉은색으로 물들지 호기심이 이는 여자.

나는 그날 오전 수업에 들어가지 않고, 도서관 열람실에 앉아 있는 여자를 관찰했다. 특별할 것도 없었다. 책을 읽고, 어딘가에 적고, 또 책을 뒤적이고, 어딘가에 적고. 채색되지 않은 애니메이션이 움직이는 것 같은 여자를 나는 오랫동안 바라보았다.

눈치가 없는 건지, 여자는 점심 무렵 열람실을 나설 때까지 내 시선을 알아차리지 못했다.

목요일 오전, 여자는 수업이 없었다. 그래서 그때는 늘 도서관에 있었다. 나는 목요일 아침 수업을 포기해 버렸다. 학점을 버린 거나 마찬가지다. 미친 짓이었다. 그녀는 한눈팔지 않고 공부만 했다. 나는 한눈팔지 않고 그녀만 보았다.

어쩐지 그녀가 사는 세계는 나와는 다른 것처럼 느껴졌다. 막연한 상상이었다. 채색하지 않은 그림처럼 무궁한 가능성을 품을 수 있을 거란 상상. 동화 속 착한 주인공처럼 그녀의 세계는 그저 아름답기를 바랐다.

한 학기를 지켜보았다. 평온할 얼굴로 책을 들여다보는 여자를 보고 있으면, 나도 덩달아 마음이 편안해졌다. 목요일마다 그녀가 그 자리에 있을 거라는 생각이 들자, 묘한 위안이 되었다. 그녀는 전쟁이 나고, 하늘이 무너지고, 세계가 멸망해도 목요일에는 그 자리에 앉아 있을 것 같았다.

그런데 학기가 끝나고 나자, 여자는 목요일이 되어도 도서관에 나타나지 않았다.

희수를 닦달해서 그녀의 시간표를 받아 냈다.

'동시대 연극의 이해'

함께 들을 만한 수업이 그것밖에 없었다. 전공 시간표를 수정하고, 정원이 꽉 찬 교양 수업에 들어가기 위해 교양 사무처에 수십 번 전화했다.

이거 약간 미친 짓 같은데.

그녀가 나를 못 알아볼 수도 있다는 생각에 동연 회의 때 입었던 검은색 트레이닝 복을 꺼내 입었다. 그녀는 안쓰러운 얼굴로 강의실 앞을 헤매고 있었다. 나를 발견하고는 희미하게 반가워한다. 도서관에서는 그렇게 쳐다봐도 모르더니. 은근히 둔한 성격인가 보다.

책을 들어 주고, 가방을 들어 줬다는 이유로 맨 뒷자리까지 따라온 여자가 귀엽다. 상상했던 것과는 조금 다른 성격이었지만, 엉뚱한 행동에서 속이 빤히 읽히는 게 매력적이다.

"선배님은 그 옷 좋아하시나 봐요."

졸지에 검은 트레이닝복을 좋아하게 되어 버렸다.

향나무 밑에 아름다울 희, 그녀가 노트에 꾹꾹 눌러쓴 이름이 가슴에 조심스러운 자국을 남겼다.

내 손목에 코를 박고 킁킁거리는 여자에게 하마터면 입을 맞춰 버릴 뻔했다. 미리 찍어 두었던 향수 사진을 보여 주자, 감동한다. 이 사진을 들고 도서관 열람실에서 알은체를 할까 말까, 한 학기 내내 고민했다는 사실을 이 여자는 모를 거다.

이름처럼 향에 관심이 많은 거냐는 헛소리를 떠들었다. 그녀는 이름처럼 멋지다며 얼굴을 붉혔다. 오랜만에 웃음소리가 입 밖으로 터져 나왔다. 가슴속 어딘가가 허물어지는 것만 같았다.

대학로에서 연극을 같이 보기로 했다. 이왕 보는 거 낭만극을 보고 싶었지만, 여석이 있는 공연이 없었다. 체육관 앞에 책을 빌리러 온 그녀는 우산에 이는 바람에도 휘청거렸다.

걱정돼서 살 수가 있나.

밥 좀 많이 먹으라고 했다. 손목을 움켜잡으면 부러질 것 같아서 잡아 보지도 못하겠다.

혜화역 3번 출구에서 그녀를 발견했을 때, 나는 숨이 턱 막히는 것을 느꼈다. 예쁘게 차려입고 나온 그녀를 보자, 어젯밤 모친과의 전화 통화가 먼일처럼 느껴졌다.

예쁘다는 말은 차마 할 수 없었다. 나를 바라보는 그녀의 눈빛에서 감정은 쉽게 읽혔다. 선한 눈으로 나를 바라봐 주는 게 좋아서 끌어당겼다.

"저 선배 좋아지는 것 같아요."

고백은 하지 말지.

비겁하게 그녀를 받아들일 수 없다고 사과했다. 그리고 그녀가 예전처럼 곁에 있을 거라고 착각했다. 놓을 수가 없지만, 감히 가지려고 욕심낼 수도 없었다. 그녀를 욕심내기엔 내 속에 가득 찬 분노가 두려웠다.

좋은 사람에게 상처 줄까 두려워, 가까이하지도 못하고 겁에 질려 그녀의 뒤만 따랐다.

"그러니까 선배랑 저, 이제 모르는 사람 됐으면 좋겠어요."

삶이 건조했던 시절로 되돌아가고 있었다. 서럽게 울며 집으로 들어가는 여자의 뒷모습만 바라보았다. 가슴이 욱신욱신했다.

그녀는 무려 2주간 수업에 들어오지 않았다. 또 희수를 닦달했다. 희수도 연락이 되지 않는다고 했다. 휴대전화는 꺼놓았고, 메시지도 확인하지 않았다. 무작정 그녀의 아파트로 찾아갈까 생각도 해 보았지만, 그러면 완전히 증발해 버릴까 봐 두려웠다.

스스로 벌인 일 때문에 두려워하는 꼴이 우스웠다.

결국, 나는 이것밖에 안 되는 인간이라는 생각이 들어서 서글퍼졌다. 그녀와 마주하는 동안, 나는 좋은 사람이었다. 좋은 사람이 될 수 있을 거라 생각했다. 나를 좋은 사람으로 만들어 주는 여자의 존재감이 나를 새로이 일어서게 했다.

보고 싶다. 이기적이라고 해도 반박할 수 없을 만큼 간절히 보고 싶다.

혹시나 전공 수업 시간에는 나타나지 않을까 해서 사회학과가 있는 단과대 건물 앞을 서성거렸다. 그러다 이상한 광경을 목격했다. 그녀는 어떤 남자에게 싱그럽게 웃으며 말을 건네고 있었다.

남자가 그녀에게 돈을 쥐여 주었다.

"오빠, 나 오빠 진짜 좋아. 진짜 좋은 사람이야."

사랑스러운 목소리로 지껄이는 그녀의 머리카락이 축축하게 젖어 있었다. 돌아선 그녀가 나를 발견하고는 파리하게 굳었다.

누구냐는 물음에 기가 막힌 대꾸가 흘러나왔다.

"아는 오빠요."

"너 방금 저 남자한테 받은 거 뭐야?"

"용돈이요. 제가 위로 좀 해 줬거든요."

언제나 보드라운 향기를 품은 듯 속삭이던 그녀가 무서운 말을 내뱉고 있었다. 화가 나기보다, 무서웠다. 무엇이 그녀를 이렇게 만든 것인지 겁이 났다.

"남자한테……. 위로해 주고, 용돈을 받는다고?"

"우리 서로 모른 척하기로 했잖아요."

그녀가 내 손을 성가시다는 듯이 쳐 내고 돌아섰다.

그대로 얼어붙어서 꼼짝도 할 수가 없었다.

다시 학교에 나오기 시작한 그녀는 '동시대 연극의 이해'

수업에도 모습을 나타냈다. 강의실 문을 열고 들어온 그녀와 눈이 마주치자, 물색없이 반가운 마음이 들었다. 그녀는 내 시선을 무시하며 앞자리에 앉았다.

수업 내내 나는 그녀의 뒷모습만 바라보았다. 텅 빈 옆자리가 허전했다. 수업 시간에 눈이 마주치면 수줍게 웃던 오밀희는 그 어디에도 없는 것 같았다.

강의가 끝나자마자, 그녀는 부리나케 강의실을 빠져나갔다. 나는 쏟아져 나가는 인파를 밀치고 그녀의 뒤를 따랐다.

"나랑 잠깐 이야기 좀 하자."

"누구세요?"

무슨 말을 해야 할지도 모르면서 일단 그녀를 붙들어 세웠다.

어리숙했다. 이기적이었다.

"너 안색이……. 꼭 쓰러질 것 같아."

그리고 걱정스러웠다. 그녀만큼은 무한한 가능성을 품고 살아가기를 바랐다.

누구나 가면을 쓴다는 그녀의 말이 맞다. 나는 그녀 앞에서 가면을 썼다. 그녀보다 어른인 척, 잘난 척, 서늘한 척 굴었다. 가면 속에 숨겨진 본모습이 드러날까 봐 전전긍긍했다. 그래서 깊어지기 전에 밀어냈다. 그래 놓고 그녀가 계속 그 자리에 있기를 바랐다.

"내가 너한테 상처 주는 일……. 분명히 있을 거야. 그래도 그 고백, 유효해?"

고백하는 순간에도 나는 비겁하게 스스로를 포장했다. 구구절절한 내 속사정을 털어놓을 수는 없어서, 성공을 꿈꾸는 척 가장했다.

그나마 용기를 낸 솔직한 말은.

"유효하지 않은 거면, 내가 고백하고."

하지만 그녀가 더 용감했다.

"유효해요."

그녀가 어떤 상황에 놓여 있는지도 모르면서 무책임한 당부를 건넸다.

"그 아는 오빠라는 남자, 그만 만날 수 있지?"

돈을 건네는 그 남자를 만나지 말아 달라고.

만약 내가 무언가를 이루어야 한다면, 이 여자를 위하는 이유일 것이다.

"친오빠요. 내가 학교 안 가고 집에 처박혀 있는 거 알고, 끌고 나온 거고요."

뒤통수를 제대로 얻어맞은 듯 정신이 몽롱했다. 화가 나기는커녕 웃음이 나오려고 했다. 나는 미친 게 분명하다. 억울하다는 듯이 외쳤지만, 기분이 날아갈 듯했다.

뺨에 닿은 그녀의 입술은 놀랍도록 부드러웠다. 그녀의 입술을 머금으며 숨을 멈췄다. 여리고 연약한 살점에서 전해지는 온기가 나를 부드럽게 다독였다.

불안정하게 맴돌던 바퀴가 궤도에 안착했다. 앞으로 내가 나아가는 길은 그녀를 향해서만 존재할 것이다.

근육 해부도는 진작 외웠다. 그런데 공부를 도와주겠다고 나서는 그녀가 너무 사랑스러워서 됐다는 말을 할 수가 없었다. 도서관 세미나실이 꽉 차서, 체육관으로 향했다.

잔뜩 긴장한 채로 수줍게 얼굴을 붉히는 여자의 작은 머리통 속을 들여다볼 수만 있다면, 근육 해부도가 아니라 근육 해부도 할아버지의 세포 형질 하나하나까지 외울 수 있을 것 같았다.

"상완이두근."

장난스럽게 그녀의 팔뚝 안쪽을 어루만졌다. 뺨을 붉히며 근육 이름을 읊조리는 목소리가 사랑스러워서 미칠 지경이다.

그렇다고 허벅지 안쪽 근육을 종알거리면, 나보고 여기서 죽으라는 건가?

목덜미 근육 이름을 읊으며 그녀의 살갗에 입을 맞췄다. 부드럽게 닿을 때마다 욕심이 짙어졌다. 그녀의 몸 구석구석에 입을 맞추고 싶었다. 온전히 갖고 싶어서 조바심이 났다. 티셔츠 안으로 손을 집어넣자, 그녀의 떨리는 목소리가 조용히 울려 퍼진다.

"흐으응. 복직근?"

사랑스러워서 돌아 버릴 수도 있을 것 같다.

생일을 요란하게 보낸 기억이 없다. 외조모가 살아 계실 때는 미역국을 먹었고, 따끈따끈한 백설기도 먹었다. 외조모가 돌아가시고 난 뒤에는 생일을 챙기는 사람이 없었다. 모친조차도 생일을 잊고 지나갔다.

생일에 무엇을 하고 싶냐고 설레는 표정으로 묻는 그녀에게 놀이동산에 가 보고 싶다고 했다.

"오빠 뭐 입을 거야?"

"너는 내가 뭐 입을지도 궁금해?"

그녀는 나에 관한 모든 게 궁금하다는 듯이 굴었다. 나도 그녀에 관한 모든 게 궁금하기는 마찬가지였다. 하지만 그녀의 궁금증이 내가 꼭꼭 숨겨 놓은 어딘가에 닿을까 봐 두렵기도 했다. 혹은 그녀도 나와 같은 사정을 숨기고 있는 것은 아닐까, 하는 쓸데없고 막연한 걱정도 들었다.

그녀가 사는 아파트 단지 앞으로 데리러 갔다. 아이보리색 원피스에 연하늘색 카디건을 걸친 그녀가 싱그럽게 웃었다.

정신없이 놀이기구를 타며 그녀를 시야에서 떼 놓고 싶지 않았다. 아이스크림을 사 먹고, 정원을 거닐고, 친부가 쓰던 것이라는 카메라로 사진을 찍었다.

필름 카메라는 나에게 애증의 대상이었다. 친부가 그리우면서도 원망스러웠다. 잃어버린 정체성을 환기하듯 카메라를 보관했다. 추억하고 싶은 일이 생기면 꼭 이 카메라를 사용하겠다고 다짐했었다.

카메라가 멀쩡히 작동하는지 확인하기 위해 집에서 테스트 필름을 끼워서 방 안 풍경을 몇 장 찍었다. 인화된 사진은 꽤 마음에 들 정도로 아련한 색감을 품고 있었다. 그 색감 그대로 그녀를 찍어 놓고 싶었다.

장미 정원 앞에서 불시에 입을 맞추며 사진을 찍었다.

"사진, 나도 뽑아서 줘야 해."

나와 함께하는 순간을 소중하게 여기는 그녀가 고마워서 가슴이 뭉클했다.

"너무 부드러워서, 자꾸 입술을 대고 싶어져."

조용한 버스 안에서 입을 맞췄다. 얌전한 생김새와 달리 그녀는 늘 대범하게 굴었다.

"방학 때 여행 갈까?"

시간을 낼 수 있을지 모르겠단 말에 그녀가 실망한 듯 고개를 돌렸다. 함께하지 못한다고 토라지는 모습이 심장을 두근거리게 했다.

어디서든 환영받지 못했었다. 친모조차 나를 진심으로 반기지 않았다. 그런데 함께하지 못해서 마음이 상한 듯한 그녀를 보니 기분이 묘하게 좋아진다.

"이 주말은 괜찮을 것 같아. 아마 이때는 코치님도 휴가일 거야."

언제 기분이 상했느냐는 듯이 그녀가 활짝 웃었다. 어딜 가고 싶냐는 물음에 그녀는 바닷가 도시를 선택했다.

"나는 속초!"

1박 2일로 다녀오면, 도로에서 시간을 허비할 게 뻔했다. 그리고 기분 나쁜 가족 아닌 가족을 떠올리게 하는 바닷가 도시에 그녀를 데리고 가고 싶지 않았다.

"혼날 만했네! 지금도 넘어지면 부러질 것 같은데, 어렸을 때 넘어뜨렸으면 아버님이 얼마나 걱정하셨겠어! 걱정 마. 나는 너 안 넘어뜨려. 절대로. 너 안 아프게 해."

자전거를 못 탄다는 그녀에게 내가 가르쳐 주겠다며 큰소리를 쳤다.

절대로. 너 안 아프게 해.

자전거 탈 때뿐만 아니라, 언제든.

나 때문에 애태우는 모습을 보고 싶어서 조금 괴롭힐지는 모르겠지만, 그녀를 아프게 하는 일은 없을 거라고 다짐했다.

어리석었다. 자신을 살필 겨를도 없이, 한없이 부드러운 여자에게 기대고 있었다. 아직 그녀에게 내어 주기엔 성치 않은 마음인 것을 걱정하면서도 물러설 수가 없었다.

그녀를 데리고 어디로 여행을 가야 하나.

그날 밤은 그녀를 안고 잠들 수 있으려나.

잠을 잘 수는 있으려나.

고민이 늘어 갔지만, 만족스러웠다.

그리고 나는 고소공포증 따위 없었다.

6화.
두 번째 대관람차, 그리고 첫 번째……

귤 에이드에 흠뻑 젖은 듯한 날씨다. 하늘에서는 투명한 오렌지빛 햇살이 내렸고, 푸른 바다는 청량감이 넘쳤다. 그리고 바다 근처여서 몹시도 습했다.

아직 4월인데 이렇게 더우면, 여름에는 얼마나 더울까.

나는 미간을 잔뜩 찡그린 채, 스크립트로 부채질을 해 댔다. 속초 아이 촬영 세팅을 위해 제작진은 분주하게 움직였다.

"어이, 오밀희 PD."

한 PD가 다소 시비조로 내 이름을 내뱉었다.

"네."

시비에 얽힐 기운도 없어서 나는 단답형으로 대답했다.

공무진과 대관람차라니…….

거절할 수 없는 출연자의 요청 사항이었다. 해당 장면을 빼고 갈 수도 없었다. 지자체와의 업무 협조를 위해 반드시 찍어야 하는 장면이다.

그런데 그게 하필 공무진과 단둘이 타야 하는 대관람차라니…….

"부르셨으면 말씀을 하세요."

"너만 알아야 해."

한 PD가 목소리를 나직하게 깔았다. 진짜 심각한 상황이 아니라, 마치 10대 소녀가 모두에게 알리고 싶은 비밀을 공유하는 현장처럼 느껴진다.

"비밀 이야기 하시게요?"

"어."

"입 밖으로 나오면 그게 비밀이 아니죠. 저도 아마 다른 사람한테 말하면서 '너한테만 말하는 거야' 하게 될걸요?"

나는 쓸데없는 가십에는 휩쓸리고 싶지 않다는 듯이 눈을 가늘게 뜨며 고개를 가로저었다.

"아니야. 너는 어디 가서 말 못 해. 그러니까 너만 알아야 해."

"뭔데요?"

대체 내가 다른 곳에다 말할 수 없는 비밀이 뭘까.

"네 마음."

나는 눈썹을 치뜨며 뚱한 표정을 지었다.

"너 공무진 좋아하냐?"

"무슨 소리예요!"

누가 봐도 공무진한테 사적인 감정이 얽혀 있는 것 같은 대꾸가 툭 튀어나왔다. 목청을 높이고 나서야 한 PD에게 꼬투리를 잡혔다는 생각이 든다.

"네 취향에 대해서 간섭할 생각도 없고, 알고 싶지도 않거든? 근데 네가 공무진 쳐다볼 때마다……."

한 PD가 목소리를 더욱 낮추었다.

"너무 먹음직스럽게 봐."

"선배님!"

장난스럽게 키득키득 웃는 모습이 얄미워 죽겠다. 한 PD는 손을 동그랗게 만들어서 내 눈 옆에 갖다 대며 지껄였다.

"눈으로 침 그만 흘리고. 네 눈에 이렇게 괄호를 쳐 놔야겠어. 남들 오해하지 않게. PD의 사심은 제작진의 의견과는 상관없는 PD 개인의 취향이라고."

"아, 아니라고요!"

"그럼, 굳이 대관람차 촬영을 왜 네가 혼자 들어가야 하는데?"

회의할 때만 해도 쉽게 동의했던 대목이었다. 그런데 그에 얽힌 사연이 궁금하다는 듯이 한 PD가 얼굴에서 웃음기를 거뒀다.

"출연자 요청이라고 몇 번을 이야기해요."
"그렇게 요청한 이유는 말 안 했잖아."
순간 머릿속에 공무진의 축축한 목소리가 끼어들었다.

'고소공포증, 오밀희 PD만 압니다. 내일 다른 제작진 없이, 오밀희 PD와 단둘이 대관람차에 탑승하면 좋겠습니다.'

나만 안다는 그의 비밀을 함부로 입 밖에 낼 수는 없다.
"선수 보호 차원에서 함구하겠어요."
내가 심각한 어조로 지껄이자, 한 PD가 어이없다는 듯이 웃었다.
"그 선수한테는 네가 제일 위험한 것 같은데?"
나는 고개를 비스듬히 들어 올리며 한 PD를 쏘아보았다.
"단둘이 있다고 허튼짓할 생각하지 마라. 너 이 프로 PD다. 프로그램을 생각해."
"저를 뭐로 보고 그런 말씀을 하세요?"
"그동안 왜 연애를 안 하나 했더니. 너 진짜 눈 높구나?"
"제가 계속 그랬잖아요. 눈 높다고."
첫 연애 상대였던 공무진은 내가 남자를 고를 때의 마지노선이 되어 버렸다. 그래도 현 남친이 구남친보다는 잘나가는 사람이길 바라는 게 당연한 심리 아닌가? 전 남친보다 못한 놈 만나려면 왜 헤어졌어? 그냥 전 남친 만나고 있지.

그런데 그게 말이 쉽지, 공무진보다 잘난 놈을 찾으려고 하니 세상이 너무 좁다는 생각이 들 정도다. 그리고 공무진보다 잘난 남자가 나를 좋아해 줄 거란 확신도 없고. 외계에는 공무진보다 잘난 놈이 있으려나.

아무튼, 나는 그래서 연애를 못 하는 게 아니라 안 하는 거였다. 구남친보다 잘난 놈을 찾는 중이어서.

"눈 높은 건 알겠는데, 그래서 공무진이 취향인 것도 이제 알겠는데. 눈에 침 닦아라. 지금도 아주 침이 뚝뚝 떨어지네."

때마침 저 멀리서 공무진이 걸어오고 있었다. 색이 연한 청바지에 하얀색 크루넥 티셔츠를 입었을 뿐인데, 모델이 걸어 다니는 것처럼 그림이 된다. 190cm가 넘는 키, 운동으로 다져진 슬림한 근육과 길쭉한 다리, 작은 머리통 때문에 비율이 정말이지 미쳤다.

"아, 침 닦아야지."

나는 능청을 떨며 눈가를 훔쳤다. 한 PD가 못 말리겠다며 웃는다.

"침만 닦으면 뭐 해. 다 티 나는데. 여기 괄호를 쳐야 한다니까."

한 PD가 내 눈가에 두 손을 갖다 대고는 킥킥거린다.

"촬영 준비 다 됐습니까?"

서늘한 목소리가 불쑥 끼어들었는데도, 한 PD는 손을 떼지 않는다. 경주용 말이 놀랄까 봐 눈 옆에 가림막을 해 놓는 것처럼, 내 눈 옆을 가린 채로 대꾸한다.

"네, 다 됐습니다."

"근데 뭐 하십니까?"

공무진이 나와 한 PD의 우스꽝스러운 모양새가 이해되지 않는다는 듯이 묻는다.

"아, 그게 우리 오 PD가 자꾸 눈으로 누굴 핥아먹으려고 해서……."

"선배님!"

나는 버럭 소리를 지르고는, 손을 뻗어 한 PD의 입을 막으려고 애썼다. 여기서 내가 공무진에게 눈독 들이고 있다는 소리를 하는 것만큼이나 수치스러운 게 없다.

대체 한 PD, 이 사람은 생각이 있는 거야, 없는 거야?

"그게 혹시 한 PD님인가요?"

공무진이 고개를 옆으로 기울이며 턱을 들어 올렸다. 내리쬐는 햇살 한 줄기가 그의 매끈한 얼굴 위에서 반짝반짝 뒹굴었다.

"아니거든요! 저 눈 높거든요!"

나는 아니라며 고개를 절레절레 내저었다. 그러자 공무진이 주위를 둘러보며 다시 묻는다.

"그럼 여기 제작진 중에?"

뭐가 저렇게 궁금한 건지, 공무진이 집요한 눈초리로 나와 한 PD를 훑어보았다.
"저 맞아요."
한 PD가 입을 틀어막으려는 내 손목을 잡아서 끌어 내렸다. 공무진의 시선은 내 손목을 따라 움직이고 있었다.
"어휴, 뭐야. 오 PD 진짜 실망이네. 눈 높다더니? 겨우 한 PD야?"
박 작가가 장난기 어린 목소리로 지껄였다.
"아니, 작가님도 이러기예요?"
내 말은 귓등으로도 들리지 않는지, 한 PD가 지껄이기 시작했다.
"오죽하면 나 따라서 미네르바로 왔겠어요. 내가 그렇게 좋아, 후배님? 적당히 해. 보는 눈도 많은데."
한 PD의 너스레에 다들 키득거릴 뿐이었다. 제작진 중 우리 사이를 의심하는 사람은 단 한 명도 없었다. 같은 프로그램 제작진은 가족이나 다름없다. 가족이랑은 그런 짓 하는 거 아니다.
"진짜 내가 빨리 연애를 하든지 해야지. 이건 무슨 저주도 아니고."
퉤퉤퉤, 라도 외쳐서 한 PD의 망언을 떨쳐 내고 싶기까지 했다.
아, 정말 내가, 진짜……. 이래서 예능은 안 하고 싶었는데……. 5년 넘게 예능 바닥에서 굴러먹었더니 마인드가 점점 유치해지는 것 같다.

"준비 끝났습니다!"

똘똘한 AD가 똑 부러지는 목소리로 소리쳤다.

"자, 이거 다룰 줄 알지?"

한 PD가 나에게 4K 방송용 캠코더를 건넸다. 대관람차 안에는 석 대의 포터블 카메라가 설치되어 있었다. 단둘이 대관람차에 오른다고 해도 감시하는 눈이 4개나 된다는 뜻이다.

"자, 이거 스크립트."

박 작가가 방금 수정한 거라며 A4용지 석 장을 건네주었다. 군데군데 빨간 펜으로 찍찍 그어 놓고 다시 쓴 모양새가 영 거슬린다.

"질문 몇 개 추가됐네요?"

"응, 공무진 선수도 오케이 했어."

회의 때 나온 콘셉트에서 크게 벗어나지 않는 질문들이었다.

제작진이 지켜보는 가운데, 나와 공무진은 나란히 대관람차에 올랐다. 수년 전 놀이동산에서 탔던 것보다 훨씬 세련된 디자인의 캡슐이었다.

우리는 양쪽으로 마주 앉았고, 나는 방송용 캠코더로 그의 모습을 찍는 데 여념이 없었다. 그는 하늘과 맞닿은 수평선을 조용히 바라보았다.

예전에도 잘생긴 얼굴이었지만, 20대의 풋풋한 강인함에 30대의 세련된 노련함이 더해진 그의 외모는 더없이 빛났다. 가파른 콧날과 날렵한 턱선이 진한 인상을 주었고, 기다란 눈매가 깜빡거릴 때마다 짙은 속눈썹이 고요하게 나부꼈다. 나는 방송을 핑계로 구남친의 미모를 관찰했다.

로드 사이클리스트로 활동하는 그는 외부에서 활동하는 일이 많았지만, 살갗은 눈이 부시도록 매끄럽고 하얗다. 태양 빛에 그을리지 않고, 빨갛게 익어 버리기만 하는 피부였다.

대관람차의 고도가 점점 높아지고 있었다. 카메라가 켜진 탓에 괜찮으냐는 질문조차 할 수 없는 게 조금 마음에 걸렸다.

"질문드려도 될까요?"

그가 고개를 끄덕거렸다. PD의 질문에 자연스럽게 대답하는 그의 모습을 담으면 되는 일이었다. 교차 편집을 통해 도로를 달리는 그의 모습과 함께 쓰일 예정이다.

"달릴 땐 주로 어떤 생각을 하세요?"

그가 카메라가 아닌 나를 응시하며 입을 열었다.

"젖은 바람이 불면 좋겠다는 생각이요."

"젖은 바람이요?"

특별한 의미가 있는 표현일 것이다. 캡슐이 바닷바람에 조금씩 흔들리기 시작했다. 그의 고소공포증으로 인한 불안감 때문인지 가슴이 슬쩍 조여 온다.

“습도가 높은 바람이요. 젖은 바람이 불면 비가 오니까.”

“달리면서 비가 오길 바란다는 뜻인가요?”

그가 고개를 가만히 끄덕거렸다.

“비가 오면 쉴 수 있거든요.”

그가 고개를 느슨하게 기울였다. 캠코더를 든 손이 조금 떨렸다. 나는 크게 숨을 들이마시며 팔뚝을 가슴에 딱 붙였다.

연애를 시작하고, 그의 말마따나 우리는 자주 만나지 못했다. 그의 일과 대부분은 훈련으로 꽉 차 있었다. 야외 훈련이 있는 날, 비가 오면 조금 일찍 끝나곤 했는데 그런 날에는 뜻밖의 데이트를 할 수도 있었다.

비 오는 날은 쉬는 날이 되었고, 자연스레 우리가 만나는 날이었다. 철없이 비가 오기를 간절히 바랐던 날도 있었다. 기우제라도 지내야 하는지 심각한 고민도 했다.

그는 지금도 비 오는 날을 기다리는 것처럼 말했다. 자전거 페달을 밟으면서 젖은 바람이 불길 바란다는 그는 어쩐지 조금 쓸쓸해 보였다.

“세계 최고의 로드 사이클리스트여도 뜻밖의 휴식을 바라나 보네요.”

연하게 웃으며 질문을 던졌다. 마치 그와 나는 아무런 접점도 없는 것처럼 편안한 목소리였다. 캠코더의 작은 모니터로 그를 보고 있어선지, 내 모습은 그에게 보이지 않을 것 같은 착각마저 들었다.
"휴식……."
그가 조용히 읊조리며 고개를 끄덕이고는 창밖으로 시선을 던졌다.
"앞으로 투어 수를 줄이고, 한국에서의 활동을 늘릴 예정이라고 들었어요. 특별한 이유가 있을까요?"
"특별한 사람이 한국에 있어서요."
대관람차 캡슐은 중간 고도까지 올라온 듯했다. 그리고 내 심장은 바닥으로 툭 떨어졌다.
"특별한 사람이 누군지 여쭤봐도 될까요?"
그가 가슴이 들썩이도록 숨을 들이켜며 커다란 손으로 이마를 짚었다. 마른세수를 하듯 얼굴을 한번 쓸어내린 그가 팔꿈치로 허벅지를 짚으며 나를 바라본다.
"오밀희."
나도 모르게 숨을 멈췄다. 관자놀이에서 세차게 뛰는 맥박이 느껴졌다.
그가 내 쪽으로 손을 뻗었다. 바닥에 떨어졌던 심장이 목구멍까지 차올랐다. 캠코더를 빼앗은 그가 전원을 꺼 버렸다. 나는 얼른 자리에서 일어나 양쪽 좌석 위에 달린 두 대의 카메라와 입구에 달린 카메라의 전원도 껐다.
예감이 좋지 않았다. 솔직히 불길하다.

그가 나를 특별하게 여겨서 내 이름을 부른 것 같지 않았다. 카메라에 찍히고 싶지 않은 모습을 보이게 될 것 같아서 전원을 끈 느낌이었다. 지자체의 요청이 있었다고 하더라도, 촬영 계획을 수정했어야 했다.

"힘들어?"

나는 걱정스레 물으며 자리에 앉았다.

"어."

그가 한숨을 내쉬며 등받이에 깊숙이 기대앉았다. 나는 그와 마주 앉은 채로 안절부절못했다.

"옆으로 가도 돼?"

스산함마저 묻어나는 그의 질문에 나는 고개를 끄덕거렸다. 그가 자리에서 벌떡 일어나 내 옆으로 성큼 다가왔다. 옆자리에 그가 앉을 때 일어나는 공기에서 산뜻한 귤 내음이 났다. 심장이 걷잡을 수 없이 빠르게 뛰었다.

위급한 상황이 벌어지면 어쩌나 싶은 불안함과 과거의 관능적인 기억이 뒤섞여 머릿속은 이미 엉망진창이었다.

"오밀희."

그가 내 이름을 천천히 발음했다.

"응."

나는 바로 옆에 앉아 있는 그의 얼굴에 시선을 두지 못하고, 꺼져 가는 목소리로 간신히 대꾸했다.

"너 어제 나한테 실수했다고 했지."

관자놀이에서 뛰던 심장이 귓바퀴로 옮겨 간 듯 둥둥 울렸다.

"응."

내 대답은 짧았다.

"이번에는 내가 실수 좀 할게."

커다랗고 뜨거운 손이 목덜미에 감기는가 싶더니, 턱 끝에 그의 손가락이 휘감겼다. 첫 키스는 그랬다. 무슨 일이 생기고 있는지 인지하기도 전에 입술이 맞물려 있었다. 하지만 나는 이게 지금 뭐 하는 짓인지 정확하게 인지하는 중이다.

입술이 맞물렸다. 입안으로 시원한 민트 향이 밀려들었다. 눈이 저절로 감겼다. 단숨에 입안을 가득 채우고 들어온 그의 키스는 어젯밤보다 훨씬 집요했다. 거칠게 혀가 빨렸다. 그는 내 입안으로 두툼한 혀를 밀어 넣으며 가쁜 숨결을 흘렸다. 그의 숨결이 닿은 뺨이 서럽도록 뜨겁게 달아올랐다. 눈가가 괜히 축축하게 젖었다.

특별한 사람이 한국에 있다고 해 놓고. 누구냐고 물으니, 내 이름을 부르고. 그리고 이건 실수라며 입을 맞추는 건.

나는 어설프게 주먹을 말아 쥔 손으로 그의 가슴팍을 밀어냈다. 입술이 잠시 떨어졌다. 가늘게 뜬 눈으로 확인한 그의 얼굴은 무서운 정욕에 휩싸인 듯했다. 검게 젖은 눈동자가 느른한 몽환을 담고 있었다.

다시 한 번 저지할 틈 없이 키스가 이어졌다. 심장이 왈칵 왈칵 치솟았다. 아니다. 치밀어 오르는 것은 심장이 아니라, 울음기였다. 그리고 억울하게도 애액이 왈칵왈칵 흘러내리는 느낌 역시 선명했다.

뜨거운 손길이 팔뚝을 따라 내려갔다. 얇은 티셔츠 위를 빠르게 더듬어 내려간 그는 마른 등을 쓸어 올리며 바짝 당겨 안았다. 자세가 불편한지 그가 흐음, 하고 불만스러운 소리를 냈다. 그와 동시에 몸이 붕 떠올랐다.

팔뚝으로 허리를 안은 그가 내 몸을 단단한 허벅지 위에 올려놓았다. 간질이듯 윗입술을 치아로 긁고, 오돌토돌한 돌기가 전부 일어나도록 혀를 비비고, 입안을 벗겨 먹을 것처럼 핥았다.

"으음."

그의 입안으로 신음이 쏟아졌다. 아까 말아 쥔 주먹으로 그를 어설프게 밀어낼 때는 언제고, 나는 그의 목을 꽉 끌어안은 채 온몸으로 밀어붙이고 있었다. 주머니 속에서 휴대전화가 바르르 진동했다. 분명 아래에서 페어링 된 노트북으로 모니터를 하고 있던 한 PD일 것이다.

순간 정신이 번쩍 들었다. 나는 얼른 그의 허벅지에서 내려와 손등으로 입을 닦으며 한숨을 몰아쉬었다. 흠흠, 목을 가다듬고, 한 PD의 전화를 받았다.

– 뭐야? 카메라 왜 꺼졌어?

"아, 일이 있어서요. 말씀드리기가 좀……."

그가 내 손에서 휴대전화를 부드럽게 빼앗아 갔다.

"한 PD님, 공무진입니다. 미처 말씀드리지 못한 게 있는데, 제가 고소공포증이 있습니다. 화면에 잡히고 싶지 않아서, 카메라는 제가 껐습니다. 제작진한테는 시스템적 문제였다고 말씀해 주셨으면 합니다. 인터뷰는 다른 곳에서 더 진행해도 될까요?"

그가 눈썹을 치뜨며 나를 바라보았다. 한 PD에게 묻고 있다는 것을 알면서도 나는 고개를 끄덕거렸다.

"네, 언론에도 알려지지 않은 개인적인 일이라, 말씀드리기가 좀 곤란했습니다. 그럼 내려가서 뵙죠."

"선배가 뭐래요?"

나에게 휴대전화를 건네주는 그의 표정이 일순 어두워졌다. 선배라는 호칭 때문인지, 다시 존대로 돌아온 내 말투 때문인지 모르겠다.

"너는 한 PD랑 무슨 사이야?"

너무 뜻밖의 질문에 뒤통수를 얻어맞은 듯 얼얼하다.

"직장 동료요."

그의 눈초리가 뾰족하다.

"그게 다야?"

"그게 지금 중요해요?"

"어."

"왜요?"

나는 서러운 숨을 삼키며 물었다. 눈가를 축축하게 적셨던 눈물이 다시 차오를 것 같아서 눈을 부릅떴다.

“한 PD한테 미안한 짓은 하고 싶지 않아서.”

“비겁해.”

나도 모르게 읊조렸다. 그도 뜻밖의 말을 들었다는 듯이 다소 당황스러운 눈빛으로 나를 응시했다.

“비겁하다고?”

“나한테 실수하는 건 괜찮고, 한 PD한테 미안한 건 안 돼요?”

“그럼 너는 나한테 실수하는 건 괜찮고, 한 PD 전화는 겁나?”

나는 입을 쩍 벌리고 잠시 허공으로 눈을 돌렸다.

“아니, 내가 지금 한 PD 전화를 겁내는 것처럼 보였어요? 공무진 선수 사생활은 보호해 줘야 하는데, 왜 갑자기 촬영을 중단했냐는 말이 나올 게 뻔하니까! 그래서 당황한 거잖아요!”

“한 PD는 선배고, 나는 선수구나.”

점입가경이다. 이렇게까지 억지를 부리는 성격이 아닌데, 기가 막혀서 눈물이 마구 솟구친다. AD 딱지 떼고, 눈물은 끊었는데……. 촬영장에서 억울함에 눈물이 나는 것도 참 오랜만이다.

뺨을 타고 눈물이 쪼르륵 흘렀다. 인상을 잔뜩 구기고 있던 그가 조금은 놀란 듯 눈을 커다랗게 뜬다.

"울어?"

"보면 몰라요?"

나는 거친 숨을 씩씩거리며 그를 노려보았다.

"이따 이야기해요."

소맷부리로 눈물을 슥 닦고는 캠코더를 챙겼다. 대관람차 문이 열리자마자, 나는 표정을 바꾸며 뛰어내렸다.

"별일 없었어?"

한 PD가 웃는 낯으로 다가온다. 한계까지 치달았던 감정을 겨우 추슬렀는데, 한 PD가 부드럽게 어르는 목소리에 서러움이 왈칵 치솟는다. 나는 목구멍을 빳빳하게 채운 뜨거움을 삼키고 대꾸했다.

"없었어요. 앞부분 인터뷰 하나랑 인트로 정도는 쓸 수 있을 것 같아요."

이후 해변에서 이루어진 인터뷰는 한 PD가 진행했다. 동명항 근처 생대구탕 집에서의 저녁 식사 촬영도 무사히 마무리되었다.

"원래 로드 사이클리스트가 권하는 맛집은 가면 안 돼요."

심지어 공무진은 농담까지 하며 너스레를 떨었다.

"생각해 보세요. 죽도록 달리고 나서 뭘 먹든 그게 안 맛있겠어요?"

땀 흘려 운동한 후에 먹는 음식은 뭐든 맛있다는 게 그의 주장이었다. 그는 음식을 복스럽게 먹었다. 숟가락질은 정갈했고, 반찬을 집는 젓가락질은 우아했다. 입안에 음식을 적당히 채우고 조용히 씹는 모습은 시선을 잡아끌기에 충분했다.

"그래서 자전거 동호회, 산악회 같은 데서 권하는 식당은 가면 안 돼요. 근데 여긴 정말 맛있네요."

대구 맑은 탕을 앞에 두고, 자연스럽게 웃는 장면이 카메라에 담겼다. 한 PD는 엄지를 척 치켜들며 순조로운 촬영이었음을 증명했다.

오늘 치 촬영이 마무리된 뒤, 공무진은 먼저 호텔로 향했다. 제작진은 그제야 저녁 식사를 위해 식당으로 이동하려는 참이었다.

"저 먼저 숙소로 갈게요."

영 입맛이 없었다. 아까 대관람차에서 내린 이후로 속이 타들어 가는 듯 갑갑했다. 박 작가가 기운 차리라며 건네준 칼로리 바도 한 입 씹어 먹고 버렸다. 꼭 입안에 생선 가시를 잔뜩 물고 씹는 느낌이었다.

"너 어디 안 좋아? 아까부터 안색이 영 별로다?"

"잠이 부족해서 그런가 봐요. 먼저 들어갈게요."

한 PD는 들어가서 쉬라며, 내 어깨를 다독였다.

"왜? 오 PD 어디 아파?"

박 작가가 식당으로 향하는 차에 오르려다 말고 물었다.

"아뇨. 수면 부족이요. 좀 일찍 자려고요."
"호텔로 가는 거지? 그럼, 잠깐만!"
가방을 뒤적인 박 작가가 스크립트가 담긴 클리어 파일을 건넨다.
"이거 공무진 선수가 아까 달라고 했는데, 내가 깜빡했어. 이것만 전해 주고 자라, 응? 저녁 먹고 들어가면, 너무 늦을 것 같네."
순순히 고개를 끄덕거렸다. 담당 PD로서 당연히 할 수 있는 일이었다. 그런데 이걸 전해야 하는 상대가 공무진이라는 점에서 기분이 가라앉는다. 아니 화가 난다. 아니 서글프다. 아니 모르겠다.
평소라면 걸어갈 수도 있는 거리인데, 택시를 불러 탔다. 걸어갈 기운조차 없었다. 바로 공무진 방으로 갈까 하다가, 그도 막 호텔에 도착했을 테니 개인 정비 시간이 필요할 거란 생각이 들었다.
일단 미지근한 물로 샤워를 하고 후드가 달린 두꺼운 원피스로 갈아입었다. 젖은 머리를 대충 말리고, 공무진의 객실로 향했다. 이번에는 망설이지 않고 초인종 센서에 손을 가져다 댔다.
"네."
차가운 대꾸에 심장이 벌렁거린다.
정말이지 토할 것 같다.

"누구세요?"

문 앞까지 다가온 그가 물었다. 객실 문에는 도어 스코프도 없어서 안쪽에서 나를 확인할 방법은 없었다.

"오 PD입니다."

업무상 방문임을 못 박듯이 대꾸했다. 철컥하는 소리와 함께 문이 열렸다. 그는 내가 당연히 객실 안으로 들어올 거라고 생각했는지 문 옆으로 바짝 붙어 섰다.

"이거 박 작가님이 전해 주라고 해서요."

나는 클리어 파일을 무심하게 내밀었다.

"들어와."

그가 친근하게 말해서 속이 또 뒤집히려고 했다.

"아니요."

"아까 나한테 할 말 있다고 했잖아. 이따가 이야기하자며."

그랬었다. 그와 짚고 넘어갈 이야기들이 분명히 있었다. 이대로 거북하게 촬영을 이어 갈 수는 없는 노릇이다.

실례한다는 의미로 고개를 까딱하고는 객실 안으로 들어섰다. 그도 막 씻고 나왔는지, 객실 안에 향긋한 바디용품 냄새가 그윽했다.

"무슨 말이 하고 싶어?"

"나한테 왜 그래?"

단도직입적으로 물었다.

"실수는 누가 먼저 했더라?"

우리는 대답하지 않고, 질문으로만 대화를 이어 나갔다.

“한 PD랑 무슨 사인지는 왜 물어?”

“아까 대답했을 텐데?”

분노인지, 긴장감인지 모를 감정으로 가슴이 팽팽하게 차올랐다. 그는 검은색 티셔츠에 검은색 반바지를 입고 있었다. 반쯤 마른 머리카락은 축축했고, 그의 눈동자도 검게 젖어 있기는 마찬가지였다.

그가 한 걸음 성큼 다가왔다. 지기 싫은 마음에 물러서지 않았다. 그리고 또 성큼. 심장이 아까보다 조금 빠르게 뛰었다. 물에 젖은 귤 내음이 짙게 풍겼다. 나는 눈을 부릅뜨고 그를 노려보았다. 그의 키가 너무 커서 한참을 올려다봐야 하는 게 신경질이 났다.

“하고 싶은 게 뭐야, 오밀희?”

조금 전에는 무슨 말이 하고 싶냐고 물었다. 그런데 이번에는 하고 싶은 게 뭐냐고 묻는다. 마른침조차 삼킬 수 없을 정도 목구멍이 뻑뻑하다. 느릿하게 손을 들어 올린 그가 내 머리카락 끝을 기다란 검지에 조심스럽게 감았다.

“대체 뭐가.”

그의 얼굴이 가까이 다가왔다.

“하고 싶어, 나랑?”

숨결이 뺨에 아슬아슬하게 닿았다. 거부할 수 없는 관능이 전신을 덮치기라도 한 듯 손끝 하나 까딱할 수가 없다.

"없어."

떨리는 목소리가 작게 새어 나왔다.

"나는 있는데."

젖은 목소리가 낮게 깔렸다. 곧 사라질 물기처럼 축축하고 희미한 음성이었다. 나는 눈길만 살짝 돌려서 그를 응시했다. 그가 얼굴을 기울인 탓에 눈높이가 비슷했다.

"해 봐."

도발을 담지 않은 건조한 음성에도 그가 움직였다. 입술이 순식간에 먹혀들어 갔다. 무릎을 살짝 굽힌 그가 두꺼운 팔뚝으로 내 엉덩이를 받쳐 안았다. 발이 바닥에서 들린 채 허공으로 붕 떠올랐다.

그는 나를 안아 든 채 침대로 거침없이 걸음을 옮겼다. 심장이 역류라도 할 것처럼 벌컥거렸다. 등이 침대에 닿자마자, 그가 몸을 일으켰다.

벌어진 다리 사이에 그가 무릎을 꿇은 채로 티셔츠를 벗었다. 유명 스포츠 브랜드의 앰버서더로 활동하는 탓에 그의 벗은 몸은 화보로 계속 봐 왔다. 그런데 오랜만에 실물로 영접하는 그의 맨몸은 숨이 턱 막힐 정도로 선정적이다. 저 몸이 폭발할 때 내뿜는 힘의 크기를 알고 있기에 더 야해 보이는지도 모르겠다.

대충 구겨 신은 운동화를 그가 벗겨서 침대 밑으로 던졌다. 무릎 근처까지 말려 올라온 후드 원피스 밑단을 그가 순식간에 가슴까지 밀어 올렸다. 나는 홀리기라도 한 것처럼 정신없이 머리 위로 원피스를 벗었다.

"하아."

그가 이마에 드리운 앞머리를 쓸어 넘기며 내 몸을 훑어보았다. 목, 쇄골, 급하게 오르내리는 가슴, 연노란색 브래지어, 납작한 배와 하얀색 팬티……. 젠장 속옷이 제멋대로네. 이런 순간에도 이렇게나 하찮은 생각을 할 수 있다니 놀랍다.

커다란 손이 단숨에 왼쪽 가슴을 움켜쥐었다.

"하아."

더운 숨을 내뱉은 순간 입술이 맞물렸다. 너무 급하게 입이 벌어진 탓에 치아가 다닥, 부딪쳤지만, 누구도 개의치 않았다. 레이스 브래지어 위로 가슴을 어루만지던 그가 손가락 끝을 밴드 밑으로 밀어 넣었다.

단단해지다 못해 따끔거리는 유두를 그가 검지와 중지 사이에 끼우고 비틀었다. 전율이 순식간에 온몸으로 퍼져 나갔다.

"으음."

선정적인 신음이 여리게 울렸다. 그는 신음을 집어삼키듯 혀를 빨아 당겼다. 혀뿌리가 얼얼할 정도로 거센 흡입에 터질 듯이 뛰는 심장도 끌려 나올 것만 같았다. 그가 손을 등 뒤로 집어넣어 브래지어 훅을 풀려고 했다. 커다란 손이 덜덜 떨렸다. 쉽게 풀리지 않는지, 그의 손이 계속 헛돌았다.

그를 몰아붙이는 흥분감도 만만치 않은 듯, 발기된 성기가 끄덕거리며 배 위를 묵직하게 눌렀다. 오롯이 품었을 때의 빠듯한 압박감과 이글거리는 쾌락을 떠올리자 마음이 급해졌다.

나는 얼른 두 손을 등 뒤로 뻗어 스스로 훅을 풀어 버렸다. 기다란 손가락이 기다렸다는 듯이 어깨끈을 잡아 내렸다. 입술이 떨어지자, 미처 삼키지 못한 타액이 입꼬리를 타고 흐르려고 했다. 나는 얼른 혀를 내밀어 입가를 핥았다.

그는 검게 젖은 눈으로 나를 지켜보며 가슴께로 고개를 내렸다. 봉긋한 젖무덤에 입을 맞추고, 뜨거운 숨을 흘리는 동안 괴로운 신음이 흘러나왔다. 온몸이 열기에 휩싸여 활활 타오르는 듯했다. 불길을 잠재울 수 있는 건, 오직 그의 손길과 입술, 거세게 밀어붙이는 몸짓뿐이었다.

그가 손가락 끝으로 비틀며 희롱하던 유두를 입술로 살짝 물며 나를 올려다보았다.

"흐응."

매혹적인 입술을 오므릴 때마다 신음이 흘러나왔다. 한참을 입술로 약을 올리던 그가 갑자기 유륜까지 입에 담으며 거세게 빨아들였다.

"아……!"

목이 저절로 젖혀졌다. 커다란 손이 목을 조를 듯이 부드럽게 움켰다. 열이 오른 손길은 금세 살갗을 훑고 내려갔다. 황홀하게 어루만지는 그의 손을 따라 고개를 들어서 그를 내려다보았다.

그는 가슴을 입에 문 채 반쯤 풀린 눈으로 나를 올려다보고 있었다. 손을 뻗어서 그의 뒷머리를 쓸어 올렸다. 취한 듯 눈을 감는 그의 얼굴이 붉었다. 오른쪽 가슴을 쓸고 내려가 점점 아래로 향하던 그의 손이 팬티 밴드를 잡았다.

본능적으로 엉덩이를 들어 올리며 그가 팬티를 벗기는 대로 내버려 두었다. 새로운 점령지를 발견한 개척자처럼 그의 눈이 커다랗게 뜨였다. 가슴에서 입술을 뗀 그가 불시에 몸을 일으키고는 무릎 아래를 받쳐 올렸다.

애액이 흥건한 질구에 그의 숨결이 닿은 것도 순식간이었다.

"흐으응."

호텔은 대체로 방음이 좋지 않았다. 예전처럼 비명을 질러댔다가는 옆방에서 이상한 소리가 난다며 컨시어지에 전화를 해 댈 것이다. 나는 억눌린 신음을 흘리며 눈을 지그시 감은 채로 질구에 입을 맞추는 남자를 내려다보았다.

마치 시간을 거슬러 올라간 듯한 착각이 일었다. 서로 죽고 못 살던 시절로, 말싸움조차도 시시했고, 마냥 좋아서 서로를 보며 안달하던 시간이 되돌아온 듯했다.

빽빽하고 좁은 통로로 그의 혀가 미끄러져 들어왔다. 그는 혀를 넣었다 뺐다 하며 가느다랗게 눈을 떴다. 홀린 듯 몽롱한 그의 시선이 좋았다. 클리토리스를 치아로 간지럽게 긁어

내리는 순간, 나는 입을 벌린 채로 숨을 멈췄다.

그가 오른쪽 무릎을 받치고 있던 손을 뻗어서 가슴을 움켜잡았다. 오랜만에 살갗이 거세게 쥐이는 압통과 그와 헤어진 이후로 타인의 존재가 닿은 적 없던 밀부에서의 쾌감 때문에 몸이 바들바들 떨렸다.

"흐읏. 나…… 얼른, 내려가야 해."

AD와 객실을 공유하고 있어서, 오래 방을 비울 수는 없었다. 피곤해서 쓰러질 것 같다고 식사도 마다한 사람이 객실에 없는 것은 걱정스러운 일이었다. 동료 제작진을 괜한 고뇌에 빠뜨리고 싶지는 않았다.

그가 몸을 일으키며 손바닥으로 턱을 훔쳤다. 비스듬히 기울어지는 얼굴이 근사하다. 내 몸에서 흘러간 흥분의 흔적에 흠뻑 젖은 남자는 먹음직스러워 보였다.

침대를 벗어난 그가 테이블 의자에 걸쳐 둔 팬츠를 집어 들었다. 팬츠 주머니에서 검은색 반지갑을 꺼내자, 낙산공원에서의 일이 머릿속에 겹친다. 우리가 부적이라고 부르던 물건을 그가 지갑 안쪽에서 꺼냈다.

내가 아닌 다른 여자를 위해 콘돔을 휴대했을 거라는 생각이 들자, 기분이 걷잡을 수 없이 가라앉았다. 나는 흩어진 이불을 끌어다가 가랑이와 가슴 위를 간신히 가렸다. 그가 콘돔 포장을 살폈다.

콘돔 포장을 유심히 살피는 그에게 물었다.

"뭐 해?"

"유통기한 봐."

"넣어 놓은 지 꽤 됐나 보네."

촬영감독이 말했던 것처럼 나와 헤어진 후로 그는 스캔들을 몰고 다녔다. 박 작가의 말대로 루머와 가십인 것도 많았다. 하지만 신체 건장한 남자가, 그렇게 나를 못 잡아먹어서 안달이었던 남자가 내내 혼자 지내지는 않았을 것이다.

확인이 되었다는 듯 그가 고개를 한번 끄덕이고는, 반바지와 속옷을 한꺼번에 끌어 내렸다. 그제야 멀어졌던 그의 시선이 내 얼굴에 닿았다. 나는 복잡한 심경으로 그를 올려다보았다.

"오밀희."

그가 내 이름을 부르며 이불을 잡았다.

"또 무슨 오해를 하는지 모르겠는데."

몸을 덮고 있던 이불이 아래로 내려갔다.

"나는 살면서 이런 거, 한 여자하고만 써 봤어."

눈가가 따끔거렸다. 숨이 턱 막혔다. 무슨 대꾸든 해야 할 것 같은데, 머릿속이 하얗게 비어 버렸다.

"여자가 피임했나 보지."

나는 멍청한 소리를 지껄였다. 정확한 말로 확인받고 싶은 걸까? 서로가 없이 지낸 세월이 어떻게 흘러간 것인지 알고 싶었다. 가슴속에 뜨거운 그리움이 가득 차올랐다. 다시 말해 줬으면 좋겠다.

끄덕거리는 성기에 콘돔을 씌운 그가 몸을 바투 붙여 왔다.

정말이지 듣고 싶은 말이 있었다. 나를 그리워했다고, 죽도록 보고 싶었다고, 그렇게 헤어진 걸 후회했다고…….

그런 말을 듣고 어쩌려고. 이렇게 다시 몸을 섞어서 대체 어쩌겠다고.

뭉툭한 성기 끝이 입구에 닿았다. 그는 가랑이 사이로 손을 내려서 젖은 입구를 비벼 댔다.

"흐으응."

묵직한 압박감이 밀려들었다.

"하아."

그가 끝만 묻은 채로 더운 숨을 몰아쉬었다. 그의 목 언저리가 붉었다. 피부가 얇아서 흥분하면 금세 붉어졌다. 귓불도, 뺨 언저리도 선정적으로 물들어 있었다.

"내가."

목소리에도 색이 있다면, 지금 그의 목소리는 음란한 붉은색일 것이다.

"응."

대답하는 내 목소리도 야하게 들리기는 마찬가지다.

"내 몸을 묻었던 여자는, 딱 하나야."

"아아!"

말이 끝남과 동시에 좁은 물길로 그가 밀고 들어왔다. 속

살이 쓸리는 느낌이 생경했다. 너무 오랜만에 하는 섹스여서 그런지 마치 처음인 것처럼 통증이 일었다.

그의 너른 어깨 끝을 손으로 꽉 움켜잡았다. 하얀 살갗을 손톱이 파고들어 붉은 물이 들었다. 들어올 때보다 나갈 때의 통증이 더 심했다. 날카로운 도구로 살을 찍어서 긁어내는 것처럼 아팠다.

힘없이 감긴 눈꺼풀 사이가 젖어 들었다.

"하아, 밀희야."

그가 내 이름을 꽃피우듯 읊조렸다.

"으응."

대답인 듯 신음했다. 그는 참을 수 없다는 듯이 격렬하게 밀고 들어왔다. 간신히 눈꺼풀을 들어 올렸다. 그가 어떤 얼굴로 나를 취하는 것인지 궁금했다.

그와 눈이 마주치자 심장이 멎는 듯했다. 처음 서로를 부둥켜안을 때처럼 그의 눈동자는 환희로 달아올라 있었다.

멀고도 가까운 곳에 그가 있었다. 그는 아득한 얼굴로 더운 숨을 몰아쉬며 몸을 물렸다.

"흐으으."

상체를 살짝 들어서 그의 목을 꽉 끌어안았다. 그는 내 목 안쪽과 귀 아래에 얼굴을 묻은 채로 몸을 치받았다.

"하아아!"

신음이 점점 격해졌다. 그가 온 힘을 다해 거센 폭주를 억

누르는 게 느껴졌다. 조금이라도 힘을 주면 부러질 것 같다며, 그는 나를 안을 때마다 염려스러워했었다.

지금도 짙은 염려와 깊은 배려가 느껴졌다. 그렇다고 해서 아쉬운 것은 아니었다. 그는 지칠 줄을 몰랐고, 거세게 몰아붙이지 못한다는 이유로 밤새 여러 번 파고들었다. 그때마다 나는 한계까지 치달아 힘을 전부 소진해 버리는데도, 그는 허기 어린 눈빛을 숨기지 못했다.

“너무, 오랜만이라.”

그가 귓가에 속삭였다.

“금방, 끝날 거야. 흐으.”

고양감에 흠뻑 젖은 그의 말끝에 신음이 묻어났다. 이러면서 맨날 기진맥진할 때까지 밀어 넣어 놓고선.

“아으응.”

더 하면 비명이 흘러나올 것만 같아서 그의 어깨에 입술을 묻었다. 매끄러운 살갗을 빨고, 깨물며 그의 몸 위로 신음을 새겼다. 통증은 금세 가벼운 경련이 이는 기쁨으로 바뀌었다. 간지러운 곳을 한꺼번에 긁어내리는 듯한 움직임에 턱이 덜덜 떨릴 정도였다.

골반을 뒤치며 그의 몸에 맞추려고 하자, 그가 오른쪽 팔에 내 왼쪽 다리를 걸어 올렸다. 치고 들어오는 감각이 더욱 깊어졌다.

“아아.”

목을 젖히자, 살갗 위로 뜨거운 혀가 닿았다. 핥고, 빨고, 입술로 문지르고. 자국이 남는 줄도 모르고 신음만 내질렀다. 젖은 입술이 턱선을 타고 올라와 입술에 닿았다. 그의 입술을 먼저 빨아 삼켰다. 혀를 밀어 넣고, 그의 입안을 샅샅이 핥았다.

아래에서는 그가 들어차 있었지만, 위에서는 내가 들어가 있었다. 살과 살이 무한으로 이어지는 띠처럼 연결된 듯했다. 간극이라고는 없이 완전하게 맞닿은 순간을 사랑했다. 태초부터 하나의 인간이었던 것처럼, 몸과 마음과 생각이 오롯이 하나였던 것처럼 이어지는 순간은 황홀했다.

그 누구하고도 공유할 수 없었던 충일감, 공무진과의 섹스는 단순히 흘레붙는 행위가 아니었다. 전부를 내어 주고, 전부를 취하는 사랑 그 자체였었다. 그럼 지금은……? 모르겠다. 과거와 전혀 달라지지 않은 이 행위의 존재 가치가 무엇인지 가늠하기 힘들다.

몸을 묻은 여자는 오로지 한 명뿐이었다는 그의 말로도 수년간 만들어진 허허로운 틈을 감당하지는 못했다. 익숙했던 여자와의 성 충동 해소를 위한 허튼짓일지도 모른다.

공무진이 아니라, 나는?

그를 안은 팔에 힘이 바짝 들어갔다. 충동적인 행위로 간주하기에는 그를 그리워한 감정이 너무도 짙었다. 울음이 왈칵 치솟았다. 깊게 맞물린 입술이 떨어졌다.

눈꼬리를 타고 눈물이 주륵 흘러내렸다. 부드럽게 부풀어 오른 그의 입술이 눈가에 닿았다. 눈물을 핥는 그의 행동은 하나도 변한 게 없었다.

"흐으읏."

흐느낌 같은 신음이 새어 나왔다.

"밀희야."

그가 향기를 발산하듯 내 이름을 머금었다.

"아아!"

절정에 오를 때면 신음조차 내지르지 못하고 바르르 떨었었다. 익숙했던 전율이 순식간에 덮쳐들었다. 아랫배부터 시작해서 발가락 끝까지 완벽하게 조여들었다. 오직 심장만이 생이 달아오른 순간을 증명하듯 거칠게 뛰어 댔다.

"으음…… 아아……."

그가 거칠게 신음하며 상체를 들썩거렸다. 더 밀어 넣지 못해서 안달하는 것처럼 거대한 몸이 움찔거렸다. 부풀어 올랐던 그의 열망이 터져 나오는 느낌이 선명했다. 나는 그의 목과 어깨에 얼굴을 묻은 채로 흐느낌을 가라앉히려 애썼다. 한번 터진 애수 어린 쾌락은 쉽게 사그라지지 않았다.

파정을 끝낸 그가 몸을 묻은 채로 내 오른쪽 뺨에 입을 맞췄다. 뺨에서 눈가, 눈가에서 콧잔등, 콧잔등에서 이마, 이마에서 관자놀이, 관자놀이에서 옆머리, 그리고 다시 뺨, 입술까지. 보드라운 입맞춤을 그칠 줄을 몰랐다.

"이제, 가야 해."
나는 조용히 중얼거렸다.
"좀 더 있다가 가."
그가 속삭이듯 했다.
"AD랑 방을 같이 써. 피곤하다고 하고 먼저 들어와서……. 내가 방에 없으면 이상하게 생각할 거야."
그가 몸을 쑥 빼며 나를 내려다보았다.
"먼저 들어오다니?"
미간을 찌푸린 모습이 예전과 똑같다.
"다들 저녁 먹으러 갔는데, 나는 그냥 들어왔어."
"너 그럼 저녁도 안 먹었어? 지금 시간이 몇 신데."
그는 내가 밥때를 놓치면 본인이 더 억울해했었다. 잽싸게 일어난 그가 콘돔을 빼서 끝을 묶고는 쓰레기통으로 던졌다. 투명한 물건 안에 담긴 정액의 양이 상당했다. 괜히 수줍어서 나는 이불 끝을 잡아끌어서 몸을 덮으며 중얼거렸다.
"나 원피스 좀 집어 줘."
그가 미간을 찌푸리며 내 말을 들은 체 만 체했다. 서랍에서 호텔 매뉴얼 북을 꺼낸 그는 룸서비스 목록을 살피는 듯했다.
"뭐라도 먹고 가."
"내 방 가서 먹을게."
"방에 가서 귀찮다고 그냥 잘 거잖아."

"한 끼 굶는다고 안 죽어."
그가 무서운 눈으로 나를 노려보았다.
"너 아까 점심도 먹다 말았잖아."
어젯밤 그에게 키스한 이후로 몸이 허공에 붕 떠 있는 것처럼 불안했다. 신경 쓰이는 일이 있으면 나는 곡기를 끊었다. 먹고 체하는 것보다, 안 먹는 게 나았다.
"어떻게 알아?"
"눈에 뻔히 보이는데, 왜 몰라?"
"다른 사람들은 몰라. 내가 밥 안 먹는 거."
괜히 울컥한 목소리가 흘러나왔다. 다른 사람은 알아채지 못하는 걸, 공무진은 항상 알아차렸다.
"다른 사람은 계속 너만 쳐다보지 않으니까."
그가 당연한 대답이라는 듯이 내뱉고는 컨시어지에 전화해 북엇국을 시켰다. 신경 쓰는 일이 있으면 소화기관이 마비된다는 사실을 잘 알고 있다는 듯이.
그가 검은색 반바지만 입은 채 침대로 다가왔다.
매트리스 끝에 걸터앉아서 커다란 손으로 내 뺨을 부드럽게 감쌌다. 커다란 그의 손은 내 옆머리까지 전부 덮었다.
"나 때문에 신경 쓰였어? 어제 일 때문에?"
나는 대답하지 못하고 누운 채로 그를 빤히 올려다보았다.
"어제 일 때문만은 아니고……."
말끝이 흐려졌다. 과거사가 얽히지 않은 남자와의 키스였다면, 이보다 덜 복잡했을까.

"우리, 정리해야 할 이야기가 있는 것 같아……."

나는 조심스럽게 운을 뗐다. 헤어졌다가 다시 만나서 한번 잤다고 해서, 관계가 원상 복구되는 것은 아니었다.

"나는 정리할 거 없어."

그가 단호히 말했다.

정리할 게 없다는 말이 무슨 뜻일까.

'우리 할 이야기가 있는 것 같은데……. 나한테 해명할 거 없어?'

헤어지기 직전 마지막 통화, 내 물음에 그는 지금처럼 단호하게 대답했었다.

'없어.'

우리는 그로부터 한 달 후에 헤어졌다. 역사는 반복된다고 한다.

우리의 미련한 집착이 어린 관계도 반복되려는 것일까.

싫다. 인생에서 허망한 수렁에 빠지는 일은 한 번으로 충분하다.

❖ ❖ ❖

"오빠, 이거 누구 차야?"

"이모 차야. 잠깐 빌렸어."

"와, 오빠네 이모 되게 부자구나? 혹시 오빠도 내가 모르는 재벌 3세, 막 그런 거야?"

내 물음에 그가 어이없다는 듯이 웃으며 조수석 문을 열어 주었다. 운전석에 오른 그의 입가에는 여전히 쓴웃음이 맺혀 있었다.

"장난이야, 장난."

나는 그의 왼팔을 잡고 매달리며 아양을 떨었다.

"재벌 3세가 왜 이모 차를 빌려 타? 기사 달고 다니지."

"숨기고 싶은 서사가 있어서?"

내가 실없는 장난을 치면 늘 웃기만 하던 남자의 얼굴이 살짝 굳었다. 그러고 보니 그는 가족 이야기를 잘 하지 않았다. 희수가 그의 큰이모 딸이라는 것도 희수 입을 통해서 들었다. 내가 캐물은 건 아니었고, 희수가 말해 준 거였다.

좋아하면 궁금해진다. 그의 전부가 알고 싶어진다. 하지만 사랑하면 덮어 주고 싶어진다. 모른 척도 해 주고 싶다.

나는 살짝 가라앉은 분위기를 바꾸기 위해, 운전석 쪽으로 몸을 쭉 빼고 그의 귓가에 속삭였다.

"내가 부적 새로 샀어."

"뭐?"

그가 눈을 치뜨며 무슨 말인지 못 알아듣겠다는 표정을 지었다. 나는 조수석에 등을 똑바로 기대고 앉으며 대꾸했다.

"오빠 지갑에 넣을 부적."

"흐음."

그가 어색하게 목을 가다듬었다. 순식간에 목덜미가 핑크빛으로 물들었다.

"출발!"

단단하게 굳은 어깨를 손바닥으로 보드랍게 툭툭 쳤다. 그가 가볍게 웃음을 터뜨리며 차를 출발시켰다.

첫 여행인데, 안타깝게도 비가 오려는지 하늘이 어둑어둑했다.

"어떡해. 비 올 것 같아."

흐린 날씨도 개의치 않는 듯 그는 아무렇지 않은 얼굴이었다.

"그런데 우리 어디 가? 어디 가는지 말도 안 해 줬잖아."

"금방 도착해."

여행인데, 금방 도착한다고?

서울 근교에 가 볼 만한 장소는 모조리 읊어 보았지만, 그는 기상천외한 핑계를 대며 싫다고 했다. 그의 성격이 까탈스럽다고 했던 희수의 말이 조금은 이해가 갔다. 1박 2일 여행 가는 것도, 어찌나 가리는 게 많으신지…… 그래도 좋다.

연애를 시작한 지 얼마 안 된 나는 그의 모든 것이 그냥 좋았다. 까탈스러운 성격은 섬세함으로 다가왔고, 은근한 고집은 뚝심 있어 보였다. 마음에 들지 않는 구석이 하나도 없었다.

"왜?"

그가 운전석만 쳐다보고 있는 나를 흘끗 보며 물었다. 그의 입가에는 웃음기가 고여 있었다.

"너무 좋아서."

나는 조수석 시트에 가만히 앉아 있는 게 어려울 정도로 들뜬 상태였다. 그가 웃었다. 감정을 여과 없이 뱉어 내는 내가 신기하다는 듯이, 혹은 귀엽다는 듯이.

친하지 않은 사람에게는 낯을 가리지만, 사랑하는 사람에게는 무한한 애정을 쏟을 준비가 되어 있는 사람이 바로 나였다. 집안의 사랑을 독차지하고 자란 늦둥이 딸 특유의 준비성이었다. 단점이 있다면, 상대의 사랑도 미친 듯이 갈구한다는 점이었다.

"오빠는 안 좋아?"

확인하듯 물었다.

"나도 좋지. 너무 좋아."

그가 조수석 쪽으로 손을 뻗으며 내 손을 꼭 잡았다.

"한 손으로 운전하면 위험해! 얼른 운전대 잡아."

좋으면서 그를 나무랐다. 그러자 그가 단번에 손을 거둬

간다. 아쉽다는 생각을 하고 있는데, 난데없이 커다란 손이 가슴을 부드럽게 움켜잡았다가 멀어진다.

"미쳤나 봐!"

순식간에 열기가 치솟았다. 야한 손장난이 만족스러운 듯 그의 얼굴에 장난기 어린 미소가 걸려 있다. 보기 좋다. 저렇게 사람을 녹일 듯이 뜨겁게 웃는 얼굴을 볼 수 있다면, 뭐.

"휴가니까 봐준다."

나는 조용히 중얼거리곤, 잠시 숨을 골랐다. 그러고는 의기양양한 목소리로 덧붙였다.

"한 번 더 만지게 해 줄게."

"뭐?"

그가 잘 못 들었다는 듯이 되물었다. 그는 요즘에 가장 많이 하는 말이 '뭐?'인 것 같다. 내가 베푸는 애정에 아직 익숙하지 않은 탓이다.

"가슴 만지게 해 줄게."

고개를 확 돌린 그가 조수석에 앉은 나를 보고 웃는다. 미묘한 웃음이다. 이걸 어쩌지? 하고 고민하는 웃음이었다.

"싫음 말고."

"누가 싫대?"

신호에 걸리자마자, 그가 느릿하게 손을 뻗었다. 가슴 앞까지 다가온 그의 손이 허공에서 멈췄다. 그 상태로 약 3초의 시간이 흘렀다. 가슴 끝이 따끔따끔했다. 흥분하면 유두가 딱딱하게 굳고, 따끔거린다는 것을 이 남자 때문에 알게 되었다. 내가 모르는 세상이 그로 인해 열리고 있었다.

입술이 바짝 말랐다.

"기대돼?"

그가 봉긋한 가슴에 손이 닿을락 말락 한 상태에서 물었다.

"무슨……?"

이번에는 그가 무슨 말을 하는 건지 정말 헷갈린다.

"내가 정말 만질지, 말지."

"싫음 말아라!"

그의 손을 '탁' 쳐 내려는데, 커다란 손이 가슴을 압박하듯 움켰다.

"흡."

나는 신음 비슷한 소리를 내며 입을 꾹 다물었다. 직진 신호가 떨어지고, 그의 손은 아무렇지 않게 핸들을 잡았다. 손등 위로 불거지는 핏줄을 바라보는데, 아랫배에서 묵직한 열감이 치솟는다. 왈칵, 팬티가 젖는 느낌이 생생했다.

무심한 척 창밖으로 시선을 돌리고 싶었지만, 그에게서 시선을 떼기가 힘들었다. 토독토독, 빗방울이 유리창을 때리기 시작했다.

집에서 출발한 지 30분쯤 지났을 무렵, 우리가 탄 차는 호텔 입구에 들어서고 있었다. 그가 정한 여행지는 서울의 특급 호텔이었다. 심장이 목구멍에서 뛰는 듯 숨이 막혔다. 발렛 기사가 다가와 운전석 문을 열어 주자, 그가 자연스러우면서도 어색하게 차에서 먼저 내렸다.

나는 어디서 본 건 있어서 조수석에 앉아 얌전히 기다렸다. 그가 웃으며 차 문을 열어 주었다. 새침한 미소가 입가에 번졌다. 두꺼운 팔이 내 어깨를 당겨 안았다. 대학 2학년이 되도록 나는 여전히 어리숙하단 생각을 했었다. 그런데 그의 품에 안겨서 호텔로 들어가는 순간, 나는 여전히 어리숙하게도 내가 어른처럼 보인다고 생각했다.

프론트 데스크에서 체크인 하고, 은은한 조명이 깔린 어스름한 엘리베이터에 올라, 16층 객실로 향했다. 그가 객실 문 센서에 카드 키를 갖다 대는 짧은 시간 동안, 나는 수줍어서 온몸이 붉게 물들고 있었다.

객실 문이 열리자, 또 다른 세상이 펼쳐졌다. 커다란 객실은 응접실 공간과 침실이 분리되어 있었고, 동그랗고 빨간 욕조가 응접실 창가에 자리했다. 꼭 우리가 함께 탔던 대관람차처럼 빨간색이었다.

문이 빠끔히 열린 침실 안에는 온통 붉은 장미로 장식이 되어 있었고, 침대 위에는 하트 모양으로 장미 꽃잎이 흩뿌려져 있었다.

"나 이런 호텔 처음 와 봐!"

어른스럽게 굴고 싶었지만, 새된 비명이 툭 튀어나왔다.

어느새 내 등 뒤로 성큼 다가온 그가 허리를 당겨 안았다.

"마음에 들어?"

"어, 마음에 들어. 완전 좋아!"

신나서 대답해 놓고 보니 민망했다. 나는 그의 품 안에서 빙그르르 돌아섰다. 모처럼 차려입은 시폰 원피스 치맛단이 바깥 허벅지를 스치며 찰랑거렸다.

흰색 셔츠를 입고 검은색 슬랙스를 입은 그는 무척이나 근사했다. 단추를 세 개나 풀어 헤친 탓에 쇄골이 만나는 지점과 탄탄한 앞가슴이 슬쩍 보였다.

"멋있어."

나는 황홀하게 중얼거렸다.

"너는 예쁘고."

얄밉다는 듯이 그를 노려보았다. 대학로 사건 이후로, 나에게 예쁘다는 말은 일종의 트리거였다. 총알이 들어 있지 않은 총의 방아쇠였고, 절대 폭발하지 않을 폭탄의 도화선이었다. 단지 장난스러운 불꽃을 터뜨릴 수 있는 예쁜 리본일 뿐이었다.

나는 입술을 샐쭉 내밀며 눈을 가느다랗게 떴다.

"나 진짜 어렵게 휴가 낸 거야."

그가 평소답지 않게 앓는 소리를 했다. 나는 못 이기는 척 웃으며 고개를 살짝 끄덕거렸다. 내려다보는 시선에 담긴 빛이 조금씩 달아올랐다. 그는 커다란 손으로 내 뺨과 옆얼굴을 조심스럽게 쓸어 넘겼다.

가라뜬 그의 눈은 살짝 벌어진 내 입술을 향해 있었다. 마른 입술이 천천히 내려왔다. 나는 까치발을 들며 그의 입술을 맞았다. 입술이 완벽하게 맞물리는 순간, 파르르 떨리는 속눈썹이 내려앉았다.

어깨에서 흘러내린 체인 백을 그가 가까스로 받아서 바로 옆 간이 테이블 위에 올렸다. 그는 입을 맞추며 나를 어딘가로 몰아세웠다. 고개를 한껏 젖히고 그의 키스를 받아 내며, 단단한 가슴에 손바닥을 대고 뒷걸음질 쳤다.

입술이 붙었다가 떨어지기를 반복했다. 입가로 타액이 흘러내렸지만, 신경 쓸 겨를이 없었다. 벌써 정신이 반쯤 나간 것처럼 머릿속이 몽롱했다.

나는 서툴지만 용감하게 그의 셔츠 단추를 하나씩 풀어 내려갔다. 주변 조도가 달라지는 게 눈을 감고 있는데도 느껴졌다. 코끝으로 짙은 장미 향이 스며들었다.

"흐음."

기대감으로 붉게 젖은 목소리가 흘러나왔다. 설익은 과일처럼 톡 쏘는 음색이었다.

"하아."

그가 한숨을 몰아쉬며 내 등을 더듬거렸다. 지퍼를 찾는 듯했다.

"여기."

나는 겨드랑이 아래를 가리키며 웃었다. 막상 옷을 벗으려니 부끄러움에 온몸이 말려 들어가는 기분이었다. 커다란 그의 손으로 잡기에는 지퍼가 너무 작았다. 단추를 풀던 내 손이 서툴렀던 것처럼, 지퍼를 잡아 내리는 그의 손도 덜덜 떨렸다.

"어떻게 벗겨야 하지?"

그가 난감하다는 듯이 웃었다.

"선물 포장 뜯는 법도 모르네."

얼굴은 발갛게 상기되어 있으면서도, 그를 놀리듯 종알거렸다.

"마음 같아서는 확 찢어 버리고 싶은데, 그럼 너 속상할까 봐."

여행 갈 때 입으려고 일주일 전에 새로 산 원피스였다. 그는 여름 내내 훈련에 매진했고, 얼굴 보기가 무척이나 힘들었다. 그래서 더 애틋하고, 보고 싶었다. 이번 여행을 내가 얼마나 손꼽아 기다렸는지, 그는 죽었다 깨나도 모를 거다.

"아래에서 위로."

내 설명에 고개를 끄덕인 그가 내 앞에 무릎을 꿇었다. 샌들 위로 드러난 발등을 부드러운 손이 천천히 쓸어 올렸다.

"읍."

나는 어깨를 웅크리며 신음했다. 그는 복숭아뼈 근처에 있는 작은 버클을 풀고, 커다란 손으로 발목을 움켜잡으며 샌

들을 벗겨 주었다.

"발목이 한 줌이네."

그가 숨결처럼 내뱉은 말을 따라서 시폰 원피스 자락이 하늘거렸다. 종아리를 부드럽게 어루만지며 그의 손이 점점 위로 올라왔다. 그의 팔목에 원피스 밑단이 고였다. 그는 안쪽에서 천을 한 움큼 잡고는 한숨을 몰아쉬며 내 머리 위로 벗겼다.

공들여 만진 머리가 헝클어져서 나는 얼른 손가락으로 머리를 빗어 내렸다. 머리를 두어 번 빗어 내린 손이 그의 손에 잡혔다.

"너무 예뻐."

예쁘다는 말에도 토라질 수가 없었다. 홀린 듯 나를 바라보는 그의 눈동자는 몽롱하게 풀려 있었다. 원피스와 함께 실크 슬립이 벗겨진 탓에 나는 하얀색 레이스 브래지어와 팬티만 입은 차림이었다.

그는 양손으로 내 골반을 잡으며 바짝 다가왔다. 그의 손길이 닿는 곳마다 내 살이 아닌 것처럼 불길이 치솟았다. 봉긋 솟은 가슴 위로 펄떡거리는 심장이 도드라지지는 않을까, 걱정될 정도였다.

"이건 어떻게 벗겨야 하지?"

나는 그의 벨트를 잡고, 그의 말투를 따라 하며 물었다. 벨트 선 아래가 불룩한 것을 보자 누가 목을 조르기라도 한 듯

숨이 막혔다.

"이렇게."

그가 내 손을 잡은 채로 벨트를 풀었다. 바지 버클이 풀리자마자, 그의 골반으로 손을 뻗었다. 바지춤을 조금 아래로 내려 주자, 그가 훌러덩 바지를 벗어 버렸다. 내 원피스 위로 그가 벗은 바지가 겹쳐졌다. 단추가 다 풀린 셔츠마저 벗은 그도 속옷 차림이었다.

속옷 위로 도드라지다 못해서, 곧 밖으로 튀어나올 것처럼 무섭게 부풀어 있는 물건이 눈에 들어왔다. 속옷 안에 내 팔뚝이 들어 있는 듯했다.

계속 내려다보고 있기에는 부끄러워서 고개를 위로 들어 올렸다. 나를 말끄러미 바라보는 젖은 눈과 눈이 마주쳤다. 그의 눈시울이 평소보다 붉었다.

내 골반을 잡은 그가 천천히 걸음을 옮겼다. 침대에 허벅지가 닿자, 뒷무릎에서 힘이 쫙 풀렸다. 나도 모르게 침대에 주저앉았다. 그가 상체를 숙이며 목 안쪽에 입을 맞췄다. 몸이 뒤로 천천히 기울었다.

푹신한 침대에 등이 파묻히자 살갗에 소름이 돋아났다.

"추워?"

"이불이 좀 차가워서."

장미 향에 머리가 어질어질했다. 어깨 옆으로 장미꽃 하트가 자리했다.

"내 목, 안아 봐."

시키는 대로 손을 뻗어 그의 목을 끌어안았다. 그가 내 등 허리를 받쳐 안으며, 이불을 쑥 잡아 뺐다. 그는 침대 안쪽으로 나를 밀어 넣으며, 두 사람의 몸을 이불로 감쌌다. 살갗 위로 그의 뜨거운 몸이 닿았다. 포근한 이불 속에 금세 온기가 감돌았다.

입술이 맞닿았다. 브래지어 위로 가슴을 어루만지는 그의 손길이 파르르 떨렸다. 그가 입술을 맞댄 채로 중얼거렸다.

"내가 이거 좋아하는 거 어떻게 알았어?"

그가 능청스럽게 물었다.

"이걸 벗으면 더 좋을걸?"

나는 손을 뒤로 뻗어 브래지어 훅을 풀고는 어깨끈에서 팔을 빼냈다. 잠시 허공을 더듬던 그의 손이 가슴에 착 감겼다.

"하아. 정말 미치게 부드럽다."

그가 중얼거렸다.

"널 만지고 있으면, 나도 순해지는 것 같아."

홀린 듯 내뱉는 말이 감미로웠다.

"오빠 순해."

나는 그의 뺨과 턱에 입을 맞추며 웃었다.

"내일 되면 그런 말 안 나올걸?"

무슨 뜻인지 어렴풋이 알 것 같으면서도 몰라서 목구멍이 타는 듯했다. 입술이 부드럽게 먹혀들어 갔다. 이제 그와의 키스는 너무도 익숙했다. 하지만 익숙하다고 해서 떨리지 않는 것은 아니었다.

그는 아랫입술을 깨물며 읊조리듯 질문했다.

“다른 데도 만져도 돼?”

“응.”

달뜬 대답이 흘러나오자, 그의 손이 천천히 아래로 향했다. 엄지로 가슴 끝을 스치고, 쫙 펼친 네 손가락으로 옆구리를 감싸며 내려갔다. 마른 허리를 지나, 둥그렇게 튀어나온 골반을 쓸고, 팬티 위를 머뭇거리며 더듬었다.

“흐으.”

명확히 어떤 감각이 기다리고 있는지도 모르면서, 나는 몸을 바르르 떨었다. 팬티 위를 더듬던 손이 가랑이 사이를 파고들었다. 몸 안쪽 은밀하게 갈라진 틈을 그가 손가락으로 길게 훑었다.

“으으응. 오빠.”

배 속이 왈칵 조였다. 애액이 흘러 팬티가 흠뻑 젖어 갔다. 그는 나의 감각을 헤아리듯이 내 눈을 들여다보며 천천히 손가락을 아래위로 움직였다. 살짝 좁혀진 그의 미간에는 욕구가 가득 고여 있는 듯했다.

목덜미를 잡고 있던 손을 움직여 그의 뺨을 천천히 어루만졌다. 가랑이 사이를 천천히 더듬던 손이 살짝 위로 움직이는가 싶더니, 팬티 안으로 쑥 들어왔다. 얇은 천 위로 자극하던 살점에 그의 손가락이 곧장 닿았다.

"젖었어."

"으응."

몸이 젖어 가는 것은 나도 느끼고 있었다.

"괜찮아?"

"조, 좋아."

그가 낮게 웃었다. 비부를 손가락으로 어루만지던 그는 손목을 움직여 팬티를 밀어 내렸다. 나는 골반을 살짝 들어서 그가 팬티를 쉽게 벗겨 내도록 도왔다.

"그건 어딨어?"

묻는 목소리가 아슬아슬했다.

"뭐?"

"부적."

"내 가방에."

"잠깐만."

이마에 살짝 입을 맞춘 그가 이불 밖으로 나갔다. 핸드백 안에서 직접 꺼내 올 거라고 생각했는데, 그는 핸드백을 가져와 내 앞에 내밀었다. 함부로 핸드백 안을 들여다보지 않는 그가 좋았다.

나는 자석 똑딱이를 열고, 정사각형 상자를 꺼냈다.

"이걸 어디서 샀어?"

"편의점."

솔직한 대답에 그가 천장을 올려다보며 웃었다.

"내가 준비 안 할까 봐?"

이불 끄트머리를 잡아당겨서 얼굴의 반을 가렸다.

"자꾸 왜 그런 걸 물어봐."

그가 이불을 확 걷어 내고는 내 위로 올라탔다.

"귀여우니까."

그만 놀리라는 나무람도 흘러나오지 않을 정도로 그의 눈빛에는 다정한 애정이 담뿍 담겨 있었다. 그가 몸을 일으켜 세우고는 콘돔 포장을 뜯어서 거대하게 부풀어 오른 물건 위로 씌웠다.

"사이즈를 어떻게 알았지?"

"오빤 뭐든 크니까. 그냥 큰 거 샀어."

내 대답에 그가 유쾌한 웃음을 터뜨렸다.

"너 너무 야해."

칭찬인지 욕인지 모르겠다.

"자기가 야한 짓을 하는지 모르고 해서, 더 야해."

"아니야. 알 만큼 알아."

어린애 취급하는 게 싫어서 지껄인 말이었다. 그는 내 짧은 지식을 인정해 줄 수 없다는 듯이 웃으며 내 입술에 쪽 소리가 나도록 입을 맞췄다.

"오빠는 잘 아나 봐?"

심통이 날 만한 지점이었다.

"알긴 뭘 알아. 나도 처음인데."
처음이라는 말이 왜 이렇게 듣기 좋은지 모르겠다.
"그래서…… 겁나."
이마를 맞댄 그가 속삭였다. 겁난다는 그의 말에 가슴 한 구석이 저민다.
"뭐가?"
"내가 널 아프게 할까 봐."
나는 그가 자전거 타는 법을 가르쳐 주겠다고 약속했던 날을 떠올리며 말했다.
"절대 아프게 안 한다며."
"오늘은…… 그 약속 못 지킬 것 같아."
아프게 한다는데 열감이 치솟았다. 그가 내 눈을 들여다보며 턱을 굳게 다물었다. 흥분을 이겨 내지 못하고 파르르 떨리는 턱 끝이 아름다웠다. 푹 젖은 입구에 뭉툭하고 뜨거운 살점이 맞닿았다. 그는 왼팔로 내 머리 옆 매트리스를 짚고, 오른손으로 물건을 쥔 채 입구에 비비고 있었다.
"으으음."
꾹 다운 잇새로 신음이 터졌다. 그가 입을 슬쩍 벌리며 안쪽으로 조금씩 밀고 들어왔다. 꽉 다물린 물건을 억지로 벌리는 것처럼 아팠다.
"흐으읏."
"하아. 밀희야."

이름을 부르는 목소리가 탁했다.

"이제 된 거야?"

나는 울먹거리는 목소리로 물었다. 그가 고개를 내저으며 내 입술을 머금었다. 입안으로 혀가 쭉 미끄러져 들어왔다. 익숙하고 황홀한 키스에 긴장이 풀렸던 것도 잠시 다리 사이에서 어마어마한 통증이 일었다.

"으으읏."

고개를 비틀어 입술을 떼며 이를 악물었다. 그가 굳은 턱에 입을 맞추며 몸을 바짝 밀어붙였다.

"아악……."

이물감이 상당했다. 이 짓을 왜 하는지 모를 만큼 통증만 심했다. 그가 내 얼굴에 키스를 쏟아붓듯이 했다. 이마와 뺨 언저리, 인중과 코끝, 마구잡이로 입을 맞췄다. 쑥 빠져나가는 느낌이 나자 울음이 터졌다.

"흐읍."

손등으로 입을 가리자, 그가 손목을 끌어다 매트리스에 내리눌렀다.

"소리, 내."

"으응."

천천히 들어왔다가, 느리게 빠져나가는 동작이 반복되었다. 까무러칠 듯한 고통 속에서 쾌감은 아주 옅게 번졌다. 어쩌면 육체적으로 느껴지는 감각이 아니라, 정신으로 느껴지는 충족감일지도 모르겠다.

나는 붙들리지 않은 한쪽 팔로 그의 어깨를 움켜잡았다.

"아프지?"

그가 안타까운 목소리로 물었다. 나는 고개를 내저으려다가 끄덕였다. 그만두고 싶기도 했고, 아니기도 했다. 아니, 여기서 그만두면 서운할 것 같았다. 옅게 피어오른 쾌락이 아주 조금씩 농도를 더해 가고 있었다.

"그만할까?"

"아니."

"하아……."

그가 더운 숨을 내쉬며 몸을 크게 뒤쳤다. 나는 눈을 질끈 감으며 울부짖었다.

"조금만 견뎌 줘. 응?"

"으응."

앓는 소리에 대답이 섞여 들었다. 물기에 젖은 시야 때문에 흐릿한 천장이 흔들렸다. 그리고 흔들리는 속도는 점점 빨라졌다.

"아아응. 아아. 오빠……으으응."

처음엔 신음 소리가 새어 나오는 게 부끄럽고 어색했었다. 그런데 소리라도 내지 않으면 정말 죽을 것만 같았다. 고통을 동반한 쾌감은 미치도록 매혹적이었다. 이렇게 차곡차곡 감각이 쌓이면, 끝에는 어떤 기분이 들지 궁금했다.

"아아……. 밀희야."

그가 짙게 신음하며 내 위로 풀썩 무너져내렸다. 아래가 욱신욱신했다. 아직은 좋은 것보다 통증이 더 심했다. 그가 쑥 빠져나갈 때도, 눈을 질끈 감아야 했다. 콘돔을 빼서 쓰레기통에 던진 그가 침대에 누우며 힘 빠진 몸을 당겨 안았다.

"너 진짜…… 미치게 한다."

나는 가쁜 숨을 고르며 만족스럽다는 듯이 중얼거리는 그의 가슴 위에 얼굴을 기댔다. 나로서는 섹스가 그저 아프기만 한 행위라는 생각이 들어서 조금 시무룩해졌다.

겨우 한 번 몸을 섞었을 뿐인데, 전신이 긴장한 탓인지 나는 그의 가슴에 뺨을 기댄 채로 잠이 들었다.

눈을 떴을 땐, 어둠이 짙게 깔려 있었다. 몇 시인지 가늠하기도 힘들었다. 대체 얼마나 맥이 빠졌던 건지, 기절했다가 일어난 기분이었다. 그는 피곤한지 아직도 고른 숨소리를 내며 자고 있었다.

침대에서 천천히 몸을 일으켰다. 침실 테이블 위에 생수 두 병이 놓여 있었다. 목이 말라서 일단 물부터 마시고 싶었다. 그런데 생수병이 죽어라 열리지 않았다.

멍하니 창밖을 내다보았다. 통유리창 앞에 벌거벗은 몸이 얼비쳤다. 마주하는 건물은 전부 저 아래에 있어서 벗은 몸을 누가 훔쳐볼 것 같지도 않았다.

"뭐 해?"
잠기운 가득한 목소리가 들려왔다. 흠칫 놀라서 돌아서려는데, 그가 더 빨랐다.
"목말라?"
"응."
그가 생수병 뚜껑을 따서 건네주었다. 나는 단숨에 500ml 생수 반병을 들이켰다. 그러는 동안 그가 내 허리를 안으며 배 언저리와 가슴 밑동을 만지고 있었다. 커다란 손이 턱을 움키며 잡아당겼다.
미처 삼키지 못한 물을 그가 빨아 마셨다.
"으응."
금세 아랫배에 열기가 고였다. 등허리를 찌르는 그의 물건은 이미 단단해진 상태였다. 그의 입술이 목을 타고 내려갔다. 허리를 안아 든 그는 나를 테이블 위에 걸터앉게 했다. 차가운 테이블에 살갗이 닿자 살짝 소름이 끼쳤다.
그는 입술로 가슴 끝을 문 채로 희롱하기 시작했다. 딱딱하게 부푼 유두를 살짝 깨물었다가, 입안 가득 머금고는 세차게 빨았다.
"으으응."
아래가 찌릿찌릿했다. 이건 또 새로이 느껴지는 고양감이었다. 나는 그의 머리카락을 부드럽게 쓸어넘기며 가쁜 숨을 몰아쉬었다. 머리카락을 어루만지는 손을 그가 잡아서 손바닥을 간질이듯 입을 맞췄다.

그러고는 그가 바닥에 무릎을 꿇고 앉았다. 오른쪽 허벅지가 그의 어깨 위에 놓였다.

"오빠……?"

어두워서 그의 표정이 보이지 않았다. 이윽고 그의 숨결이 가랑이 사이로 쏟아졌다.

"아아."

흠뻑 젖은 입구에 키스하듯 그의 입술이 닿았다. 예민한 살점 사이로 그의 혀도 파고들었다.

"하아읏! 아아!"

배가 납작해지고, 고개는 젖혀졌다. 가슴이 크게 들썩거릴 정도로 숨이 가빠 왔다. 완벽한 쾌감이 느껴지는 부분을 이로 긁어내릴 때는 느낌이 너무 강렬해서 그를 밀어내고 싶은 정도였다.

"하으윽."

그런데 생각과는 달리 나는 그에게 가랑이를 들이밀며 숨을 헐떡이고 있었다. 왈칵 흐른 애액이 그의 입안으로 고스란히 들어간다고 생각하자, 머릿속이 하얗게 탈색되었다.

"아아!"

허벅지 안쪽이 바들바들 떨렸다. 감당할 수 없는 떨림이 아랫배까지 울렸다. 나는 신음조차 내지르지 못하고, 몸을 굳혔다. 발목이 꺾이고, 숨이 막혔다.

벼락 같았던 쾌락이 잦아들자, 온몸에서 힘이 쭉 빠지는 듯했다. 몸을 일으킨 그가 내 허리를 안아 세웠다. 그는 내가 야경을 바라보도록 어깨를 빙그르르 돌렸다.

"으응."

아무것도 하지 않았는데, 기대감에 신음이 흘러나왔다. 그는 내 목덜미에 입을 맞추며 콘돔 포장을 뜯고 있었다.

"아직도 내가 순해 보여?"

"응."

"아닐걸."

그의 무릎이 다리 사이로 들어와서는 안쪽 허벅지를 툭툭 쳤다. 나는 눈치껏 다리를 벌리고 섰다. 그는 나보다 다리를 더 넓게 벌리고 서서 허벅지 사이로 흉흉하게 부푼 물건을 밀어 넣었다.

"아아."

아까 침대에서 처음 그를 받아들였을 때와는 비교도 되지 않는 짜릿함에 온몸이 떨렸다. 눈앞에 펼쳐진 야경이 어지럽게 흩어지는 듯했다.

"아파?"

나는 고개를 세차게 내저었다.

"좋아."

만족스러운 대답이었는지 그가 한계까지 몸을 밀어붙였다. 유리창을 짚은 내 손에 그의 커다란 손이 겹쳤다. 손가락 사이사이를 파고드는 모습을 보고 있자니 눈이 저절로 감겼다. 삐죽하게 솟아오른 가슴 끝이 차가운 유리창에 짓눌렸다가 떨어지기를 반복했다.

"으응. 아아앙. 흐으응."

처음 그를 받아들였을 때와는 비교도 되지 않는 야한 신음이 연신 터져 나왔다. 전혀 아프지 않은 것은 아니었지만, 이번에는 통증보다 쾌감이 훨씬 짙었다.

"흐응, 오빠, 힘들어. 못 서 있겠어."

말이 떨어지기가 무섭게 그가 나를 뒤에서 바짝 안아 들고는 침대로 향했다. 침대에 몸을 바로 눕히는 사이 결합이 풀어졌다. 이불을 덮고 있을 때는 몰랐는데, 침대에 누워서 올려다보는 그의 허벅지는 사람 하나 죽일 수도 있을 만큼 위협적으로 보였다.

저항을 최소화해야 하는 로드 사이클리스트답게 그의 상체 근육은 슬림한 편이었다. 너른 어깨와 판판한 가슴은 딱 보기 좋은 정도였다. 하지만 폭발적인 힘을 발휘해야 하는 허벅지는 바위를 조각해서 만들어 놓은 것처럼 보였다. 그렇다고 상체에 비해 허벅지가 너무 비대한 것도 아니었다. 완벽한 균형을 이루는 그의 몸을 나는 넋을 잃고 올려다보았다.

감상을 방해하듯 그가 다시 몸을 밀어붙였다.

"하으응."

마치 원래 결합되어 있던 부분이 잠시 빠져나갔다가, 다시 채워지는 것처럼 만족스러운 합치였다. 그는 침대 끝에 무릎을 꿇으며 허벅지 위로 내 엉덩이를 당겨 올렸다.

"아아."

그가 골반을 들썩거릴 때마다 몸이 위로 밀려 올라갔다.

"으으응."

기분이 고조되는 것도 마찬가지였다. 위쪽으로 미끄러지는 몸을 잡아채듯, 그가 내 한쪽 다리를 들어서 어깨에 걸쳤다. 자세를 계산하고 하는 행동 같지는 않았다. 그의 눈빛은 본능에 매몰되어 검고 짙었다.

"아으응. 아앙. 아아!"

나는 그를 안을 수 없어서 손을 뻗어 침대 시트를 움켜잡았다. 심장이 너무 빠르게 뛰고, 내장이 전부 거꾸로 뒤집히는 기분이 들었다. 절박하게 매달릴 무언가가 필요했다. 안아 달라고 애원하고 싶었지만 신음밖에 나오지 않았다.

"흐으응. 아으응."

좋다는 말도 할 수가 없었다. 몸이 정신없이 흔들리는 통에 감각만이 살아 있을 뿐이었다. 어느 순간부터는 숨을 내쉬는 것조차 힘들어졌다.

그의 몽롱한 눈동자는 둥그렇게 흔들리는 내 가슴을 바라보고 있었다. 가장 은밀하게 맞닿아 있으면서도 빨아 삼키고 싶어서 허기가 가득한 눈빛이었다.

어깨에 올려 두었던 다리를 내린 그가 상체를 숙였다. 그의 입안으로 가슴이 빨려 들어갔다. 격렬했던 움직임이 아주 조금 느려졌다.

"흐으응."

나는 겨우 달뜬 숨을 내쉬고는 속삭였다.

"너무, 좋아. 오빠…… 안 나빠."

유두를 아프지 않게 씹어 대던 그가 고개를 들어 올렸다. 뺨에 입술이 닿았다. 그는 부드러운 키스를 이어 가며, 다시 천천히 속도를 높였다.

"하으읏."

아까 테이블 위에서 그의 입을 통해 느꼈던 것처럼 허벅지 안쪽이 파르르 떨리기 시작했다. 몸속을 뒤흔들고 있어서인지, 그 비슷한 떨림이 배 속에서도 일어났다.

"아아."

마지막 신음인 듯 앓는 소리를 쥐어짜고 나서 숨을 멈췄다. 간질간질한 전율이 목덜미를 치고 올라와 뒷머리까지 번졌다. 완벽한 절정에 빠진 내 몸 안에서 그도 한계까지 팽창하는 게 느껴졌다.

이대로 죽어도 괜찮을 것 같은, 죽음과도 같은 순간이었다.

7화.

죽도록

죽을 것 같은 사랑은 끝내 죽었다.

새 학기가 시작되면서 나는 학업으로 바빴고, 그는 훈련으로 바빴다. 그해 11월 한국에서는 사이클리스트를 위한 큰 행사가 예정되어 있었다. 한불수교를 기념하기 위해 투르 드 프랑스의 세계 투어 프로그램이 한국에서 개최된다고.

해당 행사에는 올해 투르 드 프랑스에서 종합 우승을 차지한 선수도 참가할 예정이었다. 올림픽 공원에서 시작해 중미산을 거쳐 다시 올림픽 공원으로 돌아오는 코스는 총 130km, 아마추어 대회라고는 하지만 여러 프로 선수들이 참가했고, 그도 그들 중 한 명이었다.

그는 정말이지 자전거만 탔다. 하루에 100km 이상 주행했고, 비가 오는 날에도 실내 훈련에 여념이 없었다. 그 결과 그동안 두각을 나타내지 못했던 그는 투르 드 프랑스 레탑 코리아에서 놀랍게도 전체 랩타임 1위를 차지했다. 25세 이하 선수 중 전체 랩타입 1위에 해당하는 선수에게 주어지는 투르 드 프랑스 공식 화이트 저지도 손에 넣었다.

"생일 선물."

두 달 동안 몇 번 밥을 먹고, 몇 번 키스하고.

새 학기가 시작된 이후, 두 달 동안 우리의 데이트는 그게 전부였다.

나는 그가 받아 온 저지를 붙들고 눈물을 글썽거렸다. 그가 피나는 노력으로 얻어 낸 결과물을 손에 쥐고 함께 기뻐할 수 있어서 가슴이 벅차올랐다.

"근데 이거 나 줘도 돼? 이거 오빠가 처음으로 받은 트로피나 다름없잖아."

"그러니까 너한테 주는 거지."

연애 초기, 좋아 죽어야 마땅한 시기에 떨어져 있으려니 속이 좀 상했었다. 그걸 하얀색 저지 한 장이 상쇄했다. 그리고 의미 깊은 물건이니까, 나에게 주는 거라는 그의 예쁜 말이 가슴속에서 보드랍게 넘실거렸다.

"오빠 부모님이 서운해하시면 어떡해? 아들이 처음 받아 온 상인데, 액자로 만들어서 집에 걸어 둬야 하는 거 아냐?"

나는 티셔츠를 가슴에 품은 채로 물었다. 이제는 그의 부모님이 달라고 해도 못 줄 것 같으면서도, 말은 그렇게 하고 있다. 나 때문에 그가 불효자식이 되는 건 싫지만, 그래도.

"네가 더 소중히 간직해 줄 것 같아서."

그가 짧게 대꾸했다. 미안해하는 나를 달래려는 것처럼 들려서, 나는 웃으며 고개를 끄덕거렸다.

그날 또 우린 서울 시내에 있는 호텔엘 갔고, 하얀색 생크림 케이크를 서로의 몸에 묻히며 놀다가, 침대로 향했다. 아침에는 그가 준 화이트 저지를 입고, 처음으로 그의 몸 위에 올라타는 자세로 섹스를 했다.

그리고 우리는 그 후로 한 달여를 만나지 못했다. 크리스마스도 별다르지 않았다. 새해도 그렇게 맞이했다. 자주 만날 수 없었지만, 그래서 더 애틋했다. 서로의 삶을 열심히 살아가는 건강한 연애를 하고 있다며 스스로 자랑스러워했다.

"이번 학기에는 휴학해야 할 것 같아."

지난 학기에도 수업을 겨우 받았던 그였다. 학교에서 그를 볼 수 없다는 생각에 가슴 한구석에서 휑한 바람이 불었다.

"그럼 훈련은 어디서 해? 학교에서 안 해?"

"독일에 가게 될 것 같아."

청천벽력 같은 소식에 마시던 카페라테를 바닥으로 떨어뜨릴 뻔했다. 차가운 손끝으로 따뜻한 잔을 꼭 쥐었다.

"독일은 왜?"

그동안 그가 여러 프로 사이클링 팀에 지원서를 넣고 있다는 것은 알고 있었다. 하지만 번번이 떨어져서, 그 과정이나 결과를 자세히 묻지 않았었다. 그리고 그는 실패 과정을 시시콜콜하게 이야기할 성격도 아니었다.

"작년에 지원서 넣고, 연락이 없어서 포기하고 있던 팀에서 연락이 왔어."

"혹시 보라-한스그로헤?"

그가 존경하는 로드 사이클리스트가 몸담은 팀이었다. 고개를 끄덕거린 그가 멋쩍게 웃었다.

"잘됐다! 진짜 잘됐다! 축하해, 오빠!"

나는 카페라테 잔을 테이블 위에 내려놓고는 그의 목을 와락 끌어안았다. 기분이 묘했다. 축하한다는 말을 건넸지만, 허전한 생각이 드는 건 어쩔 수 없었다.

"언제 가?"

"다음 주. 급하게 가게 됐어. 아직 메디컬 테스트 남아서 확실한 건 없어."

"근데 메디컬 테스트에서 떨어지는 경우는 거의 없잖아. 될 거야. 걱정하지 마. 응?"

그가 내 얼굴을 애틋하게 들여다보며 옆머리를 보드랍게 쓸어 넘겼다. 카페 구석에 앉은 우리는 아주 가볍고도 짧게 입을 맞췄다.

"너 만나고부터 일이 다 잘돼."

그가 내뱉은 말은 마법처럼 황홀했다. 언제 가슴 한구석이 허전했냐는 듯이 뿌듯해졌다.

"네가 나를 무조건 응원해 줘서 그런가 봐."

이마에 그의 입술이 보드랍게 닿았다.

"그럼, 나는 오빠 무조건 응원해. 무조건."

나는 그를 한없이 사랑하노라고 고백했다. 무슨 일이 있어도 그에 대한 응원을 저버리지 않겠다고도 약속했다.

그는 예정대로 독일로 떠났고, 그곳에서 자리를 잡았다. 한국에 있을 때보다 연락이 더 어려워졌다. 어느 날은 독일에 있다가, 어느 날은 훈련 때문에 호주에 갔다가, 어느 날은 캘리포니아 산호세에 있다며 전화가 왔다.

연락처가 수시로 바뀌었고, 그가 거처를 옮길 때마다 알려 준 임시 전화번호로 전화를 해도 시차와 훈련 때문에 통화가 연결되는 법이 없었다. 나는 응답 없는 그에게 수십 번 전화를 걸었고, 일주일에 두세 번 미안하다고 사과하는 그의 목소리를 들었다.

"뭐가 미안해. 일부러 안 받은 것도 아닌데……."

서운하지 않은 척하면서도, 가슴에는 희미한 균열이 생기고 있었다.

기말고사 대체 프로젝트로 정신이 없던 6월의 저녁이었다.

나는 마지막 발표 자료 정리를 앞두고 밤을 새워야 할 참이었다. 일주일 넘게 하루 너덧 시간밖에 자지 못했다. 전공 필수 과목이어서 점수에 여간 신경이 쓰이는 게 아니었다.

모르는 휴대전화 번호로 전화가 걸려 온 건, 저녁 8시경이었다. 나는 스팸이겠거니 생각하며 전화를 무시했다.

[밀희야. 오빠야. 전화 받아 줘.]

휴대전화 화면에 반짝 떠오르는 문자메시지에 심장이 털썩 내려앉았다. 통화 연결음이 울리기도 전에 그의 목소리가 들려왔다.

– 집이야? 아님 학교야?

"나, 지금 집이야."

– 막 인천공항 도착했어. 하이난에서 훈련이 있는데, 내가 이틀만 빼 달라고 고집부렸거든. 지금 집 앞으로 갈게. 나올 수 있지?

"당연하지. 나갈 수 있어!"

그는 1월 말에 독일로 향했고, 5개월 만의 귀국이었다. 일부러 훈련에서 빠져나와서 귀국했다는 남자는 내 기말고사 성적보다 훨씬 중요했다. 그가 집 앞에 도착했다는 연락을 받고, 나갔을 때는 밤 9시 반이었다.

뜨거운 여름을 앞둔 6월의 밤, 얼굴을 보자마자 눈물이 왈칵 치솟았다. 나는 어린애처럼 달려가서 그의 목을 끌어안고 울음을 터뜨렸다. 그가 너른 품으로 나를 꽉 안아 주었다.

"너무 보고 싶었어."

그가 내 목덜미에 얼굴을 묻고 크게 숨을 들이켰다.

"나도. 너무 보고 싶었어. 그래서 왔어."

그가 공항에서 렌트 했다는 차에 올라서 도심의 밤을 달렸다. 불과 1시간 전만 해도 과제에 파묻혀 있었는데, 지금은 그와 야경을 바라보며 올림픽 대로를 달리고 있다는 사실이 믿기지 않았다.

"여긴 왜?"

그의 차가 멈춰 선 곳은 여의도 한강 공원이었다.

"내가 자전거 타는 법 가르쳐 주기로 했잖아."

작년 이맘때, 놀이동산에서 서울로 돌아오던 길에 한 약속을 기억하는 모양이다. 감격스러워서 눈물이 찰랑거렸다. 그가 어딘가로 전화를 걸자, 자전거 회사 직원으로 보이는 남자가 자전거 두 대를 가지고 우리가 서 있는 곳으로 왔다.

"이건 어디서 난 거야?"

"나 자전거 지원해 주는 회사에서 보내 준 거야."

"멋있어!"

나는 여과 없이 감격의 말을 뱉어 냈다. 흡족한 미소를 보이는 그의 얼굴은 무척이나 근사했다.

직원이 가져다준 자전거는 하이브리드 자전거였다. 그가 타는 로드바이크만큼 날렵하게 생기지는 않았지만, 안장 위에 오르자 겁부터 났다.

“핸들 잘 잡고, 손목에 너무 힘주지 마. 누가 만약 핸들을 너한테서 가져가려고 해. 그때 놓치지 않을 정도로만 가볍게 힘을 주면 돼. 항상 온 힘을 다해서 쥐고 있을 필요는 없어.”

“응.”

빼앗기지 않으려면 온 힘을 다해서 힘을 줘야 하는 거 아닌가?

나는 힘 빼는 법을 알지 못했다. 자전거 타는 법은 프로 선수인 그에게서 차근차근 배울 수 있었지만, 사랑 앞에서 온 힘을 주고 있던 나는 제풀에 지쳐 가고 있었다.

그는 수개월에 한 번 한국에 왔고, 그때마다 한강에서 자전거를 탔다. 그가 없을 때도 자전거를 타고 돌아다닌 덕분에 내 자전거 실력은 날이 갈수록 늘었다. 그와 함께 나란히 자전거 도로를 달리는 기분은 더없이 좋았다.

얼굴을 스치는 다정한 실바람이 느껴질 때마다, 마음속에 차곡차곡 쌓인 서러움이 조금은 흩날리는 듯했다.

자전거를 탄 뒤에는 어김없이 여의도에 있는 호텔로 향했다. 프로 팀에서 훈련을 받는 그의 몸은 한국에 올 때마다 조금씩 달라졌다. 근육은 더 질겨졌고, 힘은 더욱 강해졌다. 그가 침대 위에서 나를 향해 분출하는 에너지는 감당할 수 없을 만큼 거셌다.

"흐으응, 아아! 으응!"

침대에 누운 내 골반을 부여잡고 몸을 치받던 그가 쑤욱 빠져나갔다. 그는 똑바로 누워 있는 내 몸을 단숨에 뒤집었다.

"하아."

갑작스러운 반전에 심장이 걷잡을 수 없이 빠르게 뛰었다. 굵직한 팔이 아랫배를 받쳤다. 그는 엉덩이가 하늘로 치솟게 내 자세를 고치고는 뒤에서 침범해 왔다. 아랫배를 어루만지던 손이 아래로 향하더니, 클리토리스를 뭉개듯 문질렀다.

"하으응. 오빠……. 아아아!"

울부짖고, 흐느끼고, 비명 같은 신음을 내질렀다. 벼락불이 떨어진 듯 전신을 관통하는 쾌락을 몇 번이고 느낀 후에야 그의 품에 안겨서 숨을 고를 수 있었다. 그는 밤새도록 내 가슴과 엉덩이와 비부를 지분거렸고, 몇 번이고 파고들어도 부족하다는 듯이 밀어붙였다.

수개월 치의 섹스가 응축된 하룻밤에 나는 기진해 버리기 일쑤였다. 그는 잠든 나의 뺨과 목 안쪽에 입을 맞추며 응석을 부렸다.

"이러는 거, 진짜 처음이야."

잠결에 들은 말에 나는 가느다랗게 눈을 떴다.

"자꾸 입술을 갖다 대고 싶고. 안고 싶고. 그래."

항상 달콤한 말을 입에 달고 사는 건 아니었지만, 가끔 해 주는 이런 말이 살아가는 힘이 되었다.

"평소에는 하고 싶어서 어떻게 참아?"

나는 신음하느라 쉬어 버린 목소리로 물었다.

"죽도록, 참지. 정말 죽을 것 같으면 혼자서도 하고. 네 생각 하면서."

야한 말이 서슴없이 튀어나왔다. 나는 그의 가슴에 얼굴을 묻으며 한숨을 몰아쉬었다. 희미한 불안감이 엄습했다. 그는 섹스를 잘했다. 그리고 좋아했다. 힘도 넘쳤다. 만약 오래도록 떨어져 있다가, 그의 본능이 흔들리는 날이 오면 어쩌지?

"또 해도 돼?"

그가 죄를 짓는 듯한 목소리로 물었다. 고개를 들어 그를 올려다보았다. 괜한 걱정을 숨기고 연하게 웃으며 고개를 끄덕거렸다.

오전 수업이 끝나고 강의실에서 빠져나오는데, 희수가 나를 붙잡았다. 벌써 대학 4학년 3월이었다.

"오밀희! 너 오늘 수업 들어왔네?"

"어. 내가 수업 안 들어올 일이 있나?"

"오빠 지금 집에 있어. 아마 자고 있을걸. 오빠 한국 오면 쓰는 휴대전화로 전화해 봐. 아니다. 내가 집 주소랑 현관 비밀번호 알려 줄게."

희수의 말에 기분이 약간 얼떨떨해졌다. 늘 인천공항에 도착하자마자 나에게 전화부터 하는 사람이었다. 그런데 집에서 자고 있다는 희수의 말에 심장이 불안정하게 날뛰었다. 지난 구정에 만났을 때만 해도, 여름 시즌이 끝나기 전까지는 한국에 못 올 것 같다고 말했던 그였다.

일이 어찌 되었든, 일단 그를 보고 싶은 마음이 더 컸다. 전공 교수와의 면담이 예정되어 있었지만, 조교에게 연락해서 몸이 좋지 않다며 취소해 버렸다.

그길로 곧장 택시를 타고 그의 집으로 향했다. 재개발 현수막이 펄럭거리고 있는, 땅값 비싼 동네의 아파트였다.

현관문 앞에 선 나는 잠시 고민에 빠졌다. 이대로 문을 열고 들어가는 게 맞는지, 전화부터 해 봐야 하는 게 아닌지. 그가 한국에 오자마자 나를 찾지 않았다는 사실에 주눅이 들었다.

그에게 어떤 심경 변화가 있는 걸까?

우리는 지난겨울 이후 두 달 동안 얼굴을 보지 못했다. 그는 작년 봄에 학교를 휴학한 이후, 복학은 잠정적으로 포기한 상태였다. 이제는 한국보다 유럽에서의 생활이 더 익숙한 사람이 되었다.

한숨을 크게 몰아쉬고는 그에게 전화를 걸었다. 그의 휴대전화는 평소처럼 꺼져 있었다.

휴대전화가 켜져 있으면, 그가 한국에 왔다는 사실을 내가 알아차릴까 봐 여태 꺼 놓은 것일까.

불안함을 잠재우는 방법은 그를 마주하는 것뿐이었다. 나는 희수가 알려 준 비밀번호를 누른 뒤, 현관문을 열고 안으로 들어갔다.

집 안 공기는 아늑하고 평온했다. 현관에는 희수의 것으로 보이는 운동화와 세련된 여자 구두, 그리고 그의 운동화가 놓여 있었다. 눈길이 여자 구두에 머물렀다. 심장이 쿵쿵 뛰었다.

'중문 지나서 왼쪽에 바로 보이는 방이 오빠 방이야.'

조심스럽게 유리로 된 중문을 밀고 들어갔다. 그의 침실 문이 살짝 열려 있었다. 현관에 놓인 여자 구두가 자꾸만 신경을 긁어 댔다.

방문을 열었는데, 누가 함께 있기라도 하면?

열린 문을 천천히 밀었다. 침대에 누워서 곤히 잠든 그를 보자, 안도의 한숨이 흘렀다. 그는 옷도 갈아입지 못했는지, 검은색 트레이닝 복 차림이다. 침대 밖으로 뻗은 손에서 떨어진 듯 보이는 검은색 캡 모자가 바닥에 놓여 있었다.

슬며시 다가가 모자를 손에 들고 침대 끝에 걸터앉았다. 그의 기다란 속눈썹이 광대 위로 예쁘게 펼쳐졌다.

자는 걸 깨우고 싶지는 않아서 한참을 바라보았다. 방 안을 둘러보고 싶었지만, 당장 눈앞에서 자고 있는 남자가 훨씬 매혹적이다.

그가 잠든 나에게 그러는 것처럼, 나는 고개를 내려 그의 눈꺼풀 위에 입을 맞췄다. 입술을 슬쩍 벌린 그가 한숨을 몰아쉬었다. 그러고는 이상한 분위기를 감지했는지, 눈을 번쩍 뜬다. 잠기운이 가득한 눈동자가 안쓰러울 정도다.

"꿈이야?"

그가 얼떨떨한 목소리로 물었다.

"아니야. 진짜야."

나는 생긋 웃으며 그의 가슴에 얼굴을 묻었다. 그런데 늘 맡던 향수 냄새가 아니었다. 낯선 머스크 향이 코를 훅 스치고 들어오자, 가슴에 생경한 바람이 불었다. 그가 내 등허리를 끌어안으며 자세를 반전했다.

그의 침대에 반듯이 누운 사람은 나였고, 그 위를 덮치듯 엎드린 사람은 그였다.

"어떻게 된 거야?"

"희수가 알려 줬어."

미안한 듯 미간을 찌푸린 내 입술에 그가 입술을 가져다 댔다. 찰나의 입맞춤은 가슴이 저미도록 달콤했다.

"전화하지."

"했는데……. 꺼져 있더라고."

그는 침대 바로 옆에 놓인 협탁으로 손을 뻗어서는 작은 서랍에서 휴대전화를 꺼냈다.

"그랬구나."

별생각 없었다는 듯이 무심한 어조였다. 곧 사람을 덮칠 것처럼 굴어 놓고 그는 자리에서 일어나 앉았다. 휴대전화에 충전기를 연결하고, 트레이닝 복 상의를 벗으며, 한숨을 몰아쉬었다.

아늑하고 평온한 집 안 공기에 내가 파문을 일으켰다는 생각이 들었다. 그도 나를 반기고 있지 않다는 생각이 들어서 달갑지 않았다.

그냥 연락을 기다릴걸. 희수 말을 듣고 바로 달려오지 말걸.

나는 처음 가진 사랑 앞에서 힘 빼는 법을 여전히 몰랐고, 너른 그의 등을 와락 끌어안고 싶다는 생각만 들었다. 옷을 갈아입으려는 그의 곁으로 다가갔다. 하얀색 티셔츠를 입은 그의 등을 꼭 껴안자, 낯선 향수 냄새가 더욱 짙어졌다.

평소라면 향수가 바뀌었다며 먼저 알은체를 하고 웃었을지도 모른다. 그런데 평상시와 같은 말과 미소는 쉽사리 나오질 않았다.

"보고 싶었어."

간신히 내뱉은 희미한 언어에 그가 너른 어깨를 들썩이며 한숨을 내쉬었다. 문득 그의 마음과 내 마음의 크기가 예전과 같지 않다는 생각이 들었다. 나는 그의 단단하고 무심한 등에 코를 비볐다. 향수 하나 바뀌었을 뿐인데, 내가 사랑하는 남자가 아닌 것 같다는 어리석은 생각마저 든다.

"어, 나도."

그가 짧게 대꾸했다. 그러고는 스산한 목소리로 말을 이었다.

"한숨 돌리고, 전화하려고 했어. 미안해. 연락 바로 못 해서."

사과할 일이 있으면, 항상 내 눈을 들여다보며 말하던 그였다. 너른 품에 안고, 얼굴을 쓰다듬고, 입을 맞추며, 불안한 일은 없다고 안심시키듯이. 그런데 지금 그는 나에게 눈을 맞출 생각이 없는 것 같았다.

"희수가 알려 줘서 왔어. 내가 너무 갑자기 왔지? 미안."

나는 울컥하는 기분을 잠재우려 했던 말을 또 하고, 어설픈 사과를 건넸다. 아무렇지 않은 척하는 게 몹시 어려웠다.

"미안하긴 뭐가 미안해?"

그가 약간은 짜증스러운 목소리로 물으며 돌아섰다. 나는 그나마 꼭 안고 있던 그의 몸이 품 안에서 멀어지자, 극도로 불안해지고 말았다.

그의 커다란 손이 내 얼굴을 감쌌다. 그의 마른 입술이 이마에 살포시 내려앉았다. 눈물이 뚝 떨어질 것 같아서 눈을 꼭 감았다.

"나 씻고 나올게. 지금 씻은 지 하루도 넘었다."

말투에는 피곤한 기색이 역력했다.

그가 씻는 동안, 침대에 걸터앉아서 방을 둘러보았다. 이 방을 오래 쓴 것 같았지만, 그의 방처럼 느껴지지 않아서 이상하고 부자연스러웠다. 작은 옷장과 5단 서랍, 또 작은 책장과 책상, 침대 하나와 협탁이 전부였다.

책장에는 이제 그가 보지 않는 전공서가 빼곡히 꽂혀 있었다. 사이클링과 관련한 흔적은 하나도 없었다. 모르는 사람이 본다면 그저 평범한 대학생의 방이라고 생각할 것 같았다.

희수가 말하길, 그는 이모, 희수와 함께 산다고 했다.

그럼 본가는 어디지?

그는 가족 이야기를 잘 하지 않았다. 하긴 만날 때마다 그는 내 얘기를 가만히 듣는 편이었다. 몇 개월에 한 번씩 만날 때마다 나는 할 이야기가 많았고, 그는 웃으며 나에게 귀를 기울여 주는 것을 좋아했다.

가족과 떨어져 지내고 있는 것 같은데, 그의 방에는 흔한 가족사진 액자 하나 없었다.

하긴 그건 그럴 수도 있지.

대신 책상 한쪽에 내 손바닥보다도 작은 액자가 하나 있었다. 주석으로 장식된 액자 안에는 한복을 입은 여인의 흑백 사진이 자리했다. 나는 사진 속 여인을 가만히 들여다보았다. 사진 속 여인의 나이를 가늠하기가 어려웠지만, 앳된 인상을 주는 것은 확실했다.

"우리 할머니야. 외할머니."

어느새 방 안으로 들어선 그가 책상 곁으로 가까이 다가왔다. 그는 내 손에서 액자를 가져가 무심한 눈으로 바라보았다. 다른 가족사진은 없는데, 할머니의 사진만 있는 것을 보면 꽤 소중하게 여기는 듯했다. 그러고 보니 그의 방에는 내 사진도 없었다.

"할머니가 날 키워 주셨어."

할머니 손에 자라는 아이는 많다. 맞벌이 부모가 일이 바빠서 맡겼을 수도 있고, 아니면…….

나는 말을 내뱉기는커녕, 생각조차 이어 나가지 못했다. 그가 익숙한 향수 냄새를 풍기며 내 허리를 당겨 안았다. 그는 내 어깨에 코를 비비며, 액자를 엎어서 책상 위에 올렸다. 그러고는 허리를 안지 않은 다른 손으로 내 턱을 감싸고는 입을 맞추기 시작했다.

금세 입안으로 혀가 밀려 들어왔다. 차가운 민트 맛이 느껴지자 소름이 살짝 돋았다. 감미로운 그의 숨 내음이 치약 냄새에 묻힌 게 아쉬웠다.

"흐읍."

입안에서 옅은 신음이 흘러나왔다. 그가 밀어붙이는 대로 뒷걸음질 쳤다. 그는 내 허리를 안은 채로 침대 위에 눕혔다. 입안을 휘젓던 혀가 목 안쪽을 길게 핥았다.

"하아."

집 안에 아무도 없는 것 같았다. 그가 오랜 시간을 보낸 것 같은 방의 침대에 누워 있으려니, 기분이 묘했다. 미래를 꿈꾸며 보냈을 공간에서 여자를 안는 기분은 어떤 것일까.

그가 흥분 가득한 눈빛으로 나를 내려다보며 티셔츠를 벗었다. 다급한 손길이 내 카디건을 벗겨 냈고, 금세 속옷이 드러났다.

"흐으."

호텔하고는 분위기가 달라서인지, 소리 낮춘 신음이 새어 나왔다. 금세 알몸이 되었고, 그가 몸 안을 깊숙이 파고들었다.

"아아……!"

그가 움직일 때마다 작은 침대에서는 삐거덕거리는 소리가 났다. 이러다 침대가 부서지는 게 아닌가 하는 생각이 들 만큼 그의 움직임은 거셌다.

"왜?"

숨을 참고 부자연스럽게 구는 나를 내려다보며 그가 물었다.

"침대가 부서지면, 어떡해?"

살짝 풀려 있던 그의 시선에 웃음기가 담긴다.

"괜찮아. 한국 와도 여기서 안 자잖아. 너랑 호텔 침대에 있는 날이 더 많지."

웃음기 어린 입술이 뺨에 닿았다. 안개같이 가슴을 덮었던 묘한 불안감이 햇살 한 줄기 같은 그의 미소에 서서히 걷히

기 시작했다.

그가 목 안쪽을 거세게 빨아들였다.

"으으응."

신음 소리가 아까보다 조금 커졌다. 불안했던 것은 낯선 집과 낯선 향수 때문이 아니었다. 평소와는 달리 무심한 듯 구는 그의 태도 때문이었나 보다. 나를 안고 어쩔 줄 모르는 남자를 보자, 마음이 노곤해진다.

흔들리는 천장을 올려다보며 익숙한 쾌감에 몸을 떨었다. 그는 늘 그렇듯이 내 얼굴 이곳저곳에 입을 맞추며 숨을 골랐다.

작은 침대 위에서 가쁜 숨이 가라앉고, 벅찬 심장이 잠잠해질 때까지.

그는 손가락 네 개를 펼친 채, 악기를 연주하듯 내 어깨를 어루만졌다. 나는 그의 가슴에 옆얼굴을 기대고 판판한 배 위를 만지작거리고 있었다. 꼬르륵, 그의 배 속이 요동쳤다.

"배고파?"

나는 고개를 바짝 들어 올리며 물었다. 그가 민망한지 얼굴을 붉혔다.

"응."

"뭐 먹어야지, 그럼."

내가 몸을 일으키자, 그의 시선은 대번에 흘러내린 가슴으로 향했다. 그는 상체를 살짝 들어 올리며, 가슴 끝을 입에 물었다.

"으응."

나는 자연스레 다리를 벌리고 그의 배 위에 올라탔다. 가슴 밑동을 아랫입술로 받치고, 치아를 세워서 유륜과 유두를 긁어내릴 때마다 소름이 와락 끼쳤다.

"하으응. 오빠……."

본능적으로 그의 단단한 배 위에 비부를 비벼 대며 골반을 움직였다. 까슬까슬한 음모가 쓸릴 때마다 묘한 쾌감이 일었다. 그는 협탁 위에 올려 둔 작은 상자에서 마지막 콘돔을 꺼냈다. 자세를 바꾸지 않고, 아래에서부터 밀고 들어왔다.

"흐읍."

몸이 아래로 쏠려서인지, 이런 체위에서는 그가 더욱 빽빽하게 들어차는 것만 같았다. 움직일 때마다 그의 복부에 예민한 살점이 쓸려서 쾌감은 배가 되었다.

"으응, 으으응."

훤한 대낮, 봄 햇살이 들이치는 그의 방 침대에서 야하게 허리를 놀렸다. 골반을 들썩일 때마다, 그는 반쯤 입을 벌린 채 넋 나간 눈빛으로 나를 올려다보았다.

"하으응."

아랫배에서 찌릿한 열감이 피어올랐다. 더 격하게 움직이기엔 이미 허벅지 힘이 다 소진된 상태였다. 마른 입술을 혀로 축이며 아쉬움에 몸을 떨 때였다. 이불이 쓸리는 소리와 함께 그가 상체를 일으켰다. 가슴골 사이에 얼굴을 묻은 그가 숨을 크게 들이마시며 허리를 쳐올렸다.

나는 팔뚝을 다부진 어깨 위에 올리고, 자세를 고정하며 그의 움직임에 맞춰 몸을 흔들었다.

"으응, 으으응, 아아!"

신음이 점점 격해졌다. 이곳이 어딘지 분간이 가지 않았다. 침실 밖으로 신음이 새어 나갈까 봐 목소리를 낮추는 일도 어려웠다. 가슴을 입에 문 그가 눈을 치떠 나를 응시하고 있었다. 흥분 가득한 나를 집요한 시선으로 바라보았다.

"흐으으."

신음조차도 내지를 수 없는 순간이 금세 다가왔다. 눈이 질끈 감기고 등허리가 둥글게 말렸다. 그는 마지막까지 깊게 파고들며 내 가슴을 거세게 빨았다. 그의 허리를 휘감은 다리가 경직되고, 허벅지 안쪽이 부들부들 떨렸다.

섹스로 마음이 풀린 것인지, 마음이 동해서 섹스가 가능한 것인지. 이제는 그 전후 관계조차 헷갈릴 정도다.

"뭐 좀 먹을까?"

그가 여전히 내 안에 몸을 묻은 채로 물었다.

"응."

"너도 아직 점심 안 먹었어?"

오전 수업이 끝나자마자 그의 집으로 달려왔기에 점심은 당연히 먹지 못했다. 옷을 챙겨입고, 그와 가벼운 장난을 치며 방 밖으로 나왔다.

"그만해. 간지러워."

함께 있을 때면, 그는 손을 가만히 두는 법이 없었다. 커다란 손으로 내 허리를 주무르며 장난기를 거두지 못했다.

"왔니?"

갑작스럽게 들려온 여자 목소리가 뒷덜미에 찬물을 끼얹은 듯했다. 나는 그의 손을 붙든 채로 얼어붙었다. 여자는 거실 소파에 앉아서 무릎 위에 쿠션과 노트북을 올려 두고 있었다. 분위기가 말도 못 하게 차가웠다.

"언제 들어왔어?"

그가 스산한 목소리로 물었다.

"누구?"

여자는 그의 물음에 대꾸하지 않고 나에게 시선을 돌렸다. 그와 닮은 듯, 닮지 않았다. 30대 중반쯤으로 보이는 여자였다.

"안녕하세요……."

나는 기어들어 가는 목소리로 인사하며 고개를 푹 숙여 보였다. 그의 이모인 듯 보이는 여자의 시선이 맞잡은 우리 손으로 향했다가, 다시 내 얼굴로 올라왔다.

"여자 친구 있는 줄은 몰랐네."

여자의 얼굴에 무심한 미소가 번졌다. 그의 성격과 매우 비슷해 보이는 미소였다.

"점심 먹으려고 들어왔는데, 방문을 두드릴 수가 있어야지."

나는 고개를 숙인 채로 얼굴을 붉혔다.

"전화하지."

그가 나에게 했던 것과 같은 말을 내뱉었지만, 어조는 완전히 달랐다. 약간의 짜증이 묻어나는 말투였다.

"전화 꺼져 있더라. 밥 먹자. 너 좋아하는 육회비빔밥 사왔어."

나는 그가 육회비빔밥을 좋아하는지도 몰랐다.

4인용 식탁 앞에 세 사람이 둘러앉았다. 육회비빔밥 2인분과 묵무침, 감자전을 곁들인 식사였다. 그는 그릇에 잘 비빈 육회비빔밥을 덜어서 내 앞에 놓아 주었다.

"많이 먹어."

괜히 이모 눈치가 보였다.

"웬일이야. 네가 먹을 걸 다 나눠 주고."

그의 이모는 신기하다는 듯이 그의 얼굴을 살폈다. 그는 대수롭지 않은 일이라는 듯 식사를 이어 갔다. 식사할 때 아무 소리도 내지 않는 것은 이 집안 분위기인 것 같았다.

우리 집은 밥을 먹는 내내 떠들었다. 특히 친오빠가 말이 너무 많아서, 제발 조용히 하자며 엄마가 소리를 친 적도 있었다. 외갓집은 조용히 밥을 먹는 편이었다. 결혼한 지 30년이 다 되어 가는데도, 엄마는 아빠가 만들어 놓은 시끌벅적

한 식사 분위기에 적응이 되지 않는 모양이었다.

아무튼, 나는 외갓집에 갔을 때와 비슷한 기분을 느끼며 밥을 먹었다. 따듯하지만, 내가 그 집 식구는 아닌 것 같다는 묘한 소외감이 일었다.

식사를 마치고, 그는 이모와 단둘이 잠시 이야기를 나누었다. 나는 그의 방에 있었다. 집이 고요한 탓에 두 사람의 목소리가 간간이 들려왔다.

그럼 아까 내가 낸 신음 소리도 다 들었을 거, 아냐.

부끄러워서 두 손에 얼굴을 묻고 있는데, 그가 버럭대는 소리가 들려왔다.

"내가 알아서 한다고!"

심장이 덜컥거렸다. 저렇게 화난 목소리는 처음이다.

"그래도 네 엄마잖아! 아프다는데 한 번은 봐야지! 너 그래서 급하게 한국 온 거 아냐? 근데 지금 집에서……."

들리지 않는 말끝에 내 이야기가 들어 있는 것 같았다.

"그만해!"

말이 몇 번 더 오가는 듯했지만, 들리지 않았다. 이모의 목소리가 가까운 곳에서 들려왔다.

"이모 회사 들어가 봐야 해. 잘 생각하고 결정해."

그가 뭐라고 대답하는 소리가 들리고, 현관문이 닫히는 듯 집이 살짝 울렸다. 상기된 얼굴의 남자가 방으로 들어왔다. 내가 뭐라고 말할 새도 없이 그는 내 몸을 와락 끌어안았다.

그의 몸이 부들부들 떨리고 있었다.

그는 평소보다 오래 한국에 머물렀다. 집에 일이 생겨서 한국에 급히 들어온 거라는 그는 사흘 만에 모습을 드러냈다.

"혹시 네 방도 보여 줄 수 있어?"

보여 주지 못할 이유가 없었다. 나는 식구들이 전부 출근한 틈을 타 그를 집으로 불렀다.

"여기가 내 방."

그는 2년 전 놀이동산에 갔을 때처럼 어린아이 같은 눈으로 내 방을 살폈다. 화장대 거울 프레임에는 그와 찍은 사진이 다닥다닥 붙어 있었다. 그는 웃으며 우리가 찍은 사진을 관찰했다.

"이거 나 주면 안 돼?"

공룡이 입을 벌리고 내 머리를 뜯어 먹는 것처럼 생긴 머리띠를 하고 바보처럼 미소 짓고 있는 사진이었다. 아마 고2 때 사진일 것이다.

"이거 너무 바보같이 나왔는데? 이건 어때?"

나는 얼마 전에 찍은 증명사진을 보여 주었다. 스튜디오에서 전문가가 해 준 보정 때문인지, 마음에 쏙 드는 사진이었다.

"그건 너 아닌 것 같아."

눈을 뾰족하게 뜨고 노려보자, 그가 웃으며 대꾸했다.

"너는 오른쪽 눈 쌍꺼풀이 더 두꺼워. 그래서 오른쪽 눈이 더 동그래 보이잖아. 입술도 이렇게 붉은색 아니고, 분홍색인데? 이마도 뭔가 부자연스럽고, 코는 왜 이래? 콧등에 기름칠이라도 한 거야?"

그는 보정한 곳을 콕콕 집어내며 이상하다고 했다.

"그러니까 이 사진 줘."

나는 교복을 입은 사진과 증명사진을 함께 그의 손에 쥐여 주었다. 그는 웃으며 내 사진을 지갑에 끼웠다. 그러다 슬쩍 본 지갑에 우리 사진이 있는 것을 발견했다.

"이게 뭐야?"

나에게는 없는 사진이었다.

"우리가 처음으로 같이 찍은 사진."

대학로에서 '세일즈맨의 죽음'을 보았던 날이었다. 함께 연극을 보았다는 것을 인증하기 위해서 감상문에 끼워 제출했던 사진이었나 보다. 두 사람은 공연 포스터 앞에서 어색하게 서 있었다. 잔뜩 긴장한 내 얼굴과 연한 미소를 지은 그의 모습이 대조적이다.

"나는 그럼 이거 줘."

지갑 속에 있는 사진을 가리키자, 그가 고개를 절레절레 내저었다.

"안 돼. 이건 내 부적이야."

"이건 또 무슨 부적이야? 지갑에 부적이 왜 그렇게 많아?"

어이없다는 듯이 묻자, 그가 내 입술에 입을 쪽 맞추었다. 할 말이 없어져서 입을 맞추는 것 같았다.

"오밀희, 너 학교 안 갔어?"

그가 내 허리를 안고 키스를 이어 가려던 순간이었다. 방문이 벌컥 열리며 오빠가 들어왔다. 화들짝 놀란 우리는 멀찍이 떨어져 섰다.

"뭐야?"

오빠가 나직하게 가라앉은 목소리로 물었다. 나는 아주 가끔 오빠를 무서워했는데, 지금은 특히 더 무섭다.

"응, 오빠. 나 오후 수업 없는 날이야."

최대한 자연스럽게 대답하려 했지만, 유치원생이 동화책을 읽는 것처럼 어색한 어조였다.

"누구?"

그의 이모가 했던 질문을 오빠가 던졌다. 훨씬 흉흉하고, 위협적이기는 했지만.

"안녕하세요, 공……."

"공무진. 그래, 네 이름이 공무진이었어. 그치? 너 나 본 적 있잖아."

오빠는 머리가 좋은 만큼 기억력도 좋았다.

"네, 맞습니다."

"너 사이클 한다고 학교 그만뒀다고 들었는데?"

내 여동생 방에 왜 죽치고 있느냐는 물음을 빙빙 돌려서 말하고 있었다.
"잠깐 한국에 들어왔습니다."
오빠가 나와 그를 번갈아 보았다.
"너 그때 얘 때문에, 2주 넘게 학교 안 간 거지?"
쓸데없이 기억력은 좋다, 진짜.
내가 인상을 팍 찡그리며 그만하라는 듯이 입을 오물거렸다.
"생각보다 오래 만나네. 나와. 방에서 둘이 뭐 하게?"
인생에 도움이 되는 것 같으면서도, 도움이 되지 않는 사람이 오빠였다.
"오빤 왜 갑자기 집에 들어왔어?"
"외근 나갔다가 일이 일찍 끝나서."
저 인간 몸에는 여동생 감시 센서가 달려 있는 게 아닐까. 왜 이런 일이 있을 때만 나타나는 건지 모르겠다.
"저녁 먹고 가라."
오빠가 무심히 던진 말에 나는 발끈했다.
"됐거든!"
"그럼, 엄마한테 내가 본 걸 직접 말해야지, 뭐."
아, 진짜 저 인간 주둥이를 확…….
나는 어떻게 해야 좋을지 모르겠다는 눈빛으로 내 옆에 앉은 그를 바라보았다. 그는 괜찮다는 듯이 연한 미소를 보이며 내 등을 쓸어내렸다.

보험회사 상품개발팀에서 일하는 엄마가 저녁 준비를 할 시간은 없었다. 오빠는 배달 음식을 이것저것 시켜서 부모님이 귀가하기 전에 밥상을 차려 냈다. 누가 데려갈지, 집안일에 능숙한 점만큼은 참 괜찮은 오빠다.

"누구 왔니?"

눈에 익지 않은 신발을 보았는지, 엄마가 현관에 들어서면서부터 묻는다.

"어, 엄마. 내 학교 후배."

공무진은 지금부터 내 남자 친구가 아닌, 오빠의 학교 후배가 되었다. 그편이 훨씬 자연스러울 거라고 생각했나 보다. 농담으로라도 내 남자 친구 이야기만 나오면 눈에 불을 켜던 아빠도 오빠의 학교 후배라는 말에 순한 눈을 했다.

"현호 학교 후배면, 우리 밀희 학교 선배이기도 한 거 아닌가?"

"맞습니다."

그가 숟가락을 제대로 뜨지도 못하고, 엄마의 질문에 대꾸했다.

"근데 과가 달라서 아마 둘이 모를 거야. 그치?"

오빠가 재미있어 죽겠다는 듯한 표정을 지으며 나에게 물었다.

"어? 어."

나는 부모님이 보지 않는 틈을 타 오빠에게 눈을 부라렸다.

"아버지, 무진이 사이클 선수예요. 보라-한스그로헤 소속."

"뭐어?"

오빠의 말에 아빠가 숟가락을 탁 내려놓았다. 아빠는 얼마 전부터 '자출사' 회원이 되었다. '자전거로 출퇴근하는 사람들' 말이다. 그래서 자전거에 관해서는 아주 관대했다. 물론 로드바이크를 타는 것은 아니었지만, 이것저것 주워들은 아빠는 신이 나서 떠들어 댔다.

"우리 직원 중에 한 명이 아마추어 선수야. 투르 드 코리아 있지? 거기도 나갔었어. 아! 맞다. 그 뭐더라? 재작년에 투르 드 프랑스 왔을 때, 거기도 참가해서 기념품을 받았다고 하더라고."

"아버지, 얘가 거기서 25세 이하 1등 한 애야."

오빠는 공무진에 대해 의외로 잘 알았다.

"이야, 사인 받아야겠다."

맥주 한 잔에도 얼굴이 벌게지는 아빠는 오빠가 권한 소주에 이미 취한 상태였다. 출퇴근할 때 쓰는 헬멧과 매직을 갖고 온 아빠가 그에게 웃으며 사인을 해 달라고 했다. 그는 약간 어색하게 웃으며 아빠의 노란색 헬멧에 사인을 해 주었다.

출근해서 직원들한테 자랑해야겠다는 아빠를, 오빠는 꼰대 같다며 말렸다. 나는 오빠와 아빠의 질문을 통해 그가 내일 출국한다는 점과 헬멧에 한 사인이 두 번째 사인이었다는 점, 그리고 여름에 투르 드 프랑스를 시작으로 가을에는 스페인에서 열리는 부엘타 아 에스파냐 등 그랜드 투어에 참가할 예정이라는 점을 알게 되었다.

오빠는 소주 세 병을 비우고 난 뒤에야 그를 놓아주었다. 둘이 허튼짓할 생각하지 말라는 듯이, 오빠는 나를 빼놓고 '후배 공무진'을 배웅하러 나갔다.

내일 출국이라는데, 이런 법이 어딨어!

오빠가 집에 들어오자마자, 그에게서 전화가 걸려 왔다.

"오늘 미안해."

미안해서 죽을 것 같다.

– 가족이 화목해서 보기 좋다.

웃음기가 담긴 목소리였지만, 어쩐지 스산하게 들렸다.

"내일 공항 가기 전에 잠깐 볼 수 있어."

– 응.

다음 날 아침, 그는 일찍부터 집 앞으로 왔다. 집 근처 공항버스 정류장에서 우리는 아쉬운 작별 인사를 했다. 길거리에서 입을 맞출 수는 없었지만, 버스가 오기 전까지 서로를 꼭 끌어안고 있었다.

버스에 오른 그는 창가 자리에 앉아서, 웃으며 손을 흔들었다. 나는 버스가 점처럼 작아진 후에도 버스 정류장을 떠나지 못하고 훌쩍거렸다.

대회 준비 때문에 바빠진 탓인지, 그는 여름이 되도록 한국에 오지 못했다. 그리고 그해 여름 열린 투르 드 프랑스에서 구간 우승을 차지하며 빨간색 물방울 저지를 손에 넣었다. 클라이밍 코스에서 가장 우수한 성적을 거둔 선수에게 주어지는 저지였다.

투르 드 프랑스는 종합 우승자에게는 노란 저지, 25세 이하 선수 중 가장 빠른 선수에게는 하얀 저지, 구간 포인트가 가장 높은 선수에게는 초록색 저지, 그리고 산악 코스를 정복한 선수에게는 빨간색 물방울 무늬 저지를 주었다.

빨간색 물방울무늬 저지는 험준한 고개를 넘은 정복의 상징이었다. 혜성처럼 나타난 한국 출신 공무진에게 딱 어울리는 저지였다. 그의 구간 우승 소식은 매체마다 특집으로 다루었다.

"축하해."

내 인사에 그는 이제 시작인 것 같다며 웃었다. 가을에 있을 부엘타 아 에스파냐 참가를 위해 그는 더 바빠질지도 모른다고 했다. 나는 4학년 2학기를 맞이할 준비를 해야 했다. 그리고 취업 준비로, 나 역시 바빠질 거라고 이야기했다.

우리의 연애는 그렇게 순탄하게 이어질 거라고 생각했다.

그리고 스페인 대회를 2주 앞둔 시점, 일이 터졌다. 외신에 아주 작게 보도된 기사였지만, 공무진의 기사를 날마다 찾아보던 나는 쉽게 찾아볼 수 있는 기사였다.

로드 사이클리스트 공무진이 독일에 집을 마련하고, 여자 친구와 함께 지내고 있다는 내용이었다. 작은 사진 속에는 그의 집 근처 건물에서 내려다보며 찍은 듯한 사진이 실려 있었다. 여자의 뒷모습이 잡혔고, 그는 현관문을 열고 들어가며 웃는 얼굴이었다. 여자의 머리는 갈색, 키는 그의 어깨쯤 오는 것 같았다.

눈물조차 고이지 않는 것은 왜일까. 현실감이 하나도 없어서 오히려 우스웠다.

며칠 후 그에게서 전화가 걸려 왔다. 그의 기사는 이제 언론사 여러 군데서 보도한 상태였다. 한국 매체에서도 보도했지만, 사람들이 주목할 만한 다른 사건이 있어서 묻히고 있었다.

"우리 할 이야기가 있는 것 같은데……. 나한테 해명할 거 없어?"

휴대전화 너머에서 잠시 침묵이 흘렀다.

– 없어.

"없으면 됐어."

영문을 모르는 것인지, 아니면 내 마음 따위 관심 없는 것인지 모르겠다.

돌이켜보면 우리의 연애는 정상적이지 않았다. 사이클은 세계 3대 대회가 전부 유럽에 있는 종목이다. 그의 소속팀은 독일에 있다. 그는 앞으로도 유럽에서 살아갈 것이다.

하지만 나는 한국의 방송사에서 PD로 일하고 싶었다. 나는 한국에서 살아갈 것이다.

복잡하지 않은 문제의 간단한 답이었는데, 나는 그것을 그제야 깨달았다.

2주 후 그는 스페인에서도 구간 우승을 거머쥐었다. 이번엔 빠른 스피드로 얻은 우승이었다. 스피드와 힘을 갖춘 올라운드 스프린터가 탄생할 것 같다며 매체에서는 여름보다 더 시끄럽게 떠들어 댔다.

가을이 오고 있었다. 그는 대회가 끝나자마자 나에게 전화를 걸었지만, 언론 고시를 앞두고 모의고사를 치르고 있던 나는 전화를 놓쳤다. 시험이 끝나고 다시 전화를 걸었지만, 그의 휴대전화는 꺼져 있었다.

이튿날, 투어 기념 파티에서 이름도 어려운 모델들과 사진을 찍은 그의 모습이 인터넷 신문에 실렸다. 이제 너무 멀리 있는 사람이 되어 버린 것 같은 기분이 들었다. 그의 입지는 이제 완전히 달라져 있었다.

빡빡한 훈련 스케줄과 여러 투어 프로그램에 초청된 그는 당분간 한국에 들어오기 어렵다고 했다.

힘겹게 쥐고 있던 사랑을 놓을 때가 되었다는 생각이 들었다. 아니 어쩌면, 내가 헤어지자고 하면 그가 나를 붙잡아 줄지도 모른다고 생각했는지도 모른다.

연락이 되지 않을 때마다 이메일을 보냈었다. 취업을 위해 성적을 정리하던 어느 날 저녁, 그와 함께 시간을 보내느라 엉망이 된 과목들의 성적을 보며 나는 충동적으로 이메일을 썼다.

갑자기 한국에 들어온 그에게 자전거를 배우느라 말아먹었던 과목, 교수의 면담조차 펑크 냈던 과목……. 몇 달에 한 번 얼굴을 보고 일주일에 두어 번 통화하는 남자에게 미쳐서, 나는 성적 관리조차 제대로 못 했다. 그러고 보니, 그는 내가 중요한 프로젝트를 앞두고 있는지, 교수와의 면담이 있는지도 몰랐다.

「오빠. 우리 참 오래 만났다. 그치? 벌써 우리 만난 지 2년이 지났어.」

지난 2년의 세월을 복기하는 이메일에 애틋한 감정을 싣지 않으려 애썼다.

「이제 멀리서 오빠 지켜보면서 응원할게. 항상 멀리 있기는 했지만……. 자전거 타는 법도 알려 주고, 좋은 추억 많이 만들어 줘서 고마워.」

뚝뚝 떨어지는 미련도 드러내지 않기를 바랐다. 보내기 버튼을 누르고 한참 동안 책상에서 일어날 수가 없었다. 그는 아마 평소처럼 며칠 후에나 이메일을 확인할 것이다. 그러고는 또 며칠 후에 나에게 전화를 걸어올 것이다.

그리고 몇 달 후에 우리가 다시 만날 수 있을까?

안타깝게도 내 예상은 보기 좋게 빗나갔다. 그는 일주일 넘게 이메일을 확인하지 않았다. 헤어질 마음을 굳힌 나는 충동적으로 휴대전화 번호를 바꿔 버렸다. 그리고 며칠 후, 다시 이메일을 확인했다. 우리는 서로 이메일 계정의 비밀번호를 공유하는 사이였다.

나는 미련하게도 그의 이메일 계정에 접속했다. 그는 최근 이메일까지 모조리 확인한 상태였다. 내 이메일은 여전히 읽지 않았으면서.

그는 평소처럼 말 대신 행동으로 보여 주었다.

우리는 그렇게 헤어졌다. 멀리 떨어져 있던 연인의 자연스러운 이별이었다.

어쭙잖은 자존심이라도 지키고 싶었던 건지, 아니면 혹시라도 올지 모르는 그의 연락을 기다리는 초조한 마음을 끊어내고 싶었던 건지.

나는 그의 연락이 닿을 수 있는 마지막 수단인 이메일 계정도 없애 버렸다.

홀가분했다. 한동안은.

죽도록 공부만 했다. 뒤늦은 학교 성적 관리를 위해 졸업 직전까지 계절학기를 들었다. 당연히 그해 방송사 시험은 모조리 떨어졌다. 영어 공부를 다시 시작하고, 한국사와 국어 공부에 매달렸다.

스물여섯이 되던 해, 방송사에 입사했다. AD로 죽기 직전까지 구르다가, PD라 불리게 되었고 서른이 되던 해, 첫 직장을 그만두고 다른 방송사로 이직했다.

그리고 서른두 살이 된 그를 다시 만났다.

2권에서 계속